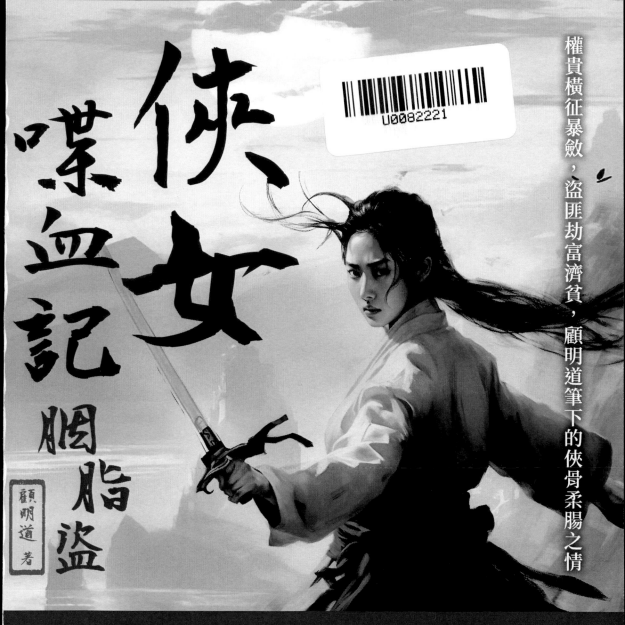

俠女喋血記

喋血記 胭脂盜

顧明道 著

U0082221

權貴橫征暴斂，盜匪劫富濟貧，顧明道筆下的俠骨柔腸之情

「以武俠為經，以兒女情事為緯，鐵馬金戈之中，時有脂香粉膩之致。」
——武俠小說評論家葉洪生

顧明道筆下的亂世背景，反動分子正在蠢蠢欲動：
一群美麗的女子大顯神通，將心愛的男人護在身後；父親的血海深仇未報，不料己身先落入敵方之手……

武俠作品的英雄底蘊 × 言情作品的婉轉綺麗
再現這群盜匪、刺客的俠肝義膽！

目錄

目錄

俠女喋血記

第一章
芳名豔說銀彈子

春來了，雖然是在北方，氣候尚不十分和燠。而在這一個小園中，早已是花紅草綠，如錦如繡，透露著爛漫的春光。東邊有一堆假山，假山上有一茅亭，亭旁的碧桃已開放了。亭子中卻空著石凳，沒有人影。兩邊一片淺草地，在矮牆盡處，立著一枝一丈餘長的木桿，桿上張著一塊方方的白皮，皮中心畫著三個小圓圈的朱紅目標。每一圓圈之內，貼上一個黑色星形的金鐵屬物。便在木桿的對面，約有百步光景，站著一個十七八歲的少女，頭上雲髮光澤，背後梳著一條髮辮，用粉紅絲線紮著把根。前面卻罩著一方青綢包頭，從腦後燕尾邊兜向前來，擰成雙股兒，在額上紮了一個蝴蝶扣兒。上身穿一件淡藍湖縐箭袖小袯襖，腰間繫一條杏黃縐綢重穗子的汗巾。下面穿著大青縐綢褲兒，腳下登一雙青牛皮平底小靴子，那靴尖上亮晶晶的，彷彿是鐵片兒，纖細得很，這是有功夫的人穿的，踹著他人的要害，可以立致死命。她生得一張吹彈得破的鵝蛋粉臉，明眸皓齒，瓊鼻櫻唇，沒一處不生得可愛，剛健之中寓著婀娜。端端正正的立在那裡，左手托著一張聯珠彈弓。那弓拿在手裡，十分沉重，背是牛角，裡是牛筋，中間夾著一條鐵胎，足有鋸子刀那般厚薄。中間有個窩兒，裡頭藏著五顆彈子，晶光雪亮，宛如爛銀一般。少女覷準那對面的目標，右手把弦拉得如明月滿懷一般，只聽颼颼颼三顆銀彈首尾銜接，如流星般向那白皮上朱紅圈內黑色星形的目標飛去 hi。錚、錚、錚三聲響，那些金鐵屬物應聲而落。少女自己很得意地微微一笑。一眼瞧見矮牆外有一角黃色窗牖的樓房，櫓牙高啄，上懸著一個鐵馬，晨曦正照在上面，乃是東鄰護國寺裡的藏經樓。少女的彈窩兒裡頭還剩有二顆銀彈，她就若有意若無意地照準那櫓牙上鐵馬，又發了一彈。「轟」的一聲響，那鐵馬被銀彈一震，丁零零的從上落下。跟

著便有一個戴著僧帽的和尚，爬上矮牆，向園裡探頭張望。瞧見了站著
的少女，點點頭微笑道：「果然沒有別人能夠擊落咱們寺裡屋上鐵馬的。
高小姐眼功真好！」少女見了和尚，靦然淺笑道：「和尚，你早啊！我送
你一彈當點心，好不好？」說著話，颼的一彈飛去，那和尚的僧帽，早
已跟著銀彈飛去丈外，和尚禿著光頭，唬了一跳，立刻縮下身子去。少
女忍不住格勒一笑。假山旁邊卻閃出一個少壯的男傭來，拍手笑道：「小
姐這一彈打得真好！那廝是護國寺裡的知客僧逸塵，自以為生得年輕貌
美，不能六根清淨，一雙色眼，常常偷睃人家的婦女，前年曾犯過風流
案，卻被本地紳士張老爺包庇著他，調解開去的。今天他要來偷看小姐
了，給他這一彈，雖然沒有傷，至少使他唬了一大跳，快哉，快哉！」
少女點點頭道：「原來如此。早知道他喜看女人，我至少打瞎他一隻眼
睛哩。」男傭說完了他的話，自去假山下俯著身子拔草。這時天上忽有
數頭蒼鷹飛來，在空中盤旋翔翔，好似找尋牠們的目的物。少女仰起蟻
首，彎倒柳腰，又向空中發了一彈，正中在一頭鷹的頭上。那鷹在上面
晃了兩晃，兀自飛了兩轉，徐徐折翼下墜。少女意興甚豪，一摸衣袋裡
銀彈已罄，便向假山下喊一聲：「高福！」那男傭立刻丟了草具，跑到她
的身前站住，雙手垂下，十分恭敬地問道：「小姐呼喚何事？」少女道：
「你快到外面聶少爺那邊，去向他要拿銀彈。因為我前天曾託他到鐵店裡
去，定製我用的銀彈三百顆，業已多日。他說明晚可以好的，不知店裡
送來沒有？如已送來，快些拿進來給我用。如尚未送至，你煩聶少爺快
快到那裡去跑一趟，今天必要交貨的，我這裡正沒有用呢。快去快來。」
少女說罷將纖手一揮，高福不敢怠慢，說聲「是」，立刻轉身向外面跑
去。少女便在她身旁一塊太湖石上坐下，手裡尚拿著彈弓，專待高福回
來覆命。

　　少女究竟是誰呢？她就是河北地方芳名回噪的銀彈子高飛瓊。這位高小姐是將門之女，武藝高強。別瞧她年紀尚輕，而憑著她的一身本領，已非常人可敵。曾隨著她的父親高山，走過一趟關外。那地方的胡匪是著名勇悍的，飛瓊和她的父親合力擊退大股胡匪，使胡匪震驚佩服，知道河北銀彈子是當今的女俠。因為她父親高山就是天津的名鏢師，開設鏢局於城外八里堡。河北河南、關東關西，只要一提起靖遠鏢局和金翅大鵬高山的姓名，可說如雷貫耳，沒有人不知道他老人家的厲害。二十年來，靖遠鏢局所保的鏢從沒有在外面出過岔兒，人家見了高山的旗子上面繡著大鵬，鵬口裡吐出一個鬥大的「高」字，馬上不敢侵犯他一絲半毫，讓他的鏢車安然過去了。

　　高山今年年紀已有五十六歲，生平只有這一位女兒。髮妻顏氏早喪，飛瓊那時只有四歲，都是高山撫養長大的。高山鍾愛飛瓊如掌上明珠，高山藉著她聊慰桑榆暮景。自幼也曾為她延師教讀，且習針黹。可是飛瓊既不喜握管為文，又不愛拈線繡花。她只喜歡隨著她的父親刺槍弄棒，學習武藝。高山見她女兒既愛武術，便把自己生平所有的技藝，傾筐倒篋地完全教授給她，所以飛瓊不但能習普通拳技，而且精習劍術。高山將自己壯年時在外得來的一柄白虹寶劍，傳與他的女兒。更能飛簷走壁，有輕身的本領。除了這些以外，她還有一種驚人絕技，便是善用連珠銀彈，一發五彈，百步內打人百發百中。這是飛瓊費了七八年功夫，朝晚勤練而成的。她所用的彈丸，是一種特製的鋼鐵，磨得渾圓光亮，閃閃如銀，因此人家都叫做銀彈子。而「銀彈子」三個字，也漸漸變作了她的別號。直到如今，她還是每天清晨，要到住宅的後花園中練習不輟。恰巧銀彈用完了，鐵店裡定製的銀彈尚未送來，所以此刻她吩咐下人高福，去問聶大爺催取。

　　所謂聶大爺，又是誰呢？便是高山得意的門徒聶剛，三年前在外面收來的。年少英俊，不但武藝精熟，而又幹練多才，高山甚是寵愛他。高山不喜歡收徒弟，而對於聶剛卻是頗垂青眼的。教他在鏢局裡幫辦一切事情。因為他能夠辦事，所以高家的公私諸務，都要交給他去辦理。他對於這位飛瓊小姐，當然是非常欽佩而愛慕的，極願意為她服務，十分誠懇以博她的青睞。可是飛瓊既有非常好的本領，她的性情也是十分高傲的，睥睨一切，不屑屈就人家，失柳下之和。這一點高山常常警戒她，而飛瓊總是難去她的驕氣。

　　高福這下人在靖遠鏢局裡做事也有多年，狡點善佞，高山也很信任他的。但是他對於飛瓊是十分服從，而視聶剛卻非常嫉妒，以為老主人太寵聶剛了。今天他在園中拔草，恰巧奉了飛瓊之命去向聶剛催取銀彈，他就跑到外面鏢局裡去。高山的住宅，外面是鏢局，後面是私邸。聶剛住在和鏢局相連的客室內，室前有個小小庭院。今晨聶剛起身後，盥櫛方畢，走出客室，一腳踏到庭中，不妨頭頂上唰的一聲，有一物很快地落下。他急忙躲避時，已是不及，左肩膀上已著。那東西跌落地上，原來是一頭死鷹。聶剛吃了一下虛驚，細看死鷹的頭，已被彈丸擊碎了，地上流著許多鮮紅的血。再一看自己衣上，已淌上許多斑斑的血跡，臉上亦已沾染了一些血。他心中十分懊惱，暗想：「這鷹十九是被飛瓊擊死的，大概她又在後園練習銀彈了。真晦氣，恰巧落在我的身上，髒了我的新衣。」聶剛一邊想，一邊剛要更換衣服，高福已走到他的房門前。一見地下的那頭死鷹，再一看聶剛的臉上和身上，不覺噗哧一聲笑了出來。聶剛一團怒氣正沒處發泄，見高福走來發笑，怒上加怒，立刻就對高福說道：「奴才，你笑什麼？」高福沒有開口，先給聶剛罵了一聲，他也有些生氣了。便冷笑說道：「聶大爺，恭喜你有血。」江湖上人最忌人家說他有血，聶剛雙眉一豎道：「那鷹是誰打下的？」高福道：「除

了我家小姐，還有誰能有這絕技，把天上飛的鷹擊落嗎？聶大爺何必問我？你自己想想你可有這本領？」聶剛聽高福有意奚落他，更是發怒道：「奴才，你道我沒有本領嗎？哼！」高福道：「聶大爺，你不要奴才、奴才的罵人。我高福在這裡靖遠鏢局是吃的高家的飯，不是你的下人。你聶大爺地位雖然比我高一些，也是靠鏢局吃飯的。我不配你罵。」聶剛已將衣服換上，跳過來指著他說道：「你大清早來和我鬥嘴的嗎？罵了你有什麼了不得。」高福道：「我已說過不吃你的飯，不用你罵。」此時聶剛見高福如此傲慢無禮，忍不住怒火愈高，一伸手撲的一掌，打在高福的肩頭。高福如何擋得住？早已一個觔斗跌倒在地。不由哭喪著臉說道：「好，你打人嗎？」聶剛瞪著眼睛說道：「打了你又怎樣？」說著話，走過來一腳踏住高福的胸脯說道：「你這廝太無禮了，打死了你再說。」提起錘子大的拳頭正要打下去時，高福忽又哀求道：「啊呀，聶大爺你真要打我嗎？你是有本領的人，我不夠你打的，請你饒恕了小人吧。以後我總不敢得罪你聶大爺了。」聶剛見他如此模樣，便一笑道：「呸，你這廝真是銀樣鑞槍頭！方才為什麼嘴凶？我看在我師父面上，姑且饒恕你一次，滾開去吧。」將腳一鬆，回轉身走進室中去了。

　　高福爬起身來，瞧著聶剛後影，做了一個鬼臉，兩手摸著屁股，一步一步地走回園中去。見飛瓊坐在石上，正等候他取銀彈來。高福便裝出一拐一躄的樣子，走上前去。飛瓊等得有些不耐煩，立起身來，對他說道：「銀彈在哪裡？做什麼你去了這許多時候？」高福做出疼痛之狀，顫聲對飛瓊說道：「聶大爺打我，請小姐代我申冤。」飛瓊眉頭一皺道：「他為什麼要打你呢？」高福道：「小子奉了小姐之命，跑到聶大爺那邊，見聶大爺正在更換血汗之衣。他恨恨的對我說，不知是哪一個短命鬼打下一頭蒼鷹，害他弄髒了衣服。我就說這是小姐打下的。他就當著我面罵小姐。」飛瓊聽了，有些氣惱似的，又問道：「聶剛罵我什麼？」高福

囁嚅而言道：「小的不敢說。」飛瓊又哼了一聲道：「那麼你可問他要銀彈？」這時候，空中還有兩頭蒼鷹在那裡打轉，好似要尋找牠們已失去的伴侶。高福搖搖頭道：「沒有，他已經把我痛毆了。小姐，妳知道聶大爺的本領高強，無人能敵，小的怎打得過他？被他打傷了，求小姐為我做主。」飛瓊立刻玉靨生嗔，將足一頓道：「你道聶剛本領好，他人怕他，唯有我卻不怕他的。他在我家客客氣氣，不應該就出手打人。明明是瞧我不起。」高福道：「是啊，俗語說得好：『打狗要看主人面。』他打小的，如同打小姐，打老爺一樣。說他還不論誰人惱怒了他，他都要打的。」飛瓊道：「這廝果然恃寵而驕，不成樣子了。我父親常常在我面前說他怎樣好，其實都是我父親待他太好了。我今天就去問他是何道理。」高福道：「好小姐，多謝妳代我申冤。但望妳千萬不要說小的告訴妳的，否則聶大爺又要罵我打我哩。」飛瓊道：「我自然不說你告訴我什麼話。因為我見你被人打了，所以詰責。好，我去問他就是啦。」說畢，丟下彈弓，走出園門去了。高福暗暗喜歡，遠遠地跟隨在後面。

恰巧聶剛正從甬道邊走來。他因方才打了高福，是為一時的憤怒，事後思量：高福是師父和飛瓊世妹得寵的下人，而且利口善佞，專會搬弄是非的，現在我打了他，準免他不到主人面前去說我有不是之處，離間我們的感情，那麼還是讓我自己去辯白一下，以免中間或有誤會吧。所以他走向後花園來找尋飛瓊，遂在園門外碰頭。聶剛上前，叫了一聲：「世妹。」正要開口，而飛瓊滿面生嗔，早先對他說道：「聶世兄，我叫高福來向你催取定製的銀彈，你為什麼要打他？那鷹是我一時好玩，把牠擊落下來的。卻不料激起了你的怒火，竟把高福毒打。須知高福是我家的下人，不用你去毆他。你如怒我，不妨直接來打我就是了。」聶剛不妨飛瓊向他說這些話，明知是自己打了高福，高福已在飛瓊面前說上壞話，激怒她了。遂強作笑容對飛瓊說道：「世妹別要生嗔。那鷹果

然是妳打下的嗎？好眼力！髒了我的衣，這是小事，不足掛齒。倒是高福那廝究竟是個下人，對我太沒禮貌了。他對我的態度和所說的話，真是令人生氣，所以一時氣不過，推了他一跤，沒有打他。他在世妹面前說什麼話，世妹別要聽他。」飛瓊冷笑一聲道：「你已推了他一跤，還說沒有打他嗎？他沒有說什麼，只是世兄自己也太不成樣子了。我父親寵了你，你就自以為武藝高強，沒人是你的對手，在我家裡日益驕橫起來嗎？高福是沒有本領的人，你打了他也不為武。你就和我比較一下本領吧。你若能勝過我的，一切都不要說起。靖遠鏢局裡除了我父親，由你獨大。否則還有他人不容你猖狂呢！」聶剛聽了這話，兩手搓搓，表示很急的樣子，又對飛瓊說道：「我多謝師父把我收留在此，一輩子感激不忘的，哪裡敢驕橫？這是師父深知的。世妹休要聽信他人挑撥之言。我對於世妹也是一向佩服的。世妹的武術遠勝於我，我哪裡敢和世妹較量高低！千乞世妹鑑諒我的忠誠，不要傷了彼此的和氣。」飛瓊搖搖頭道：「你倒說得如此好聽。人家都說你本領怎樣好，老實說，唯有我總是不服。今天千錯萬錯，你不該打我家下人。高福是我差他來催取銀彈的，老鷹是我打下來的，你明明是恨我。莫要遷怒於高福。你有話跟我說，今天我們非得比較一回不可。」聶剛伸手搔搔頭道：「世妹為什麼這樣執拗？我是不敢和世妹交手的。」飛瓊道：「你不敢和我比賽嗎？我偏要你和我比一下子。你若是好漢，不要推諉。」聶剛又道：「自己人何必較量？我總不是妳的對手，不用比了。」飛瓊將頸頭一偏道：「我不要，你當著我的面，一味向我恭維，背著我就毀謗我了。」聶剛道：「這是冤枉的，我一向說世妹好。」飛瓊一回頭，瞧見高福正立在園門口，彎倒了腰，尚在撫摸他自己的腿股，她想自己已許高福申冤，必要代他出口氣，任憑聶剛怎樣好說溫語，千萬不可聽他的。於是她又對聶剛用很堅決的口氣說道：「我一定要比的。你若不與我比時，就是看不起我，不要再在此間

了。」聶剛聽飛瓊這樣咄咄逼人，他究竟是個男子，有著丈夫氣概，到了此際，再也忍耐不住了。只得說道：「世妹若然一定要和我比較時，我也無所逃命了。」飛瓊道：「好，我們比過再說。」便向旁邊庭中心一站，等候聶剛上前。聶剛硬著頭皮把外面長衣卸下，跳過去作個金雞獨立之勢，說道：「世妹先前。」飛瓊也不客氣，一伸右臂，使個霸王喝酒，一拳打向聶剛嘴邊來。聶剛迅速地向旁邊側轉頭一讓，使個葉底偷桃，一拳向飛瓊下部打去。飛瓊一彎身，使個龍女牧羊，要去撈聶剛的手腕。聶剛怎肯被她撈住了？趕緊縮了回去。而飛瓊又飛起右足，踢向聶剛腰裡來。聶剛向左邊一跳，剛才躲過了，不防飛瓊跟著左腿飛起，直踢到聶剛胸前，足尖離開聶剛胸口只有一兩寸了。聶剛發著急，連忙使個霸王卸甲，一縮身跳開了數尺。他知道這是飛瓊善使的鴛鴦拐，況且鞋尖鐵片，任何人中了她的一足，必要吐血身亡。以前有個山東惡丐上門尋釁，硬要鏢局給他一千兩銀子。高山和他恰巧不在這裡，夥計們被惡丐打倒了幾個，惱怒了飛瓊，出來和那惡丐狠鬥，也用這鴛鴦拐踢傷了惡丐的胸口，當場吐血跌斃的。不料她今朝也用這絕技來對付自己，險些兒中著，不由唬了一身汗。連忙用出平生本領來悉心對付，一些不敢懈怠。兩人一來一往，鬥了三十餘合。飛瓊好勝心切，被她捉住聶剛一個小小破綻，一拳打去。聶剛急避時，肩頭已著，不由堆金山倒玉柱的仰後而倒。飛瓊拍手笑道：「倒也，倒也！世兄你輸了。」聶剛一骨碌爬起身來，羞慚滿面。又見高福立在遠處，對他扮鬼臉，似乎嘲笑他的模樣。聶剛如何過得去？他就漲紅著臉，對飛瓊說道：「世妹，妳不要自恃技高，這是我一個不留心，被妳打跌了一跤，不能馬上算數。我去取劍來，我們兩人比一下傢伙，好不好？」飛瓊帶笑點頭道：「很好，隨便什麼比法，我總是不謝絕的。你快去取你的劍來，我們一同到後花園耍一下子。」

　　聶剛正要轉身取劍，忽然外面履聲托托，走進一位老英雄，頷下鬍鬚已有些花白，而臉上精神飽滿，雙目炯炯有神，身穿深藍色緞的夾袍子，足登快靴，腰間束著玫瑰紫色的鸞帶，口裡銜著一桿旱煙袋，正是金翅大鵬高山。他一清早出去把錢散發與附近窮苦的鄉民，然後回來，這是他好善樂施的仁心，每逢三六九日，他總是這樣做的。每次施去一百或是八十貫錢，所以四圍的村民，沒有一個不歌頌他的功德。也因高山自己覺得在少壯時，憑著一口金背刀，在外面殺傷過不少人，不免有些造孽，所以省下這筆錢來並不積貯，卻把來救濟惇嫠了。飛瓊一見高山進來，忙嬌聲喚一聲：「爸爸。」聶剛也立正身子，叫聲：「師父。」高福一見，卻遠遠地踅開去了。高山瞧見聶剛背後衣裳上有些塵泥，便問：「你們在此做什麼？」飛瓊便把自己如何和聶剛比賽拳術，將他打倒，聶剛不服，要和她比劍術的經過約略告訴。高山正色叱道：「胡說！自己人較量什麼高低？不要彼此傷了和氣。你們還是免不了孩子氣。」聶剛俯首無言。飛瓊卻還說道：「爸爸，你不知道他⋯⋯」正要再說下去時，高山早喝住道：「別要胡說。」又回頭對聶剛說道：「聶剛，你且到外邊去，鏢局裡可有客人到來？倘有人來找我，你總說不在家，休去理會。」聶剛答應一聲：「是。」走出去了。高山又對他的女兒看了一眼，對她招招手道：「妳且隨我來，我有話同妳講呢。」飛瓊馬上跟了高山，循著甬道，跑至東首一間書室裡坐定。那書室布置得樸雅，正中紫檀案上，供著小小一尊達摩老祖的銅像，爐子裡焚著名香，壁上掛著名人書畫，正中是懸的虎嘯龍吟圖。屋隅又掛上一張寶雕硬弓，又有一柄朴刀，是有青布袋套著。高山坐在太師椅上，吸了兩口煙，對飛瓊說道：「我以前不是常和妳說過，有了本領不能自恃而驕，驕則必敗。妳不聽我的話嗎？妳為何又要和聶剛去比賽？自己人尚且要如此好勇鬥狠，遇見外邊人又怎樣呢？」飛瓊以為她父親為了她和聶剛比較身手的事而給她

教訓，所以噘起了嘴不響。高山又嘆了一口氣說道：「冤家宜解不宜結，古人說的話一些也不錯。我告訴妳吧，以前我也是為了喜歡行俠仗義，打抱不平，因此我就和人家結下了深仇宿怨。雖然事歷數年，人家卻不會忘記我，而要找我。在這二三日內，我就很難對付，說不定將有不測之禍呢。」飛瓊聽了高山這話，不由一驚，忙問怎的怎的。

第二章
仇人相見決生死

　　飛瓊問得緊時，高山吸了兩口煙，又說過：「這事約有八九年了。記得我在那一年保鏢南下，到得杭州，路上沒有岔兒，大家無不歡喜，便在杭州耽擱數天，以翼遍遊六橋三竺，興盡而還。一天，我和幾個鏢局裡的夥計到南山去遊得有興，只望山野間走去。忽見那邊嶺上有十數鄉人蜂擁而來，手裡各拿著竹刀鋤鍬之類，有些人面上還帶著傷，形狀十分狼狽。中間抬著一個男子，滿身浴血，遍體鱗傷。我見了，不免覺得奇異。遂拉住一個鄉人，問他們是何故。那舁著的男子又是誰？那鄉人是個二十歲左右的少年，告訴我說，他們是郝家村人，去此不遠。他姓郝，名根福。他的父親文元，就是那舁著的男子。因為他們是種茶為業的，有七八畝山地，都種著上等的好茶，本是三年前向紅樟村裡一個姓田的農夫買下的。那姓田的是個敗家之子，為了賭輸了錢，負得一身的債，遂把山地賣去。我等見那地土好，所以湊了錢買下。誰知去年臘月，姓田的有個堂兄名喚長林，從北邊學武歸來，竟向我們要還那種茶的山地。揚言那山地是田長林的產業，給他堂弟盜賣的，責備我們不該胡亂收買，故要我們無條件把山地奉還與他。其時那姓田的卻又逃匿無蹤，無處可以找他。我們答覆他說：這田地是出錢買來的，有契在手，不能交還，以後遂不去理會他。誰知田長林竟用他族人把那山地強奪回去，把我們所僱的長工毆傷了好幾個。我父親派人向他交涉，他又不理。我父親也懂得一二武藝，今天遂帶了村人，前去奪還田地。起初我們得勝的，及至田長林得信，他親自領了一輩人來驅逐我們。我們雖然個個人各出死力，和他們相拚。然而田長林的武藝已是不弱，更有幾個地方朋友幫著他一齊動手，我們未免吃了虧。我父親力敵數人，受了幾處重傷，我也臂上刺著一刀，不得已敗退下來，舁著我父親回村。這片

山地只好由田長林強占去了。我父親的性命也不知怎麼樣呢！郝根福說罷，氣喘吁吁的兀自不勝憤憤之氣，那時候被舁著的郝文元，躺在木板上，掙扎著說道：『此仇不報，吾目不瞑。』那時候我忽然激於一時義憤，對他們說道：『山地既是你們出資購得的，田長林如不忍割愛，也當請人出來，商懇出資贖還，怎能用武力強占，難道沒有國法的嗎？』郝根福道：『這裡鄉間的風俗，往往私自械鬥，並不去官廳方面控告的。我們此次吃了敗仗，明年當圖報復。只恨自己武藝不濟事，田長林武術高強，又有能人相助，我們如何報得此仇呢？』我遂問：『這地方距離不遠嗎？』他說：『不遠，過了嶺七八里路，就是那山地了。』我遂慨然對他們說道：『你們不要氣沮，我來相助你們一臂之力，去奪回那山地，一雪今日之恥。』郝根福將信將疑地問道：『田長林那邊人數又多，我們都是敗殘之眾，你們幾位能夠去和他們爭鬥嗎？』我就把我的來歷告訴了他們，且力言憑我之力可以摧折田長林輩。他們知道我是有名的老鏢師，便相信我的話。一邊令人舁郝文元回去，一邊由郝根福領我去找田長林。我遂和夥伴跟他上嶺。還有十多個沒有受傷的鄉人，一齊曳著棍鋤，跟著同行。我因出遊山水，身邊沒帶武器，遂向他們要了一根檀木棍，對根福說道：『無須刀槍，有了此物，足夠勝敵。』我說這話是壯他的膽，安他的心的。我們過了嶺，向前緊走，根福為導。

「不多時，已到那山地之前，那邊尚有十數鄉人未散，一見我們前來，知道我們又去報復了。接著便聽鑼聲大鳴，林間溪邊，鄉民麋集。有一個身軀高大，面色黝黑的漢子，手裡挺著一桿花槍，挺胸凹肚的站在一條小石橋邊，背後列著不少鄉民。根福指著他對我說道：『此人就是田長林，把我父親刺傷的。』我見了他的形狀，知道他很有些臂力的。當我們撲上去時，田長林舉起花槍，指著根福說道：『你家老子已敗在我的手裡，你這小豎子還敢跑來做甚？莫怪我槍下無情。』根福立刻向此

人說道：『田長林，你休要逞能。刺傷了我的父親，現在有人來代我復仇了。』田長林聽了這話，又對著他斜著眼睛，傲睨了一下，哈哈笑道：『郝根福，你要請打手時，何不請些有能耐的人前來，卻去請這樣行將就木的老頭兒來送死嗎？』我聽了田長林之言，更是觸怒，便將手中檀木棍舞開了，向前和田長林格鬥起來。田長林的一支花槍，果然不弱，臂力又大，確乎是一個勁敵。我遂以巧取勝，待他一槍搠來時，我向右邊轉身子一讓，使他刺個空。我便一棍向他胸口搗去，他果然大叫一聲，跌倒在地了。那時在田長林背後卻又跳出一個人來，五短身材，紫棠色的面皮，頷有短髭，手中挺著一柄寶劍。大喝一聲，向我頭頂上一劍劈下。我見他來勢凶猛，不敢怠慢，忙舞棍和他決鬥。兩邊的鄉人見我們彼此猛撲，他們反不上前械鬥，都作壁上觀。我不知他是誰，只覺此人本領又在田長林之上。猛鬥七十餘合，還是勝負不分。我發了急，虛晃一棍，假作退後，覷個間隙，一棍掃去，正中他的頭顱，仰後而倒。他們既然傷了兩個，餘眾膽怯，不敢迎戰。根福大喜，便和村民衝上前，將他們擊退，居然把那山地奪回。郝根福自然非常感激我相助之德，一定要請我到他們郝家村裡去一敘。我卻不過情，遂跟他們去了。文元雖受重傷，聽說我已把田長林等擊敗，在枕上泥首稱謝。根福又預備豐盛的筵席，款請我們大喝大嚼，盡歡而散。送我不少禮物，我只受了一樣而走的。這不過一時被義憤所驅使，幫助郝氏父子打敗了田長林，事後即返津門。數年以來，此事早已淡忘若遺了。

不料昨天我到盧溝橋去，在一家酒樓上和一個客人喝酒。東邊座上有兩個人像是父子模樣，相貌都很威武，不愧赳赳武夫，四道目光盡向我注視不輟。我覺得有些奇異。後來酒保上酒的時候，常呼我高鏢師，因為我每往那裡有事，必去店裡喝酒，酒保早已認得我了，接待得非常周到的。那二人見酒保稱我高鏢師，更是對我緊瞧不已。後來酒保過去

伺候他們時，他們湊在酒保耳朵邊嘰嘰喳喳地問了許多話，酒保也回答他們，我都瞧在眼裡，便覺此事有些不妙。一會兒那個年紀大的人立起身來，走到我的座邊，向我點頭招呼道：『這位可是天津八里堡的高山鏢師嗎？』我當然也不能不承認，便問他有何事情見教。他就說姓薛，名喚大武。他的哥哥大剛，數年前在杭幫助朋友田長林爭奪田地的時候，曾被我用棍擊傷他的頭腦。事後探問，方始知道我的姓名來歷，歸後不到三個月，終因傷腦而死。我是他的兄弟，雁行折翼，不勝悲痛。當他臨終的時候，諄囑我訪問仇人，代為報仇。這幾年來在家勤習武事，專欲為兄長復仇。此番帶個兒子小龍，特至京津，訪問仇人，湊巧在此地遇見。我聽了他的說話，方才想起前事，原來那個使劍的丈夫乃是薛大剛，江湖上尚沒有聞見過，諒是個無名之輩。但是想不到那一次自己竟和人家結下深仇。現在薛大武公然向我說來報仇的，倒不可不防。然也不肯示弱，便對他說道：『你既然是來復仇的，我高山一條老命不敢自珍，悉聽尊駕吩咐便了。』薛大武就說很好，隔三天當到鏢局裡來領教。他又問明我鏢局的名號是不是叫靖遠，設在八里堡的？我道：『你既然都已探得明白，三天後老夫當在鏢局中恭候駕臨。』約定之後，大家各歸座位，照舊喝酒。他們是先走，我們喝至興闌時始散。那客人很代我擔憂。我請他放心，且說金翅大鵬高山不至於栽翻在後輩手裡的。我回來後也沒有告訴妳。可是日子近了，我不得不和妳說一聲的，妳想我只因一時打抱不平，干預了人家的事，卻不知因此和人家結下了怨仇，直到今日人家特地跑來找我，這豈不是自己招出來的禍殃嗎？所以今天我見妳和聶剛比較身手，就大不以為然了。一個人斷乎不可自恃其能，輕視他人。古今江湖上，有許多英雄好漢都失敗在這個上。妳父親吃了這碗保鏢的飯，免不得有幾處地方要得罪人家的。平居常用戒懼，然而還是免不了。妳正在青年，武術尚未深造，如何可以便有一個『驕』字存在心

胸呢？況且聶剛是我的得意高足，我的劍術傳授與他的不少。年來他的武藝也在突飛猛進，妳莫要小覷他。恐怕他為了我的關係，有許多地方是甘心讓妳三分的。妳怎麼可以逼人太甚呢？妳是他的世妹，有什麼話講不投機，何必用武？妳的毛病不就是壞在自視太高嗎？」

高山說到這裡，頓了一頓。飛瓊聽了她父親的說話，對於自己和聶剛的事，倒也不在心上。最使她注意的，就是薛大武尋仇之事，忙問道：「父親，那姓薛的果然要在三天後到這裡來找你的嗎？」高山點點頭道：「當然他要來的。人家聲聲說要報他兄長之仇，既已認識了仇人，豈有放過之理？我也準備他們來的了。不過他為什麼要等三天後來找我呢？因此我懷疑他除了兒子以外，或有什麼別的朋友可以幫助他下手，這也許是我的勁敵。天下之大，能人多矣，我自己怎能說區區薄技，一定能夠勝過人家呢？因此我見妳和聶剛比武，而引起我的感慨了。」飛瓊道：「父親不必憂慮。想父親武藝高強，江湖劇盜，關東紅胡，沒有一個敢撩撥你一絲半毫。薛大武是什麼人？他的哥哥總比他高強，尚且敗在父親手裡。料他又有什麼能耐！待他們來時，女兒也可在旁相助，看我一彈打倒了他。」高山微笑道：「妳又來了。我尚且有些惴惴戒懼，妳倒高興起來嗎？瓊兒，妳該想想這一次倘然你父親敗了，十九不能再在人間，必將離開妳了。那麼這靖遠鏢局何人繼續主持下去？豈不要墮於一旦？而且我的向平之願未了，心中不免要有遺憾。」高山說到「遺憾」兩字，聲音稍低，蒼老的容顏也有些黯然。飛瓊也不覺粉頸低垂，默默無語。高山將手摸著他自己頷下花白的鬍鬚，又說道：「所以妳的婚姻問題，我是常常放在心上的。就因為妳心高氣傲，少所許可，我也不欲勉強妳一二分，遂致久擱。照我的目光看來，聶剛這少年倒可以入坦腹東床之選的。」飛瓊一聽高山這話，又抬起頭來，很驚訝地注視著她父親的面色。高山道：「我今天同妳講了吧。聶剛在我鏢局裡襄助諸事，很

能先得我心，辦得十分妥帖，真所謂有事弟子服其勞。靖遠鏢局內外諸事，全仗他代辦的。他的能幹，諒妳也知道的了。至於他的劍術，妳雖輕視他，我卻以為不弱於妳。記得我前年收他為徒的時候，他是一個孤兒。因他的父親在灤州被人殺死，而他的母親得到了噩耗，竟效綠珠墜樓，以身殉夫。拋下聶剛一人，雖是年輕，而很有勇敢，武藝也粗通。他就寢苫枕戈，自誓必將刀刃於仇人之胸。身邊藏了一柄牛耳尖刀，日夕窺伺在仇人之門，要想乘機復仇。他的仇人是一位武夫，也是地方上的惡霸。有一天，仇人和數人薄暮歸來，聶剛見人少，立刻跳過去，用刀向仇人亂刺。誰知他的本領還不高妙，只刺傷了仇人的手臂，反被仇人擒住。因為他年紀十分輕，還沒有冠，所以仇人並不殺害他，也不送官，把他的手足縛住，用繩子懸掛在大門外一株老樹的枝柯上，讓他自己活活地餓死。聶剛既被懸於樹，他人憚於惡霸的淫威，誰敢去解他的倒懸之死？是我經過那裡，見狀大異，向旁人問清了緣由，心中便敬愛他是個好男兒，決定要救他下來。遂乘黃昏入靜之時，我悄悄前去，躍至樹上，將他救下。且允許他可以助他復仇。他不勝感謝。我便和他夜入惡霸之家，將那惡霸暗暗刺死，一齊逃出灤州。我問他將往哪裡去，他就說無家可歸，情願跟我同行。我就收他為徒，帶還津門。且喜在這數年中他隨我學武，進步非常之快。此子不凡，將來可以造就，絕不負我期望的。所以我很有意將妳許配與他，招他做高家的贅婿，常欲向妳明言。現在逢到這意外之事，我更想代你們二人定下了。脫有不諱，我也可以瞑目。不知妳的意思究竟如何？」

　　高山說完了這話，雙目望著飛瓊，急切盼望他女兒口裡說出一個「是」字來。可是飛瓊卻搖搖頭答道：「父親，請你原諒。女兒的終身問題，請父親不要放在心上，因為我是一輩子情願跟著父親到老的。況且聶剛本領雖好，我總不能佩服他，自問我對於他尚沒有什麼情感，父親

何必急急？且待以後再說吧。至於姓薛的要來找你，我想十有七八可以對付過去的。父親常在外邊東奔西跑，一向不怕人家的，也不必鰓鰓過慮。我預祝父親的勝利。」說罷笑了一笑。高山聽他女兒對於婚姻問題尚無允意，不好強逼，只得說道：「好，妳既然要稍待，我也只得暫時從緩，好在我相信聶剛的武術必能精進不懈，媲美於妳，將來也許妳自會有願意的一天吧。薛大武父子的事且到明後天再說，我當然也不致完全為了此事而擔憂。不過我要藉此勸妳，千萬不可恃勇傲物，致招禍殃，妳也能夠聽從我的話嗎？」飛瓊一笑道：「父親的教訓我自然肯聽的，但近來聶剛因為父親寵愛他的緣故，他的膽子也漸大，他也要恃寵而驕吧。」高山笑道：「妳倒會說話。聶剛這孩子很是不錯，我知道他絕不會這樣的。妳別聽他人之言。」飛瓊見父親這樣信任聶剛，她也不欲和他辯論，遂講到別的話去了。父女倆講了一歇，高山因為局中有事，他就走到外邊去，而飛瓊也自回她的妝閣。

到了次日一早，飛瓊梳妝畢，因為她聽了父親的話，放心不下，所以走到外面鏢局裡來。只見她父親和聶剛正陪著三個人坐在會客室裡談話，高福卻垂著雙手站在門口伺候，靜靜地聽裡面的人講話。高福一見飛瓊走來，立刻走近身，向飛瓊輕輕地說道：「小姐，今天來了三個別地方的人。聽說他們以前曾和老爺有仇，今天特來復仇的。」一邊說，一邊指著窗下坐著的有鬚髯的老者說道：「此人聽說姓薛名大武，他的兄長就是以前被我家老爺用棍擊傷頭腦而死的。那個年紀輕的漢子是他兒子小龍，還有那個虬髯繞頰的壯士，不知是誰，大概是薛氏父子請來的助手吧。」高福正在告訴飛瓊，只聽室中高山說了一聲：「很好，我們不妨見個高低，也不負你們遠道而來。」於是大家一齊站起，走出室來。飛瓊連忙閃開一邊。高山見了飛瓊，把手一招，喚飛瓊到他身邊，低低說道：「他們三人是來找我的，我要和他們到前面庭中去一試身手。萬一不幸而

我有不測，妳就好好和聶剛辦我的後事，不必悲悼。我吃了這碗飯，本來隨時有危險性的。」飛瓊道：「父親當心，那個虬髯壯士或非易與。」高山點點頭。

這時聶剛瞧了飛瓊一眼，早伴三人走到外面庭心裡去。高山說了，去脫自己外面的袍子。飛瓊連忙迅速地跑至裡邊，取了她的彈弓和銀彈。這銀彈是聶剛昨天剛才到鐵店裡去代她取到的。她今天卻沒有到園中練習武功，所以彈囊中十分主滿。她就拴在腰邊，匆匆地又走到外面來。見她的父親已和薛大武在庭中拳打腳踢的彼此猛撲，而聶剛也和薛小龍動手。一邊是父子，一邊是師徒，大家各出死力，各顯技能。唯有那虬髯壯士卻袖手立在一邊作壁上觀，鎮靜自如，雙目炯炯，卻注視在高山身上。高福和幾個鏢局裡的夥計，也立在庭階一邊看高山決鬥。飛瓊遂走過去，悄悄地立在左側迴廊下曲檻旁丹楹之後，前面有兩株羅漢松，正可掩蔽。她能望見庭中人，而庭中人卻不能望見她。她的一雙妙目，很關切地看她的父親怎樣和人家周旋。希望她父親雖老不衰，能夠獲勝。那麼薛氏父子無所施其技了。

只見高山一雙拳頭，兩條鐵臂，上下飛舞，正使著一套羅漢拳，沒有半點破綻。雖然薛大武也使出渾身解數，狠命猛撲，宛如一頭蠻牛，向高山要害處衝撞，一心要代他的哥哥復仇。然而高山仍不失其雄獅之姿，始終能夠鎮壓得住。又看聶剛今天也施展出他所有的本領來了，很有幾下殺手。薛小龍漸漸露出不夠支持之勢。自思前天聶剛敗在我手，因此我更輕視他，以為他的本領終究淺薄，是父親寵愛他，過於代他誇張，所以父親對我說的話，我是毅然決然的反對。現在看他的身手十分便捷，也許他的前途倒並不是沒有希望的啊。飛瓊這樣想，這樣看，忘記了所以然。這時薛大武的拳法也有些散亂了。約莫鬥至七十合以上，薛大武心中十分焦躁，覺得高山的拳術果然迴異尋常，名副其實。今天

要讓自己報仇，恐怕是很難的了。他這樣一想，心中漸有餒意，手裡益發不濟。高山一拳正打向他的腰際，他忙彎身讓過，還飛一足，直踢高山頭部。這一腳是用的「白鶴沖天」之勢，十分凶險，迅速極了。看看腳尖已到高山額角，旁邊的人都代高山捏把汗。高山卻並不退避，把頭一鑽，從薛大武足跟下直鑽過去，早到了薛大武身邊展開右手，要來抓取大武。薛大武不防一腳踢個空，自己腳跟尚未立定，而高山已突然到了身邊，教自己如何可以躲避？說聲：「不好！」高山的手已到薛大武左腰，忽覺自己背後一陣冷風，連忙回轉身時，一拳已到了頷下。原來那虬髯壯士見薛大武已到生死關頭，他立即跳過來動手相助，解大武之圍了。高山有意要試試來人的力氣，所以便把左臂用力一抬，格住那人的拳頭。雖然給他攔開，而覺得臂膀上猛力一震，有些疲麻，便知此人果是勁敵了。自然不敢怠慢，還手一拳使個「猛虎上山」，直擊此人的眼鼻，此人也往旁邊一閃，躲過了這拳。而薛大武一掌又向他右邊打至。這時候高山力敵二人，聶剛尚未打敗小龍，不能過來相助。高山自然更要用力維持他的不敗之勢。可是那虬髯壯士的拳術，更比薛大武高明得多了。他乘高山閃避薛大武之時，乘個間隙，逕用右手兩個背頭向高山面門上使個「二龍搶珠」，來挖高山的眼珠子，高山不及避讓，只聽大喊一聲，三人中早跌倒了一個。

第三章
潼關道上流星飛

倒的是誰呢？這卻不是高山，而是那個虬髯壯士。本來高山已瀕於危了，全賴他女兒飛瓊銀彈之力，得以轉危為安。因為飛瓊在那邊羅漢松後看得清楚，早想助她父親了，銀彈已裝在彈匣裡，扣弓待發，瞥見虬髯壯士加入後，用起毒手來，她父親已是危險非常，所以颼颼地發出兩彈。飛瓊的銀彈百發百中，那虬髯壯士又是沒有防備，所以一彈擊中他左眼，一彈擊中太陽穴，立刻踣於地上。薛大武猛吃一驚，忙向高山搖手，表示停止決鬥，過去攙扶那虬髯壯士。那邊薛小龍見此情景，心中一慌，肩窩上受著了聶剛的一拳，急忙退下，同他父親一齊扶起虬髯壯士。瞧他滿面是血，臉色大變，十有八九不濟事了。薛大武咬緊牙齒，仍向高山惡狠狠地說道：「好，今天算我們輸與你了。你不要得意，暗箭傷人，不足為奇。隔一年我再來找你是了。」遂和小龍扶著那受傷的虬髯壯士退去。

高山見自己方面業已占了便宜，也就不再苦逼，讓他們回去。高福欣然跳躍向前道：「這三個人都是很厲害。我家小姐的銀彈子真好，一發而中，便把他們打逃走了。恭喜老爺無恙。」他只向高山半跪著道喜，卻不去理會聶剛。鏢局裡的人也都向高山歡賀。高飛瓊挾著彈弓，姍姍地走至她父親的面前，輕啟櫻唇，叫一聲：「父親，方才那虬髯的逼得太緊。我恐父親遭他的毒手，所以忍不住發了兩彈將他擊倒。父親可知那虬髯壯士是個什麼人呢？」高山搖搖頭道：「不認識，大概是薛氏父子請來的助手，本領果然不弱。我若沒有妳發出銀彈，恐怕要敗於他手。好險哪！可是我們用的暗器勝人，總還是美中不足。大丈夫當用真實本領，打倒他人，方能使人家心服。」高山說這話時，聶剛在旁暗窺著飛瓊的面色，見她初時笑嘻嘻地，後來聽父親話中有不愜意處，一張小嘴卻

又噘起來了。高山說了這話，知飛瓊又要生氣的。遂又說道：「好了，我的危險時期總算過去了，讓他們隔一年再來算帳。別的話少說吧，你們都可以去休息一下。」聶剛和高福等一齊退去，高山和他女兒一同步入裡邊。飛瓊依舊噘起了嘴，不則一聲。高山對她說道：「怎麼啦？為父的說了妳一聲，妳就不高興嗎？唉！我也並非不知妳在暗地裡發彈助我，完全是一片孝心，並且今天那廝猝下毒手，若非妳援救時，我必受傷而挫折了一世英名。不過人家約我比較本領，這般得勝他，恐被他人譏為不武罷了。妳怎麼又負起氣來呢？」飛瓊道：「薛大武若是真有本領的，理當他一人來和父親決鬥，為什麼父子倆一齊出馬，還要請朋友相助呢？所以我用銀彈擊他一下，也有何妨？等他明年來時，父親再和他鬥本領吧。我看他的本領也不過如此啊。」高山道：「薛大武口裡雖如此說，我料他自己不敢再來了，或者再請別的能人前來和我較量，這事總有些麻煩吧。古人說：『死生有命，富貴在天』，我也聽其自然，不用憂慮。但望向平之願早了而已。」飛瓊聽她的父親又要談到她的婚姻問題上去，連忙走到她的閨房裡去了。

　　高山自經薛大武尋仇以後，知道自己在外邊有了怨仇，終究是不利的，漸自韜晦，一意把自己的武藝盡量傳授與他的女兒和徒弟聶剛。且常常帶著二人出遊，務欲袪除二人中間的惡感。可是飛瓊對於聶剛總帶著幾分藐視，不把他放在心上。而聶剛卻因飛瓊的輕視，益發自勉，刻苦練習，一心要追過飛瓊，將來可以一鳴驚人，洗雪前恥。

　　時光很快，轉瞬已是金風玉露，節屆中秋。晚上，高山端整一桌酒席，和他女兒飛瓊、徒弟聶剛在庭前舉杯賞月。酒至半酣，高山端著酒杯，指著天上的一輪皓月，對飛瓊說道：「你們瞧這天邊的明月，團圈光輝，使人何等高興。所以古人有『願花常好，願月常圓』之語。然而盈虛消長，天道如此，明月又豈能長圓呢！曾幾何時而下弦專缺了。雖然如

此，明月缺而重圓，圓而重缺，與天地同壽，人生卻是聚散無常，禍福不定，又豈能及得明月？那麼今歲中秋我等在此歡度良宵，未知明年又將如何？我年紀漸老，設有不測，別無留戀。唯我還有一件心事未了，終難安心呢。」聶剛聽得出高山話中之意，但他不便多說，且以高山語帶蕭颯，未免不祥。飛瓊也明白她父親之意，卻不以為然。抬頭望了一望明月，回頭對她父親說道：「父親怎如此說？父親要活到一百歲，說什麼明年不明年？父親盡尋快樂，何必發生感慨？父親一生威名，兩河南北有誰不知？即此一點，父親已足自豪了。」高山聽了他女兒的說話，覺得女兒的驕矜之氣終未能除，不由微微一一笑道：「這一點聲名算得什麼，想我有了這身本領，虛度一生，不過做一個老鏢師，上不能為國家立功，下不能為地方除暴，庸庸碌碌，慚愧得很。希望你們將來代我爭一口氣吧。」又對聶剛說道：「聶剛，你年少英俊，好自為之。他日倘有機會，為國立功，這是最好的事，不負我教你數載之勞了。」聶剛道：「弟子受師父厚恩，終身感激。師父今夕的良箴，尤當銘刻心版，朝夕淬礪，以期有一天可以報答師父。今夜明月當頭，良宵佳節，敬奉一觴，祝師父千歲長壽。」說罷，斟滿了一杯酒，雙手托著，敬到高山面前來。高山聽了聶剛的話，不由一掃愁顏，把這一杯酒咕嘟嘟地完全喝下肚去。又對二人說道：「你們二人，一個是我心愛的掌珠，一個是我得意的弟子，也該快快活活的在我老人面前對飲一杯。」聶剛答應一聲，提起酒壺，代飛瓊斟滿了，自己也斟個滿，舉起酒杯來，說聲：「世妹請。」此時，飛瓊也只得舉杯和聶剛對飲了一杯。聶剛心裡稍微有些甜津的，如啖諫果。直至月移花影，杯盤狼藉，大家都有些醉意，方才散席。高山吩咐高福撤去殘餚，自回房中安睡。聶剛和飛瓊向高山請過安，各返寢室。

　　隔了數天，忽然有一起關中的客商，將有大批貨物及銀子運往陝西去，因為近來潼關道上不十分平安，所以他們推了一個姓周的代表，來

靖遠鏢局拜見高山，要求高山為他們出行一遭，保護至陝，使他們有泰山長城之倚，不致中途生變。高山也知這條路好幾年沒有走了，自己也沒有十分把握，起初不肯答應親自出馬，後經姓周的再三商懇，許以重重的酬謝，方才額首許諾。談妥在九月初一日動身啟行。姓周的先送上三百兩紋銀作為定洋。於是高山又不得不遠征一下了。等到姓周的去後，他到裡面去告訴了飛瓊，說自己預備和聶剛同行，教她好好在家裡留心一切，兼管鏢局之事。飛瓊的意思卻要自己跟隨父親赴陝，讓聶剛留在天津。誰知她和父親說了，高山之意卻不以為然。他對飛瓊說道：「此次出馬十分重要，聶剛幹練多才，必能助我，所以我要帶他同行。妳雖勇武多藝，究竟是個女子，還是守在家中的好。」高山所以如此說，他無非要使聶剛出道，將來可以繼續他主持靖遠鏢局業務，不免言語之間又有些偏袒了聶剛。飛瓊知道父親寵愛聶剛，決心要帶他出馬，自己拗不過父親之命，只得作罷。然而心裡卻氣不過聶剛，憤然說道：「父親不要我去，也就罷了。不過我昔年曾隨父親出關，擊退胡匪，女子未嘗不及男子。我因父親遠征，放心不下，遂要跟隨左右。父親信任聶剛也好，但願他能夠忠心於父親，平安往返才好。」高山道：「我知道妳又要負氣了。好孩子，妳讓聶剛走一遭吧，以後如有機會，我一準帶妳同行。」飛瓊勉強答應，心裡終有些不快活。加以高福又在背後說些閒話，使她更是厭憎聶剛，以為她父親愛徒弟過於女兒了。高山既得定洋，便把內外諸事著手預備。聶剛既得師父帶他同往，自然喜不自勝，要想在飛瓊面前爭口氣。

　　到了那天，姓周的早把貨物運到，分裝鏢車，一一插上了靖遠鏢局的旗幟。高山和聶剛個個紮束停當，佩帶兵刃，和七八個夥伴以及伕子們離開靖遠鏢局。飛瓊送至門口，祝父親途中平安，叮嚀數語而別。

　　高山和聶剛跨上駿馬，押著鏢車，眾客商也各坐上騾車，一行人離了八里堡，向前登程。鏢旗獵獵，在風中翻動。一路秋光大好，景物可人，天氣十分晴爽，行旅稱便。高山等朝行夜宿，板橋明月，茅店雞聲。行了將近一個月，將至潼關，一路平安無事。雖然經過幾處山寨，逢到有幾路綠林大盜，但是他們一見金翅大鵬的旗幟，都知道高山的厲害，自然不敢出來行劫，讓高山的鏢車太太平平地過去了。有一次在衛輝附近野馬嶺邊，遇見有五大騎在風塵中疾馳而來，馬背上都是少壯健兒。聶剛最先瞧見，以為響馬來了，忙知照他師父，教他留神，然而那些馬上的健兒見了車上的旗幟，閃開在道旁，讓鏢車過去，竟沒有一人動手，因此眾客商大家佩服高山的英名，足以壓倒一切後生小子。

　　到得潼關，十停的路程已去其九，只要進了關後，便至目的地，可以交貨了。但這潼關是個險要去處，大家仍有些惴惴戒備。兩旁山壁峻險，草木際天，一行鏢車蜿蜒著從大道上邁進。前面正是一帶松林，陰野邃密，不知這林子有幾許深。聶剛跨馬當先，對著這松林嚴密注意，恐防其中藏有強梁之徒。果然被聶剛料著，在那松林裡頭有數對眼睛，正向這邊暗暗地偷窺著。聶剛沒有知道，他的馬安然過去了。背後便是鏢車，車聲轆轆，隨著聶剛的馬滾進。眾客商的心裡遠望著天邊的雉堞，只要一過潼關，便可無事。高山坐在大宛馬上，在後面押著鏢車，緩緩前進。不料他行近松林之前，突然有一支弩箭如流星一點，飛向他面門而來。高山正望著前面，沒防到這弩箭從斜刺裡飛至，閃避不及，正中鼻梁。大叫一聲，從馬上倒翻下來。左右夥伴見狀大驚，慌忙過來扶起，喊住前面車輛。聶剛在前面聽得背後人聲嘩亂，知是出了岔兒，連忙回馬趕來。見他師父這般情景，莫名其所以然。此時高山已入昏迷狀態。聶剛跳下馬來，湊在他耳邊，大聲呼喚：「師父，師父！」高山睜開眼睛，見了聶剛，遂掙扎著說道：「聶剛，我中了毒箭，那邊松林裡有

人埋伏著在暗算我。」聶剛聞言忙道：「師父莫動，待我去找尋凶手。」便帶領數夥伴，奔向松林邊去。他從身邊拔出寶劍來，護住頭頂和咽喉；防備林中再有暗箭飛出。因為他從外面奔入，瞧不見裡面的人，難免要吃人家的。等到他們跑入林子中搜尋時，陰森森地不見一個人影，偌大一片樹林，何處不可藏身，教聶剛等從哪裡去找尋得到呢？

　　那麼放這冷箭的又是何人？原來就是薛大武父子了。當昨晚高山等一行人在旅店裡投宿時，正逢薛大武父子和幾個綠林中人從潼關來，也在那旅店裡借宿。薛大武父子先到，及至高山等眾人入內。薛大武父子早已窺見，有意迴避，不和高山見面。但是一股怨氣又勃然冒起。他們自從在天津復仇不成，反送去了薛大武好友賀固的性命，父子倆回轉山西大同府薛家堡。薛大武早已探知高山的女兒飛瓊善射銀彈，此次他好友的性命就送在飛瓊的手裡，因此他也開始練習一種毒藥弩箭，以便將來再去報仇。究竟他是精諳武藝的人，以前也曾練習過金鏢，所以數月之後，他的弩箭已練成了。此次他們父子有事赴陝，事畢歸來，順道要至洛陽吃友人的壽酒，湊巧狹路相逢，冤家照面。薛大武告訴他的朋友白花蛇鄒達，和鄒達的同伴小鷂子濮四，他們都主張要在夜間去行刺，薛大武識得高山的厲害，期期以為不可。薛小龍說道：「高山師徒都有很好的本領，若和他們明槍交戰，恐難取勝。前次那老頭兒的女兒用銀彈傷人，今番父親業已練就毒藥弩箭，何不以此相報，教那老頭兒死得不明不白，豈不妙呢？」薛大武點點頭道：「我也以為這個辦法是最好了。明日我們一天亮就動身，伏在途中狙擊，高山必死無疑。」於是他們決定這樣做了。高山師徒等哪裡知道死神已在背後獰笑呢？

　　次日，薛大武等四人一清早起身，付去了房飯錢，立即跨馬上道。他們在來的時候，記得那邊有一松林，預料高山等鏢車必要經過的。遂到得那邊下了馬，牽馬入林，拴住了馬，大家猱升至樹上，等候高山鏢

車到來。果然被他們達到了目的。一擊便中要害。薛大武呼哨一聲，大家跳下樹來，逃出松林，跨馬而逸。後來到了洛陽，祝過壽後，薛大武父子便和鄒達、濮四等分袂告別，自回大同府去了。

　　當時，聶剛等遲慢了一些，自然搜尋不著，沒奈何回去見他的師父，連忙代高山將箭頭拔出，洗滌乾淨，敷上了他們預備的萬金良藥，載上了鏢車，向前趕路。午時找到了宿頭，歇下旅店。但是高山僵臥炕上，奄奄一息。聶剛急得手足無措，要請醫生也無處想法。高山氣喘吁吁地說道：「聶剛，我這次受人暗算，自知性命垂危，無法挽救，這是我的不幸。我死之後，希望你代我慢慢訪問仇人，代你師父復仇，方才不負我收你為徒的意思。」聶剛聽了這話，益發悲傷，竟號泣起來。高山又對他微微搖手道：「聶剛別哭，我還有幾句要緊的話告訴你呢。」可是高山要緊的話，尚未說出時，箭傷大痛，又是陡地昏暈過去了。

第四章
寢苫枕戈孝女心

　　聶剛連忙又喚師父，眾夥伴也一齊發急。隔了一刻，高山又醒過來，向聶剛看了一眼，然後掙扎著說道：「聶剛，你是我心愛的徒弟。我死之後，靖遠鏢局之事，要託給你代我繼續辦下去，謹慎將事。不要喪失了我的英名。至於我家中，唯有愛女飛瓊是我最愛的骨肉，我離開這個世界也只捨不下她一個人。我早要了向平之願，但是因循遲延而未成就。照我的意思，很欲將飛瓊許你成為夫婦，把你招贅在家，這樣你無家而有家，我也無子而有子了。所以我現在臨終之前，把我愛女許配與你。你日後扶我靈柩回鄉之時，不妨將我的遺囑對我愛女直言無隱，且和她說，她若然孝思她的亡父，那麼這遺囑不可不聽從的。因為我知道我女兒的脾氣很有些高傲，往和人家執拗，我的話有時也不能使她必聽的。不過這件大事又是我切切期望，而眼前不能見諸事實的，無論如何，必要使她遵我遺囑，否則我死於九泉，更不瞑目了。將來你們結婚以後，兩人合力，不但要守住這個鏢局，而且要代我訪尋仇人，務必報此一箭之仇，以慰陰魂。」聶剛聽了高山如此諄囑，心中又是感激，又是悲傷，且泣且言道：「師父這樣待我，終身感恩不忘。想我本是漂泊天涯的孤兒，蒙師父收留我，教授我武術，任我鏢局之事，視同一家人無異。現在又欲招贅我，把遺命托我，天高地厚之德，教小子何以報答呢！此番得奉師父保鏢赴陝，中途出此岔兒，小子未能保護師父，救活師父，這也是我畢生的遺憾。自知罪孽深重，對不起師父的。將來若不代師父復仇，必要天誅地滅。」此時高山已是說不動話了，聽聶剛如此說，點點頭道：「好……你……你能……立誓為……我……報仇……我……死無憾了……」說罷，面色大變，兩腳一挺，竟撒手長逝。聶剛抱著師父的遺屍，放聲大慟。眾夥伴也一齊舉哀。客人見高山慘死，也

覺十分哀悼。姓周的遂拿出錢來代高山購買一口上等棺木，從豐收殮。因在客地，靈柩暫厝在鎮上普濟寺內，等聶剛等送到客貨後，回來扶柩歸葬。一代英雄，竟如此草草結束，大家不免特別感傷。

高山既死，保鏢的事自然由聶剛擔任下去。大家在旅店內歇息一日，次日清晨束裝上道，依舊向潼關進發。鏢車上仍插著金翅大鵬的旗幟，卻不知那位生龍活虎的大翅英雄竟不幸遭受人家的暗算而逝世了。人們的吉凶禍福真不可知呢。

聶剛把鏢車送至西安，路上卻沒再有岔兒發生。眾客商因為高山身死，大家又提出一筆恤金，以及保鏢費，共送四千兩銀子，交與聶剛。聶剛領了銀子，和夥伴馬上次轉，到潼關外普濟寺裡去取了高山的靈柩出來，用車子載著，掛了一面白旗，遄返天津。

及至津門，已是十月下旬，北方氣候早寒，彤雲布空，玉龍亂飛，飄起大雪來，好似老天特地追悼這位老英雄，點綴大地素色，增人淒哀情調。當聶剛護送靈柩到鏢局大門時，早已先差夥伴前去通報。

那飛瓊自從高山等一行人去後，她心裡常覺悶悶不樂。因她父親寵愛聶剛，甚至情願帶徒弟出去，而不肯攜帶自己女兒，可見他親信聶剛已到極點了。明明自己的武術是勝過聶剛，而父親偏偏袒護聶剛，許聶剛為可造之才，而斥自己太有傲氣，可知此行聶剛早已在父親面前接下來了，自己怎不氣惱呢？飛瓊這樣想著，而高福因受了聶剛的羞辱，銜怨不忘，常在飛瓊面前孽聶剛的短處，所以飛瓊對於聶剛更無好感了。她在鏢局中也沒有事情可管，每日習武之暇，只在花園裡看看花木和金魚，沉寂無聊。因她既無姐妹，在津也無親戚朋友，一個人孤單單地更是沉悶了。屈指計算，父親已去了兩月有餘，大概早將鏢車護送到陝，策馬回津了。天氣已冷，不知老父途中是否安康？諒老父是常出門的，對付群盜，必能遊刃有餘，平安回來，歡度嚴冬的。

　　這一天，飛瓊正在午睡，忽聽外面人聲，她疑心父親們回家了，連忙起身下床，整一整頭上的髻，走出房門。見高福哭喪著臉，匆匆地自外跑入。一見飛瓊，便道：「小姐，不好了！」飛瓊不由得驚異，忙問道：「高福，有什麼事情，這般大驚小怪？」高福道：「小姐小姐，老爺的靈柩回來了！」飛瓊起初還疑心自己耳中聽錯，又問道：「高福，老爺怎樣？你說得清楚一些。」高福揩著眼淚說道：「老爺死在外邊，聶少爺扶柩回來了，快到門外。剛才有夥伴來報告，叫小姐快去迎接靈柩。」飛瓊驟聞此言，真是意中萬萬料不到的，不由得臉色慘變，喊了一聲：「啊呀！」覺得天旋地轉，似乎要發暈的樣子。忙強自鎮定，頓了一歇，又問道：「這事可真的嗎？老爺怎麼會死的？」高福搖搖頭道：「這個我不知道。停會兒請小姐見了聶少爺，當面問個明白吧。這是出去的夥伴回來說的，小人怎敢妄報！」

　　飛瓊瞪著雙目正要再說時，外面人聲喧雜，聶剛穿著孝服，打從外邊走將進來。見了飛瓊，立刻號泣道：「世妹，妳不知師父死在外邊，經我扶柩回來。請世妹快快接靈。」飛瓊聞言，哭出聲道：「聶世兄，我父親好端端的怎會死在外面呢？」聶剛頓足嘆道：「當然這是猝然發生之事，停會兒我再告訴世妹吧。」說著話，高山的靈柩已由扛的人舁至大廳正中擱住。飛瓊隨著聶剛出外，一見靈柩，更是放聲痛哭，暈倒於地，小婢慌忙扶起。聶剛一邊哭，一邊又來喚醒飛瓊，飛瓊撫棺哀泣不已。聶剛忙著叫人設起靈座，點起兩支白蠟燭來。小婢扶著飛瓊，先向靈前拜倒，飛瓊哭道：「父親出去時候好好一個人，為什麼回來時我不能再見你的慈容呢？」哭得發痴了撲向靈座上去。眾人在旁勸住。聶剛和眾夥伴，以及高福等一個個都來挨次下拜。拜畢，飛瓊走至聶剛身邊，且哭且問道：「聶世兄，你快告訴我吧。此次父親保鏢出去，有你同行，以為再穩妥沒有了。如何他會死的？究竟是何原因？生病死的呢？還是被人

家所害？你快告訴我吧。」聶剛揩著眼淚說道：「世妹，這真是不幸的事！師父受了人家的暗算而故世的。」飛瓊雙眉一豎道：「誰敢害死我的父親？仇人是誰？你可把那仇人擒住嗎？快告訴我聽。」飛瓊問得緊張時，高福也挨近來，站在一邊，聽他們講話。聶剛便把高山如何在潼關道上被人放小冷箭，射中面門，毒發而死等情，一一告知。且說道：「我要在世妹面前告罪的，就是此次我隨師父出外，師父受人暗算而死，而我不能擒住仇人，這是我十二分對不起我師父的，請世妹原諒。我先扶了靈柩回來，待師父安葬後，無論如何，我必要為師父復仇，方可慰師父在天之靈。」聶剛的話還沒說完時，飛瓊早板著面孔向聶剛責問道：「我父親一世英名，竟死於豎子之手。我不明白聶世兄跟隨父親一起的，我父親中了毒箭，你就應該趕快尋找仇人，何以這般遲慢，致被兔脫呢？這一點使我父親死也不瞑目了。不是我說現成話，若換了我在父親身側，一定要見見那個仇人，拼他一下。難道那仇人會插翅飛上天去不成嗎？我不明白，聶世兄本來是個很能幹的人，怎麼畏首畏尾，放那仇人遁去呢？」飛瓊責問時，聶剛低倒頭，皺緊雙眉，像是十分負疚的模樣。高福卻在一邊，面上露出一種奸相來，向聶剛揶揄。聶剛聽飛瓊責備得甚是嚴厲，自己不得不分辯一下，以釋天津鏢局中眾人之疑。遂又嘆了一口氣說道：「這是我應得之咎，也不能逃世妹的責備。實在那邊樹林叢密，路徑曲折，我又在前面引路，當師父在後中箭之時，我回馬去救，無奈那放箭的人始終未露面目，一箭射中之後，立刻遁去。所以當我和眾鏢夥入林追尋之時，卻已杳無影蹤。我又惦念師父的傷，不得不回去救活師父。怎奈師父中的很厲害的毒箭，雖有金創藥敷，也是無效。世妹，請妳原諒，那時候我實在難以兼顧，並非有心放走仇人。妳如不信時，可問同去的鏢夥，他們都是一起眼見的，並無半句虛言。」聶剛說到這裡，有幾個夥伴在旁，也幫著聶剛證明此事。聶剛又對飛瓊說道：「無論如何，世妹的大仇也是我的大仇，此仇不報，非為人也。稍緩我決定

去報仇，妳可知道我的心了。」飛瓊聽聶剛如此說，眾人又有證明，自己也奈何他不得。父親總是死了，永遠不得見面了，又伏在靈柩旁，哀哀哭泣。經小婢再三苦勸，扶著回房。十餘年來依依膝下，父女之情，何等的深久？一旦遭此大故，孤雛情況，自是可憐異常。所以飛瓊終宵淚眼未乾，睡不成眠。

　　次日，聶剛早將靈堂布置好了，延了僧人前來念經，超度亡魂。飛瓊全身縞素，拜祭成禮。晚間聶剛又和飛瓊談話，將他師父的恤金交給飛瓊，且報告此行的帳目，商議好散發眾夥友的酬資，一切粗定，聶剛便對飛瓊說道：「師父臨終之前，雖有遺囑，命我繼續他老人家的志向，承辦靖遠鏢局，克保聲名。但我實在不敢有此意思。因為世妹雖是女子，而巾幗英雄，名聞遐邇，正可讓妳繼承父業，來辦這個鏢局，名正言順。我有師弟之恩，很願意在一邊輔助著世妹，襄理一切業務。此後世妹如有驅遣，我無不樂從，願效馳驅。」飛瓊本有好勝之心，無論高山的遺囑自己親耳朵沒有聽得，不能十分相信，即使真有這麼一回事，自己也絕不肯讓聶剛來繼承父業的。因此她點點頭道：「不幸父親慘死，這鏢局當然要使它繼續存在。我雖是個女子，當仁不讓，很願維持下去。即請世兄照常在此幫忙。」聶剛聽到飛瓊已願自辦，他也無可無不可。本來這個鏢局是高家的，自己和飛瓊的婚姻尚未成功，自然沒有此資格，要飛瓊能夠看得起他，不和他疏遠，便是幸事了。遂也點點頭說道：「好，世妹既有此志，我早已說過，自願效勞的。師父遺囑中還有一句話，此時我也未便向師妹陳說，且待過些時再說吧。」飛瓊道：「什麼話？」聶剛囁嚅著一時說不出來。飛瓊見他如此，也就不再逼問了。聶剛又和飛瓊談談鏢局裡的事，然後退出。

　　次日，聶剛當眾發表飛瓊繼續高山為靖遠鏢局的女主人。出去的夥伴倒驚異起來，因為他們也都聽得高山的遺囑，以為聶剛可以代替高山主持鏢局的，現在卻歸飛瓊主理，似乎有背老主人的遺言。但飛瓊終是

高山的親生女兒，且又知道她的本領高強，所以也無異言，不過略代聶剛不平罷了。聶剛卻忙著辦高山的喪事，又和飛瓊商定擇一吉日，為高山設奠開弔。到了那天，大家前來慰唁，素車白馬，頗極一時之盛。飛瓊一一答拜，悲哀欲絕。開弔過後，聶剛又陪著飛瓊到鄉間去看墓地，造起墳來，為高山下葬，以安英魂。

忙了一個多月，已是隆冬天氣了。鏢局裡的業務很清，一則因為高山死了，多少總有些影響，二則時逢冬令，客商們往來較少，也要度過了殘冬，再做大宗的貿易。飛瓊恐怕鏢局業務方面要衰頹下去，所以和聶剛商量，務要振起她的聲威。聶剛代她計劃，先打起兩面白旗來，銀底黑字，一面旗上大書「河北女鏢師」，一面旗上大書「銀彈高飛瓊」，把來豎起在鏢局屋頂上。鏢旗獵獵翻風中，顯露著十分威風。路過靖遠鏢局的人，都駐足而觀。女鏢師高飛瓊的威名，更是膾炙人口。聶剛雖然對於飛瓊，一心一意的代她辦事，要博取她的歡心，無如一則飛瓊對他久存藐視之心，二則高福在得便的當兒，常在飛瓊身邊有意毀謗聶剛。說老爺英名蓋世，一向不曾失敗，如何此次帶著聶大爺出去反會遭人暗算？仇人是誰？聶大爺怎會說不出的呢？平日聶大爺的為人很是精明強幹，為什麼此次他竟這樣的不濟事？非但不能擒住仇人，連仇人的面和仇人的姓名竟會茫然不知，豈不是變成了糊塗蟲嗎？又說這或許是聶少爺有心想做靖遠鏢局之主，所以故意放過凶手，讓老爺中毒而死，坐視不救的。飛瓊是個性子急躁的人，聽了高福說許多不利於聶剛之言，更把聶剛懷恨，疑心他果然要利用她父親的暴死，而想攘奪這個鏢局了。所以她做了鏢局女主人後，對於聶剛時常猜疑，而沒有像她父親那樣的信任了。

時光過得很快，臘報聲中，已是鶯啼燕語報新年了。高山的百日亦已過去。有一天早晨，飛瓊到後園去練習銀彈，因為自從高山死後，她

心緒惡劣，不勝悲哀，這玩意兒也中輟了好多時，筋骨不免懈弛，故要照常打靶了。那時梅花已在盛放，暗香疏影，瓊葩仙姿，園中起始有了一些春意。飛瓊射了一會兒銀彈，把弓弦鬆了套在臂彎裡，在梅樹下徘徊片刻。忽見聶剛從梅樹後走將過來，叫聲：「世妹。」飛瓊回頭瞧見了聶剛，便有些驚訝似的說道：「聶世兄，你早呀！」聶剛道：「我來了已有些時，因見世妹方在練習銀彈，不敢造次驚動，所以在林中偷窺多時。世妹的功夫日臻純熟，雖古之養由基，亦不過如是了。」飛瓊噗哧地笑一聲道：「養由基是古之善射者，他用箭，我用彈，不是一樣。你怎把養由基來比我呢？我不敢掠美。」聶剛道：「箭與彈雖然式樣名稱不同，而為技則一，我何嘗不可把養由基來稱讚世妹呢？」飛瓊又仰首笑了一笑道：「算了吧。」一步一步向假山後邊走過去。聶剛卻追隨在她的身旁，亦步亦趨，走至一塊太湖石畔，走上兩步，對飛瓊帶笑說道：「世妹請坐一會兒，我有句話要和妳談談。」飛瓊一怔道：「什麼事？」聶剛把手拂拭著太湖石說道：「世妹請坐了再談。」飛瓊勉強把嬌軀坐定。聶剛挨近飛瓊身邊坐下，向她徐徐說道：「自從師父逝世以後，世妹的玉顏也有些消瘦了。」飛瓊聽聶剛提起她的父親，不由心中一酸，眼眶裡已隱隱有些眼淚，低聲說道：「我父親死得太慘，我有了不共戴天之仇，尚未得報，所以寢苫枕戈，這顆心一日也不得安寧。」聶剛道：「師父確乎死得可憐。莫怪世妹哀痛欲絕，我做徒弟的也是時時刻刻不能忘記的。」飛瓊冷笑一聲道：「承你的情，但我不知怎樣報我父親的仇呢？」聶剛道：「春晚了，師父的喪事也已辦妥，我們當然要出外去尋找仇人，復此大仇了。不過我以前不是曾對妳說過，還有一句話要和妳稍緩再談嗎？」飛瓊道：「什麼話？我倒不記得了。你爽爽快快地說了吧。」聶剛道：「世妹，我說了出來，務請妳要相信我的話。因為師父臨終之時，也曾對我說過，照他老人家的意思，要將世妹許配與我，招贅我在家，一同支持這個靖遠鏢

局的。師父對我說了這話，要我轉知妳，而得妳同意的。雖我承師父待我天高地厚之恩，只因世妹新遭大故，我恐冒犯，不敢就對妳直說。現在我忍不住了，不辭孟浪，直言相告，請求妳能顧到師父的遺囑，答應這婚事，鑑諒我的一片誠心，和數年來相愛之意，答應了我吧。」聶剛說了這話，懷著一腔的熱烈情緒，等候飛瓊的檀口一諾。

第五章
芳草天涯何日歸

　　飛瓊一聽這話，臉上頓時露出一重嚴霜，絕沒有含羞的樣子，馬上對聶剛說道：「承你看得起我，真是受寵若驚。只是父仇一日未報，我的婚姻問題便一日不談，雖有父命，我也顧不得。況當我父親易簀之時，我也不在他的身側，他的說話我也無從親聆，所以我現在不能答應你，抱歉得很。」聶剛見飛瓊果真毅然拒絕，不由漲紅了面孔，又說道：「這是師父的遺囑，他老人家教我對妳如此說，而望妳不要違背他的意思。鏢局夥伴也有多人在旁聽得，我豈敢妄言妄語呢？務請妳細細思量，尊重師父的遺囑，不要有負他老人家的心，妳就是盡孝了。至於我更是對妳一片深情，此生心目之中唯有世妹一人，望世妹萬勿拒絕，否則就是我個人為世妹所唾棄了！我還有什麼生趣呢？」飛瓊又是冷笑一聲道：「不錯，父仇未報，我還有什麼生趣呢？總之在此時候，世兄請勿將此事跟我絮聒。你不急急報師父之仇，而反向我來要求婚姻，這一點你就有些不是了。」聶剛道：「世妹責備得也是。不過師父的遺囑，我不得不據實向妳說明，至於師父的大仇，我自然也在心上，無論如何遲早必要去報復的，請世妹勿疑。」飛瓊聽聶剛總是將亡父的遺言為前提，心中忍耐不住，又說道：「先父雖有遺言，我卻沒有聽得。即使果有此說，我自己也可做一半主，現在時候我絕對不欲提起婚姻，請世兄勿再多說。」飛瓊說畢，立起身來，翩然而去，頭也不顧。聶剛碰著這一個釘子，瞧飛瓊的神情如此落寞，對於高山的遺囑也不在心，自己無奈何她，足見飛瓊完全沒有愛他之心了。心中也不由大大一氣，沒精打采的走出園去。回到自己房間裡，只是唉聲嘆氣。到了此際，他對於飛瓊方始覺得絕望了。師父雖有遺囑，可是師父沒有親口同他女兒說，怎能強逼她允諾呢？只好待到報了師父之仇，再作道理。

隔了數天，忽然鏢局裡有一個客人跑來要見鏢局之主。聶剛當然代見。坐定後，一看那客人約有四旬年紀，頭戴瓜皮小帽，鼻架眼鏡，嘴邊有一撮小鬍，身上穿一件灰色的薄棉袍子，外罩一字襟的黑緞馬甲，手裡拿著一個鼻煙瓶，時時傾些煙在手掌裡，拈著向鼻管邊送。聶剛問他來此何故，客人答道：「我姓刁，名喚進高，一向在黃侍郎門下助理家中帳目雜務，大家稱為刁師爺。此番奉主人之命將來貴鏢局洽商，要請你們保鏢往湖北襄陽走一遭。因為黃侍郎有一批寶貴的貨物要運回他的故鄉襄陽城中去，吩咐我和侍郎的二公子壽人護送回鄉。但恐沿途盜匪攔劫，故欲請人保鏢。夙仰這裡靖遠鏢局的威名，特派我來向局主人商量，可否答應護送，倘得平安抵達，自當重酬。」聶剛這幾天本來很不高興，不想做什麼生意，所以他也沒有去通知飛瓊，立刻拒絕道：「我們鏢局裡近來自從高山老主人逝世以後，由他的女兒代行保鏢，可是這一陣無意出馬，湖北那裡也不甚熟悉。不比關東是走熟的，恕不能應命。」刁師爺聽聶剛拒絕，便皺著眉頭說道：「你們靖遠鏢局不肯答應那就更困難了。而且侍郎指名要這裡護送，他方才安心，所以商懇你們就辛苦一趟。壽人公子也是很伉爽的人，絕不會薄待。」聶剛道：「這個倒也無所謂的。只是我們現在並不走這條路，所以不能夠遵命。」聶剛和刁師爺說話的時候，高福正在屏後竊聽，他聽聶剛謝絕生意不做，便溜到後面去告訴飛瓊了。聶剛都不知道。刁師爺再三央告，他終是不肯答應。刁師爺沒奈何，只得告別道：「既然聶爺一定不能賞臉答應，我也只得告辭了。但主人面前怎好交代呢？」聶剛道：「請你們鑑諒，稍緩些時我們也許可以出行，你真來得不巧。」刁師爺聽了這話，卻又一征。他不明白聶剛內心中的意思，所以又問道：「聶爺，我是專誠奉請，怎麼叫做不巧？」聶剛也覺無以自圓其說，點點頭道：「實在不巧，對不住。」冷不防屏風背後閃出一個人來說道：「什麼不巧不巧？客人且慢走，有話可跟我講。」聶剛回頭一看，不由一呆。

　　刁師爺見一位少女出來講話，知道這就是女鏢師了。飛瓊背後還立著高福，他對刁師爺說道：「這位就是我家老主人的千金飛瓊小姐，你老有話同她講便了。」刁師爺便向飛瓊深深一揖道：「高小姐，我奉主人黃侍郎之命，要請貴鏢局保護黃壽人公子運送貨物，迢返襄陽，特地前來商懇。無奈聶爺不肯應允。高小姐妳若能許護送，此行全賴大德，侍郎當不勝快慰的。」飛瓊便點點頭道：「我們既然開設鏢局，只要人家信任我們，要我們伴送的，我們自當效力。」又對聶剛憤憤地說道：「世兄為何有了主顧不告我一聲，自己擅自拒絕！你不高興出外，自有他人去的。我父雖死，尚有我在。靖遠鏢局一天開著門，天南地北都要出去，豈有謝絕人家之理！這不是你有意和我搗蛋嗎？莫怪近來沒有生意，大概都是你回絕的。好，你存心要靖遠鏢局關門嗎？那麼你當初何以又推我出來，繼續父業，當面說什麼好話呢？這不是你的狡詐欺人嗎？我父親死得不明不白，任憑你一人講話，否則何以仇人都不知道！不想代師父復仇的呢？你這種人……」飛瓊當著眾人，向聶剛侃侃地數說不絕。刁師爺側著耳朵恭聽，兩隻眼珠子卻不住地在他戴的玳瑁邊眼鏡下面骨碌碌地傾向聶剛藐視，露出揶揄的樣子。而高福也得意地在背後竊笑。聶剛如何受得下？連忙漲紅著臉，說道：「近來我的主張，到南方去的生意不誠心接受，我們還是走北方。況且我這幾天心緒大為不佳，所以回絕。至於復仇的事，我本未嘗一日忘懷，請世妹不要疑心，說這種尷尬話。」飛瓊對刁師爺說道：「我已答應你去了，請示行期，以便準備。這鏢局是高家開設的，一切由我做主。你信任我嗎？」刁師爺忙道：「信任信任，我本來奉請的，難得高小姐肯答應，這是賞我的臉，快活之至。」他說著話，又對聶剛臉上望望。此時聶剛慚愧交並，無地自容，背轉身走到他自己室中去了。這裡刁師爺便和飛瓊約定十五日動身，他和黃壽人準於十三日從北京押送貨物先至天津，會合著高飛瓊一起動身，以

一千五百兩銀奉酬。路中倘得安然無恙，到後再致酬謝。飛瓊有心要做這筆生意，並無異言。刁師爺方才歡歡喜喜地回去了。

　　飛瓊自作主張，和聶剛嘔了氣，也不再去和他講話，自回內室。到了明天，鏢局裡的夥計忽然入報聶大爺失蹤。飛瓊遂和高福等走至聶剛所住的臥室中察看，只見別的東西都沒有少失，唯有聶剛的衣服用具以及寶劍都已攜去，桌上還留著一封書信。高福取過，呈與飛瓊，說道：「這是聶大爺的留言吧。」飛瓊接在手中，撕開信封的邊條，展閱籤上的字是：

　　飛瓊世妹大鑑，此書達覽之時，剛已離去津門，不復晤對玉顏矣。剛受師父厚恩，及其諄諄之遺囑，何忍合去？然今日之情勢，剛亦不能不去矣。我妹疑我之心始終未祛，然剛之心可誓天日，絕無虛偽，鏢局夥伴皆可質詢。唯有耿耿於懷，歉歉無已者，則以我師之仇人未能獲得耳。剛非不欲復此大仇也，實以師之窀穸未安，不能輕身，故扶柩歸葬，以安陰靈，再俟機會復仇耳。且以剛之傾心於吾世妹，而又有師之遺囑，言猶在耳，豈能忘之？滿擬與吾妹成婚後，同出復仇，以表此心。奈世妹不能鑑諒鄙悃，始終棄我如遺耳。是以近日中心如焚，寤寐永嘆，徬徨中宵，幾欲狂癲，馴致黃侍郎之相請保鏢，亦拒絕願往。實以本懷未達，萬念皆灰，非敢欺吾世妹也。孰知更以此攖世妹之怒，嚴詞詰責？竟使我百喙莫辯，芒刺在背，坐立不安，思維再三，計唯有立即奔走天涯，專尋仇人，為師父復得大仇，然後可告無罪耳。噫，剛行矣，不得仇人之頭，終身不復與世妹相見。願世妹善承先志，努力自愛可也。

聶剛上言

飛瓊讀完了這封信，似乎有一些感動，抬起頭來，想了一想，說道：「他走了！他去報我父親之仇。倘然這信上不是虛言，他才算有志氣的男兒。我也並非多疑，實在他的態度太戀戀於兒女之情而缺乏勇氣了。」高福卻又在旁邊說道：「聶大爺這個人真不可靠，昨天他拒絕黃侍郎的聘請，明明是和我家鏢局搞蛋。恰巧被我聽見了，告訴了小姐，撞破了他的虛偽，他自己慚愧沒有面目再見小姐的面了，所以不別而行。恐怕老主人的被人所害，其中也有疑問哩。」飛瓊聽了，點點頭道：「你也說得不錯，他既然要走，由他去休。此次我所以答應黃家保鏢，因為順便也要出門探探殺父的仇人。由襄陽回到潼關道路，尚稱順便，我必要前往。」高福道：「小姐本領高強，勝過聶大爺數倍，此次出馬，一定順利。小人祝老主人陰靈護佐，倘能找見仇人，取了他的頭，挖了他的心，那麼小人也快活了。」飛瓊給高福諂媚數語，心中大樂，就此丟開聶剛，把外面的事交給高福當心。她自己和幾個夥伴忙著準備動身之事。

夥伴們和聶剛感情很好，聶剛一走，大家未免心裡有些不起勁。可是一則因有老主人的情誼，二則忌憚飛瓊的勇武，不敢不服從，仍維持著這個鏢局的地位。到得十三日那天，刁師爺陪著黃壽人公子，押送許多行李，到靖遠鏢局來，和飛瓊相見。飛瓊瞧那黃壽人，年紀還不滿二十，衣服麗都，顯出王謝門第的身分。容貌雖也平常，都很修飾，臉上敷著粉，帽上釘著一塊小小翡翠，未免有些紈絝氣。黃壽人也對著飛瓊上下打量，不信這樣美麗的女子卻精嫻武術，做鏢局的主人。坐定後，大家略談數語，刁師爺將許多行李一齊點交與飛瓊，暫寄在鏢局之內，約定後天動身。飛瓊此次獨自出馬，自然特別奮勉。擇定六個夥伴，僱了十多名苦力，推挽鏢車，又取出聶剛代她製成的兩面旗子來。將局中的事託與高福掌管，並教小婢留心照顧內屋。一一安排已定，行篋亦已整理好，便在十五日的那天早晨，等到刁師爺陪伴黃壽人和三四

個家人坐著大車到來時，靖遠鏢局的鏢車一齊出發。黃壽人先見鏢車上兩面白旗，大書「河北女鏢師」、「銀彈高飛瓊」，便覺得這位女鏢師果然大有來歷，威風無比，精神陡覺一振。又見飛瓊頭上裹著青帕，插著一朵白絨花，身上披著青布的外氅，裡面隱見短衣窄袖，武裝打扮，腳踏黑蠻靴，果然婀娜剛健，巾幗英雄，和黃壽人刁師爺等相見後，便說：「我們行吧！」黃壽人方要招呼飛瓊坐上車廂時，早有一個夥伴牽過一匹白龍馬來。飛瓊對刁師爺說道：「你們請上車，我自有坐騎。」遂聳身躍上雕鞍，顧盼自如。黃壽人只得和刁師爺坐入車廂，一行人離了天津，向河南趲程。

這時氣候已暖，路上風景如畫，飛瓊在馬上左顧右眺，比較在家裡胸襟舒暢得多了。打尖時，飛瓊當然獨居一室，和黃壽人等分開。但是黃壽人常教刁師爺來請她出去一同飲啖。飛瓊本沒有女孩兒家羞澀之態，第一次她同他們一起去坐飲。黃壽人添了許多菜，極盡殷勤。但飛瓊覺得黃壽人很有些輕佻的模樣，不足與談，所以下一次便不來了。黃壽人卻總是每次吩咐家人送了許多菜到飛瓊那邊來請她吃，飛瓊卻處之淡然。她只知一心趕路，送到了襄陽，便要轉道潼關，一訪她父親的仇人。路上在河北境內，野鹿山附近，聞得人說山上有一夥強人盤踞，常常出劫行旅，最好繞道而行。黃壽人聽了，有些膽寒。飛瓊卻以為無名之輩，不足畏懼。倘然繞道而行，非但不便，且又耽擱時日，所以仍主照著原路進行，如有損失，她願負責。黃壽人等只好依從她的主張。

這一天行近野鹿山，正在下午，飛瓊跨馬在前，看鏢車循著大道而行。突然後面有一枝響箭飛來，大家知道盜匪來了，一齊驚駭，黃壽人更是恐懼異常。飛瓊卻安慰眾人道：「你們不要畏怯，有我在此，盜輩不足顧慮。」於是立馬停車，等候盜眾到來，作一場廝殺。

第六章
從容殺盜顯身手

　　飛瓊早已脫去外氅，從背上卸下彈弓，從腰囊裡摸出彈子，扣在弦上，瞧著旁面的野鹿山窺探，有什麼盜匪到來。一會兒果見塵土起處，約有二十餘騎疾馳而至，背後還跟著徒步的兒郎十數人，刀槍耀目，聲勢洶洶，要來劫取鏢車。刁師爺等早唬得癱了半截身子，動彈不得。鏢局夥友也跟著拔出兵刃，準備抵禦。等到盜騎相近時，只見當先一騎烏騅馬上坐著一個盜魁，身材偉岸，面目猙獰，手裡挺著一柄鎦金鐧，高聲大呼：「前面的鏢客為何路過此地，不打招呼，不孝敬禮物？明明瞧我們不起。現在快快交出鏢車，方能貸你們一死。」飛瓊見他手中的鎦金鐧，估料去十分沉重，非有膂力的人不能使用這種武器。又聽他呼聲如雷，料是一個很驍勇的巨盜，必先除去他才能取勝。於是她就嬌聲喝道：「狗盜休要口出狂言，你們不生眼珠子的嗎？不看看我家是誰？須知天津靖遠鏢局的鏢車斷不容強梁攔截的，不要自討苦吃。」那盜魁見飛瓊是個少女，哪裡放在心上，哈哈笑道：「我也知道你們是靖遠鏢局的鏢車，可是聽說高老頭兒早已死掉，不復可畏。妳是高老頭的女兒嗎？小小年紀有何本領？吃俺老子一槍。」盜魁說罷，躍馬向前，抬起兵器正安動手。飛瓊覷個清楚，颼的一彈發出去，直奔他的頭顱。盜魁不防有這麼一下的，急避不及，一彈正中在左額，大叫一聲，一個倒栽蔥跌下馬去。盜眾大驚，連忙上前搶救過去。飛瓊又發二彈，又擊中二盜受傷退去。盜眾的銳氣已挫，早有一個瘦長的盜匪躍馬舞刀，殺至飛瓊馬前，一刀向飛瓊馬頭砍下。飛瓊連忙放下弓，拔出寶劍，將馬一拎，讓過了這一刀，還手一劍，看準盜匪胸口刺去。盜匪把刀攔住，和飛瓊用力狠鬥。又有二盜，一使槍，一舞斧，左右夾攻飛瓊。飛瓊將手中劍舞成一道白光，和盜眾酣鬥不已。鏢局夥友也和步下的盜黨混戰一陣。飛瓊一

劍又刺傷了一盜的右臂膀，退了下去。她精神抖擻，愈戰愈勇。瘦長的盜匪殺得汗流浹背，刀法散亂。遂一聲呼哨，和那盜黨一齊回馬逃走。飛瓊喝一聲：「哪裡去！」拍馬追上。跑了百十步，飛瓊馬快，早已追至瘦長盜匪的馬後，一劍掃去，正中瘦長盜匪的頭顱，削去了半個，倒斃馬下。盜黨唬得心驚膽顫，正想逃到前面林子中去，飛瓊追出他的馬前，將他擋住。那盜賊聲啊呀，再想掉轉馬首時，早被飛瓊舒展玉臂，一伸手將他抓過馬去，擲於地上。飛瓊自己跳下馬鞍，把劍向他臉上虛晃一晃，問道：「你這廝叫什麼？你們這夥狗盜是不是在野鹿山上的？盜魁何人？快說快說。」那盜答道：「俺叫小鷂子濮四。俺們就是野鹿山上的綠林弟兄。盜魁黑熊錢大超，剛才已被妳用彈子擊傷。瘦長的是他的兄弟錢大霸，今已死於妳的劍下。姑娘妳果然厲害，名不虛傳啊。」飛瓊冷笑一聲道：「狗盜，現在你方知道我的厲害嗎？但已悔之無及了。待我送你和錢大霸一起去吧。」說著話，把寶劍高高揚起，待往下落時，濮四早嚷道：「飛瓊姑娘，妳有血海大仇不去報復，也未必見得果然勇敢。殺死俺濮某，也不謂武。」飛瓊聽了這話，不由心裡一動，立刻沉著臉說道：「怎麼？妳說我有血海大仇未報嗎？不錯，我父親高山去年在潼關道上被人暗中放冷箭害死，我父仇未報，含恨在心，不知那仇人是何許人。我本要去找他的。你說此話，可是知情的嗎？倘然你能夠告訴我父的仇人姓名，那麼我非但不殺你，反要謝你呢。但若有半句虛語，我就要把你一劍兩段，了卻殘生。」濮四道：「高姑娘，俺哪裡敢謊騙妳呢？妳父親的仇人是姓薛，名大武，住在山西大同府薛家堡，難道姑娘竟一些不知曉嗎？那時候薛大武暗放毒箭，射死姑娘的父親的當兒，我也在一起親眼目睹的。」飛瓊聞言，不由驚奇道：「原來在潼關道上射死我父親的仇人就是薛大武父子！怪不道他們要甘心於我父親。我本也有些疑心他們倆的。那麼我父親的死仍是死在仇人手裡，並非他人。可怪聶剛太昏聵了，竟會一些得不到端倪。直到今天我始知道咧。你快把詳情告

訴我聽。我父親怎會輕易受人暗算？」於是濮四就將去年自己如何與薛大武父子在關中相遇同行，如何在途中遇見高山的鏢車，薛大武志欲復仇，預伏林中，施放毒箭後，立刻溜跑，直至洛陽分手的事一一告訴。飛瓊聽了，完全明白，方知自己以前錯怪了聶剛，遂放起濮四，對他說道：「很好，你能告訴我這消息，使我知道仇人的姓名，我很感謝你，你可好好兒的去吧。盜匪生涯，千萬再幹不得，男兒何事不可為？何以必要做這種殺人放火的事呢？」濮四聽了面上不由一紅，毅然說道：「高姑娘，我謝謝妳的不殺之恩。妳的本領使我十分欽佩，妳勸我的話我也非常感動的。此後我也不再回山，決定別處去找出路了。姑娘，再會吧。」濮四說了這話，跳上他的馬鞍，加上一鞭，跑向東南面去了。

飛瓊今天無意中聞得亡父仇人的消息，如獲至寶，比較任何東西都歡喜，仰天笑了一笑，好似感謝彼蒼蒼者特地透露一點消息與她。此番只要把黃家所保的財物送至襄陽以後，便可北上復仇了。於是她把劍插入鞘中，還身上馬，跑回鏢車停下的地方來。見鏢夥們也已將盜黨擊退，地下橫著七八個盜屍，數匹受傷的馬，和許多遺棄的軍器，鏢夥見飛瓊殺盜回來，一齊大喜。刁師爺探頭探腦的迎上前來說道：「恭喜高小姐，盜眾已被妳殺退。高小姐真勇敢啊！方才野鹿山殺來的盜匪，多麼凶猛，卻給高小姐不費吹灰之力，悉數逐走，彈傷了他們的盜魁，高小姐真是女中豪傑，我們佩服得很。我們有了高小姐，到去處不用憂慮畏懼了。」大家聽著，益發歡呼起來。飛瓊微笑道：「這算什麼？殺退區區狗盜，何足道哉！像我先父高山以前在關東大戰紅鬍子，那才使人驚心動魄呢。好，盜匪已去，我們可以趕路了。」刁師爺向四下一望，忽然大聲驚呼道：「哎呀！不好了！我們的黃壽人公子在哪裡呢？怎麼不見他的影蹤？莫非他被狗強盜乘隙擄了去嗎？這……這……如何是好呢？」飛瓊聽了刁師爺的驚呼，也不由驚愕，眾人連忙去尋找黃壽人。尋來尋去，不見他的影蹤。飛瓊也跳下馬，幫他們去尋找。到底飛瓊眼尖，她

一眼瞧見在末一輛鏢車底下伏著一個人影，一動一閃的探出半個頭來。飛瓊用手一指道：「這不是黃壽人公子嗎？」刁師爺和眾人聞聲趕至。此時黃壽人也已從車下鑽將出來。只見他面色灰白，股慄不已。飛瓊生平沒有見過這種膽怯的少年，不由噗哧一聲笑。壽人顫聲問道：「強盜已去了嗎？我們的鏢車可被劫去？」刁師爺也笑起來道：「公子，你別害怕。強盜已被這位高家姑娘擊走了。我們的鏢車毫無損失，若被他們劫去時，公子怎得安然呢？」黃壽人聞言，向飛瓊望了一眼，又向四下一看，遂對飛瓊拱拱手道：「謝謝飛瓊姑娘，使我們化險為夷，轉危為安，姑娘真是勇武不可幾及了，佩服之至。」飛瓊並不答話，笑了一笑。刁師爺道：「公子請你拍掉身上的灰塵，上車坐吧。」說時他自己和兩個下人過來代黃壽人拂拭身上的泥灰。黃壽人道：「方才盜匪來時，聲勢十分厲害，我唬得無處躲避，沒奈何下了鏢車逃至後面末一輛鏢車邊，鑽在車底下，以為這麼一來，即使盜匪行劫鏢車，也挨不到末一輛的，也許可以僥倖獲免呢。現在真是運氣，靠托高姑娘的本領高強，殺退群盜。我聽得沒有廝殺之聲，方敢從車下鑽出來呢。」眾鏢友聽了，都在背地裡嗤之以鼻。刁師爺遂扶著黃壽人返登騾車。高飛瓊對眾人說道：「盜匪已敗去，你們各人也可鎮定心神，好好兒推著鏢車上道吧。」眾人答應一聲，便去推送鏢車。飛瓊也跨上坐騎，押著鏢車前進。

黃壽人坐在騾車裡，和刁師爺談起適才飛瓊殺盜的情形。黃壽人是沒有眼見，請刁師爺講給他聽。刁師爺自然口講手劃，說得高飛瓊本領通天，神出鬼沒，黃壽人嘆道：「人美於花，技高如天，比之古時聶隱娘、紅線，有過之無不及了。我們男子漢真是慚愧得很。」刁師爺也說這樣的好女子生平從沒有瞧見過，恐怕說給人聽，人們也難相信的。黃壽人閉目冥想，靜靜地不說什麼，誰聽車輛轆轆的聲音。飛瓊在馬上，心裡卻很歡喜。她倒並不是為了殺退群盜而快活，是因巧遇濮四，無意中得知自己父親的仇人，就是山西大同府薛家堡的薛大武父子，這事就

好辦了。但等自己護送鏢車到了襄陽，卸下仔肩，便可隻身遠行，去找薛大武了。至於薛大武父子的本領也不過爾爾，自己以前見過，現在絕不會如何精進的，否則他為什麼見了我父親，不敢出頭來明槍交戰，而竟用卑劣的手段，暗放冷箭害人性命呢。見聶剛他們尚且要逃匿，可知他們父子自知技劣，不堪與人交手呢。憑著我這一身本領，要對付他們二人也非難事。但願亡父陰靈護佑，馬到成功，這才心願得償，使我父親地下瞑目了。飛瓊這樣想著，恨不得一口氣就趕到襄陽。

過了野鹿山這個險要之地，一路很是平安，又行了十七八天，方抵襄陽。到得黃家大門，鏢車一齊停住。黃壽人回到故鄉，自然倍覺快慰。跳下鏢車，和刁師爺以及隨從步入牆門。下人見公子回來，出而歡迎。黃公子便指揮家人把鏢車上的箱篋行李一件一件地搬下，運入內廳，進去拜見他的萱親。母子相見，喜悅無限。他母親絮絮地問起黃侍郎在京近況，黃壽人一一回答，講了半天的話方才脫身走出。一見刁師爺，便問高姑娘在哪裡，刁師爺答道：「我已留她在客室中憩坐。此番她護送公子回里，殺退強寇，沒有損及一絲一毫，其功不小。公子可要一盡地主之誼嗎？」黃壽人道：「當然要的，今晚我就設一豐盛筵席，宴請高姑娘，且把大碗酒大塊肉，分賞與眾鏢夥，大家快樂快樂。然後我再如約致酬，請你就去告訴一聲吧。」刁師爺遂奉命走到客室中去。其時天色垂暮，飛瓊正支頤靜坐，仍是想著濮四之言。刁師爺見過飛瓊，把黃壽人的意思轉達。飛瓊是最伉爽的，自己代人家出力保鏢，既然平安抵達，自然擾他一餐，也不為過，一口答應。刁師爺去復知黃壽人。黃壽人好不歡喜，酒席擺在花廳上，張起明燈，極盡富麗。又著刁師爺去請出飛瓊讓她坐在上首，二人左右相陪。黃壽人斟滿了一杯酒，敬與飛瓊說道：「此番回鄉，幸賴姑娘大力，平安無恙。野鹿山一役，雖遇險而卒無恙。感佩異常。今夕聊備水酒，敢請姑娘暢飲數杯。」飛瓊喝了一口，說道：「敬謝美意，這是我輩分內之事，何足言功？我們靖遠鏢局所

保的鏢，可說沒有一次失去的。區區野鹿山鼠輩，焉能螳臂當車？現在教他們識得厲害也夠了。明天我們因另有他項要事，急需回津，請公子將護送費付給了了，以便動身。他日有便，再當趨訪。」黃壽人聽了這話，不由一怔，便道：「鄙意欲留姑娘在此多住數天，使我可以一盡東道，報答姑娘之德。姑娘怎說要去呢？」刁師爺也在旁說道：「我們此番蒙姑娘慨許護送，非常感激。姑娘難得到此，怎樣立刻便要回去？況襄陽也有幾處名勝，做客於此，不可不一寓目，故請姑娘在此寬住數日，容我家公子相伴出遊，稍盡地主之誼。千乞姑娘不要堅辭。」飛瓊急於要報父仇，憑二人說得怎樣懇切，她總是不能應許，決定明天便要告辭。二人挽留不住，只得面面相覷。刁師爺道：「且待明天再說吧，無論如何，多住一二日總可以的。」飛瓊也沒說是與不是，喝了兩杯酒，舉箸用菜。二人也不便多說，且各敬酒敬菜。飛瓊不肯多飲，恐要醉倒，所以只顧吃菜，眾鏢友都在外邊大嚼大喝。席散後，飛瓊謝了，告辭回客房安寢。

次日早晨，刁師爺走至書房裡來見黃壽人。瞧見黃壽人獨自坐在書室中發呆。一見刁師爺進來，便說：「高姑娘要走了，我實在不捨得和她離開。你可有法兒留她在此盤桓多時嗎？她美麗極了，本領又好，若得……」黃壽人說到這裡，頓了一頓。刁師爺帶笑問道：「高姑娘果然可愛可敬，公子如此愛她，莫非公子有意鍾情於她嗎？」黃公子微笑道：「被你猜著了。你可能代我作媒嗎？倘能事成，我必重重謝你。」刁師爺諂笑道：「這媒人的職司我一定要做成的。聽說高姑娘尚在待字之年呢。以公子的家世和富貴，說上去自然容易。」黃壽人道：「那麼你快去代我撮合一下吧。」刁師爺欣然道：「公子稍待，容我去見高姑娘，回來報知佳音。公子娶得這位姑娘，豔福不淺。我老刁也是樂觀其成的。」黃壽人拍著手道：「快去快去。」刁師爺笑了一笑，馬上轉身走出書房，徑直客室中來見高飛瓊，做氤氳使者。

第七章
欲銷魂處已銷魂

　　飛瓊坐在客室裡，支頤遐思，想到亡父的仇人遠在大同，自己雖然決志前去找尋薛大武父子報仇，不知可能如願以償。此刻便想及聶剛了，倘然聶剛沒有負氣出走時，那麼他知道了這個消息，一定要跟我前去取仇人之頭了。如此說來，都是薛大武詭計陰謀，害死了我父親，而我卻自己多疑，錯怪了聶剛。可是現在竟不知聶剛往哪方去了，未知他可否知道暗算我父親的仇人就是以前的對頭薛大武父子。他若明白後，也要前去復仇的。飛瓊正在沉沉地思想父仇，忽聽室外咳嗽一聲。她抬起頭來一看，見刁師爺已走進客室來，堆著一臉的笑顏，向她作個揖道：「高姑娘，妳一人在此覺得寂寞嗎？」飛瓊答道：「是啊，我實在有要緊的事，須早日回去，所以昨晚你家公子留我在此多住數天，我也不能領情了。今天午後我們一行人必要離開襄陽的，請你再代我向黃公子說一聲，保鏢費早些付給了我吧。」刁師爺笑笑道：「姑娘出力保護我家公子平安回鄉，理當重重致謝的。這一筆保鏢費自當加倍照付，並要另酬大德。這並非公子吝於付出，實在公子一番好意，堅欲挽留姑娘在此小憩數日，俾盡賓主之誼。昨晚席上未蒙玉諾，所以今日公子再教我來，以十二分的誠意，款留姑娘寬住二三天，千萬請姑娘賞臉允許，否則我又要被公子怪我不中用了。」飛瓊聽刁師爺這樣堅留，心裡暗罵一聲真討厭。面子上只得說道：「既然如此，我就再在這裡多留一天。明日早晨，無論如何我是必要動身的了。即使黃公子再不付給我保鏢費時，我也情願不要了。」刁師爺連忙說道：「萬無此理，鏢費一項我也要負責任的，今天晚上我教黃公子敬奉與姑娘就是了。像姑娘這樣的出力保護我們，豈有吝付此區區之費呢？還有一件事，我也要不揣冒昧，敢和姑娘啟齒。」飛瓊一怔說道：「刁師爺，你還有什麼話講？」刁師爺道：

「姑娘為人真好，又慷爽，又嫵媚，不愧一位俠女。我已向貴局鏢夥探問過，知道姑娘尚在待字之年，還沒有乘龍快婿，這倒再巧也沒有了。我家公子是黃侍郎最寵愛的文郎，才貌很佳，翩翩年少。前在京師時，黃侍郎常要代他和人家結秦晉之好，早日授室。無如公子，眼光很高，都不如意，以致遲遲至今，尚未賦關雎之詩，得畫眉之樂。此次他見高姑娘綺年玉貌，又有驚人的本領，堪稱女中丈夫，所以心中非常欽佩。由欽佩而生了愛心，對我說了好多回，自誓此生非得姑娘這般人才，寧願一輩子作鰥魚，不娶妻室。我想以黃公子的年華門第，若和姑娘配成一對兒，真所謂天生佳偶，福祿鴛鴦了。所以我才高高興興的跑來作媒，一片誠心，尚乞姑娘不以為許，而答應這椿親事，不勝誠惶誠恐，急切待命之至。」刁師爺說完了他的話，立在一邊，坐也不敢，低倒了頭，雙手下垂，專候飛瓊櫻唇裡迸出一個是字來，他便可以奉到綸音，立刻去黃公子面前報告喜信，又可立下一次大大的功勞了。飛瓊聽了刁師爺這幾句話，認為這是侮辱她的話，便正色說道：「多謝你如此關心。」刁師爺先聽得這一句，認為飛瓊謝謝他，這婚事便有成功的希望了，立即帶笑說道：「不敢不敢，這也是姑娘和我家公子的緣，所謂有緣千里來相會，姑娘答應了這親事，姑娘的幸福無窮。將來綿綿瓜瓞，早生貴子……」刁師爺滿擬多說幾句好話，極盡他掇臀捧屁的能事。誰知耳邊聽得一聲「啐」，抬起頭來一看，飛瓊的臉上罩上一重嚴霜，並無絲毫和悅之容，便料這事情反有些僵化了。只得說道：「高姑娘，我是不會說話的，請姑娘莫惱，要打耳巴便重重地多打幾下，我也很願意的。有時我得罪了黃公子，黃公子把我踢一腳，我身上頓時覺得輕鬆舒適，絕不嚷痛的，將來請妳瞧著吧。」飛瓊道：「不要多說閒話。我是送你們回鄉做保鏢的，現在保鏢的事完了，不必再談別的事。你家黃公子雖好，可是我早抱定宗旨，不嫁富貴人家。況且在父親喪服中，不用談這事，恕我

不能允諾。我業已答應你多留一天，言出於口，照此行事，明日我便要走了。刁師爺，其餘的事情請你一概莫談，免得我要得罪人。」刁師爺再要說時，飛瓊早已背轉身去，睬也不睬。刁師爺討了一場沒趣，只得扭轉身軀，走回黃壽人那邊來。

黃壽人在書房裡等了好一歇，方見刁師爺走來，便迎上去問道：「這事怎麼樣？飛瓊姑娘答應了沒有？」刁師爺一心要做成表功，偏偏事與願違，哭喪著臉說道：「不成功，不成功。」黃壽人一聽「不成功」三字，大為掃興，便遂板著臉說道：「你自己說可以有成功的希望，所以我教你去作媒，怎麼你這點事情也辦不成呢？平日怎樣吃我家飯的？」刁師爺勉強帶著笑道：「我當然渴望此事成功，可博公子的歡喜。無奈高姑娘口口聲聲說有服制在身，不能和人家談婚事。」黃壽人道：「你常自以為會說話，怎樣不會說動她的心呢？」刁師爺道：「她很是堅決，我說了許多話，總是無效。」黃壽人聽得惱了，飛起一腳，正踢在刁師爺的大腿上。刁師爺不敢喊痛，只說：「公子不要發怒，待我再想法兒。」黃壽人怒叱道：「你有什麼法想呢？你不必再在我家裡吃飯拿錢了。」刁師爺又對黃壽人鞠了兩個躬，恭恭敬敬地說道：「我不會騙公子的，飛瓊姑娘既不肯許諾，我只得用計策來使公子達到願望了。」黃壽人一聽此言，很興奮地問道：「你有計策嗎？快快告訴我。倘然能夠使我達到目的，你仍可以得賞。」刁師爺回頭看了一看，走近幾步，又說道：「高姑娘雖沒有允許親事，可是她已答應今日暫留一天，待到明日動身了。那麼請公子裝作若無其事一般，便在今天晚上邀請她喝酒小宴，並將保鏢費及酬謝她的銀子一起奉送與她……」刁師爺話未說完，黃壽人怒道：「這算計策嗎？送她金錢，她本來要拿的，不能打動她的心。她既然回絕了，又有何用呢？虧你想得出。」刁師爺道：「公子且不要怪，我的話尚未說畢呢。當然自有妙計。」遂附在黃壽人的耳朵畔低聲說了幾句，黃壽人方才回嗔

作喜，說道：「很好，你就去照此行事吧。她既然不肯答應，只有這樣做了。」刁師爺將雙肩一聳，湊著黃壽人說道：「公子，我的主意可好嗎？公子快樂之時不要忘記我啊。」黃壽人笑道：「我在快樂之時想起你作甚？你無非要得著一些謝儀，事後我給你一二百兩紋銀，也無不可。」刁師爺作個揖道：「謝謝公子。」立刻退出去了。

　　那飛瓊自刁師爺說婚不成，走了回去後，勾起了她心中的煩悶。想想黃壽人這種紈絝子弟，卻只是在女色上用功夫，卻不知我是何許人，豈是富貴兩字所可打動的呢？自己留在這裡，更是毫無意義了。她這樣想著，只見刁師爺又走來了。她一見就生氣，又背轉臉去，裝作沒見。刁師爺卻繞了她面前，深探一揖道：「高姑娘。」飛瓊眉頭一皺，說道：「你又有什麼事來了？」刁師爺道：「我沒有什麼別事。高姑娘既是明天要動身北返，我們也無法勸留。只是大德未報，耿耿難忘，所以黃公子想在今天晚上在碧玉軒內設宴餞行，並奉薄酬，請高姑娘不要辭卻。」飛瓊很坦白地說道：「好，謝謝黃公子，我準叨領盛情。」師爺又道：「到時我再來邀請吧。」說畢，便輕輕地走去了。飛瓊以為這是應有之事，也不放在心上。

　　午飯後，在客室中閒坐。她是好動不好靜的人，要她坐在室中是不慣的，所以她走出室來，在迴廊裡散步，漸漸走到後面去。那邊有一個月亮洞門，門邊有一個木香棚。飛瓊立在木香棚下，聽枝上鳥聲奏著曼妙的清歌。忽聽洞門外甬道邊有人在那裡喊道：「黃富、黃富，你到這邊來，我有話叮囑你。」飛瓊聽得出是刁師爺的聲音，跟著便見黃富從後邊走出來，二人悄悄地走至一座假山石後去講話。飛瓊知道黃富是黃壽人貼身的男僕，也是一個家奴，和刁師爺朋比為奸，串通一氣的，在途中趕路時她已看出來了。此刻這二人鬼鬼祟祟的不知又將作何勾當。恰近這個木香棚，她躲在棚的一隅，偷看過去時，恰巧看得清清楚楚。見

刁師爺從身邊取出一個白色的紙包，湊在黃富耳邊，低低說了幾句話，聽不清楚，只聽有數句，是說「成功以後你也有上賞，可是要守十分的祕密，因那雌兒也不是好惹的人啊。」飛瓊聽著，心裡一動。暗想刁師爺不是好人，莫非他們要暗算我嗎？我拒絕了親事，他又來約定我喝酒餞行，言詞卑而甘，一定包藏禍心，挾有詭計，我倒不可不防哩。又聽刁師爺對黃富說道：「你須要祕密，也不要給廚子知道。」黃富接了紙包趲到後面去了。刁師爺也走開來。飛瓊卻仍站在木香棚下自思自想，想了一刻，好似主意已定。

她就回到自己室中，從行篋裡取出一包藥粉，這是她在途中帶著的內服防暑藥，遇有頭暈目眩，胸懷不適，服下後便可恢復健康的。飛瓊也用白紙包著，揣在懷中，悄悄地走到後面來。她知道黃家下人的臥室都在後進房屋之內，想找到了黃富，怎樣去賺取那包藥粉到手。恰遇見一個小廚，匆匆地走過來，飛瓊便向他問黃富的臥室在哪裡。小廚答道：「後面朝東一排矮屋左首第三間便是了。」飛瓊照了小廚的話，走到後面去。恰見黃富從第三間矮屋中跑出來，雙手捧著肚皮走向後面去，像是上坑的樣子。飛瓊要想喊住他，也來不及了。但她見房門沒有關閉，靈機一動，四顧無人，連忙很敏捷地飛步跳進黃富的室中。留神一瞧，已見桌子上放著一包白色的藥粉，心中好不歡喜。她很迅速地從懷中取出那包藥末來，向桌上調取那包刁師爺交給黃富的藥粉，藏在懷裡，很快地退出去。心中覺得一鬆，專待刁師爺和黃壽人怎樣來算計自己了。

天色將晚時，刁師爺果然走來邀請飛瓊前去赴宴。飛瓊跟著他便行，走到了碧玉軒，軒中燈燭通明，筵已擺上。黃壽人已在那邊等候了。一見刁師爺伴同飛瓊走至，心中暗暗喜歡，便請飛瓊上座，自己和刁師爺左右相陪，且指著桌上兩錠紋銀和四包銀子，對飛瓊說道：「這一

些是奉酬高姑娘的，戔戔之數，菲薄得很，千乞不要客氣。」飛瓊微笑道：「謝謝公子了。」桌上放著兩把酒壺，一把是白滴子的蓋，一把是紅滴子的蓋。刁師爺取過一把白滴子的酒壺，遞給黃壽人道：「請公子敬酒。」黃壽人便將酒壺代飛瓊斟酒。刁師爺又取紅滴子酒壺代黃壽人和他自己斟滿了一杯。黃富端上熱菜來，黃壽人請飛瓊喝酒用菜。飛瓊並不客氣，舉杯便飲，且用箸夾著菜吃。黃壽人瞧著刁師爺臉上，現有得意之色。黃富也站在一邊，眼看著飛瓊喝酒，暗暗和刁師爺扮鬼臉。飛瓊如何不理會得，只裝作不知情。刁師爺見飛瓊杯中的酒已乾，便又提起白滴子蓋的酒壺，代飛瓊斟個滿。且稱讚飛瓊好酒量，可以多喝數杯。飛瓊果然連喝二杯，假意將手向桌子邊一按道：「怎麼今晚我竟這樣不濟事？快要醉了！為什麼天旋地轉的頭暈起來呢？」刁師爺道：「不要緊，再喝一口。」卻聽飛瓊喊了一聲啊喲，嬌軀伏在桌子上，竟不動了。刁師爺又喊一聲：「高小姐，請用酒啊。」飛瓊不答。刁師爺便對黃壽人哈哈笑道：「公子，我的計策靈不靈？」黃壽人點點頭道：「果然不錯。」刁師爺遂教黃富扶高小姐到軒後一間小室中去睡吧。黃富答應一聲，來扶飛瓊。飛瓊任他扶持，走至碧玉軒後面一間精舍中，裡面床帳都有，十分清潔，是刁師爺臨時特地布置好的。刁師爺和黃壽人酒也不喝了，跟著飛瓊一同步入小室。

　　黃富把飛瓊扶至床前，飛瓊和衣倒頭而睡，不省人事。刁師爺對黃壽人說道：「現在她已中了麻醉藥品，一時不會醒轉，一任公子擺布。公子且到外面去暢飲三杯，然後再登陽臺，遂於于飛之樂何如？」黃壽人是個急色鬼，便道：「不要喝了，我欲早尋樂事，免得她醒過來時便不好對付。只要她貞操已破，木已成舟，事到其間，就好講話了。」刁師爺見黃壽人心急，便笑了一笑，立即同黃富退出室去。二人且在碧玉軒裡飲酒吃菜，專待事成後領賞。刁師爺自詡多智，喝了一杯酒，對黃富說

道：「我的計策好不好？公子沒有我，今晚怎能如願以償？」黃富點點頭道：「刁師爺，你真有主意。你給我的藥粉，我在天暮時帶入廚房，乘廚子沒留意之時，遵你的命，放入那白滴子蓋的酒壺中，請那高家姑娘喝了，果然醉倒。這是什麼藥，如此靈驗呢？」刁師爺顛頭晃腦地說道：「這種藥只有我祕藏著，若給不論什麼人吃了，都要迷倒。然而並無大礙，待到天明時藥性一過，人也就醒了。」黃富道：「這莫非是江湖上所用的蒙汗藥嗎？刁師爺你怎樣有的？」

　　刁師爺正要回答，忽聽小室內喊出一聲救命來，像是黃公子的聲音。二人陡吃一驚，酒也不敢喝了，連忙一齊跑進那個小室去。燈光下，只見飛瓊仍閉目仰睡在榻，可是黃壽人長衣已脫，伏在飛瓊身邊，嘴裡不住喊道：「你們快來救我一救，痛死了。」二人走近一看，方見飛瓊的一隻右腿正把黃壽人的身體壓在下面。黃壽人額汗淫淫，只是呼救。二人更是驚異。黃富和刁師爺動手去掀開飛瓊的大腿時，好似蜻蜓撼石柱，動也不動。看看飛瓊仍閉目睡著，毫無知覺，不由瞪目稱奇，不信飛瓊這樣纖麗身體，卻如石做的。黃壽人極聲喊道：「你們快快救救我吧，我要壓死了。」刁師爺道：「高姑娘尚沒有醒，公子怎樣被她壓在腿下的呢？」黃壽人道：「方才我脫下長衣，剛登榻時，她一個轉身，一隻腿竟把我翻轉身壓住，動也不能動，背上好似壓著千斤大石，你們再不救我時，我可要壓死了。」刁師爺聽了，再和黃富用力去拉開飛瓊的右腿時，飛瓊又是一個翻身，左腿一起，把刁師爺黃富也一起壓在下面。三個人連聲喊著「啊唷唷」，都被飛瓊壓得動不得分毫。刁師爺知道有異，連忙哀求道：「高姑娘饒了我們吧。」飛瓊依舊不響。黃壽人也向飛瓊哀求道：「高姑娘，恕我冒犯了妳，下次不敢了。」黃富也求道：「高姑娘，饒了我這條狗命吧。」飛瓊睜開雙目，向三人嬌聲叱責道：「你們詭計多端，欲加非禮與我。幸我事先預防，換得你們的藥粉，方沒有墮

入你們的暗算。還不略加小懲，你們也不知我的厲害呢？」說罷，又把雙腿望下一沉，三人殺豬也似的叫起來。刁師爺道：「高姑娘，妳果然是厲害的。大人不記小人之過，幸恕狂悖，放了我們吧。我對妳磕頭。」飛瓊冷笑一聲道：「你們如此不中用，卻要暗算人家嗎？真沒有眼珠子的。待我來挖去你們的眼睛吧。」黃壽人聽了，更是發急，忙又哀告道：「高姑娘，妳替上天好生之德，饒恕我們這一次。」刁師爺道：「高小姐，妳對強盜尚肯釋放，就饒了我們吧。功德無量。」飛瓊道：「你們的心比強盜還要惡毒。試想黃壽人，你既然是一個官家子弟，應該守禮行道，好好兒念書上進，為什麼學了紈絝一流，專在色字上用心思，自誤青年。大概你家老頭兒刮地皮，積下了罪孽，以致生出你這個不肖子來。從今以後務要悔過知非，立志從善重新做起一個人來。」又對刁師爺道：「這個助紂為虐的小人，吃了黃家的飯，應代黃家做些好事。現在卻掇臀捧屁，代你家少主人想出為非作惡的事來，天良何在？」刁師爺連連說道：「是是是，這是我的不好。經高小姐說了以後，一定痛改前非。」飛瓊又對黃富說道：「你做了一個下人，卻奉著主人之命，來害人家，貪得金錢，也是不肖之尤。」黃富道：「這是小人不是，請高小姐高抬貴腿，饒了小人一命。」飛瓊對三人懲戒了一回，方才雙腿一鬆，坐起身來。三個人如釋重負，都慶更生。黃壽人撫摩著自己的身體，連連呼痛，兩頰漲紅，幾如豬肝一般，十分慚愧，面面相覷，默默無言。飛瓊飯也不要吃了，走回自己房中去。隔了一刻工夫，見刁師爺和黃富托著一盤銀子和一盤點心進來，向飛瓊謝罪，並送酬金。飛瓊老實不客氣都收了，卻拿點心先給刁師爺嘗過，然後自己敢吃。刁師爺和黃富鞠躬退去。飛瓊料想他們再沒有膽量幹壞事了。遂把銀子收拾，放在行篋中，自己靜坐一會兒，熄了燈，上床安睡。

　　次日早起，梳選畢，下人送上早飯。飛瓊也教人先嘗試過了，然後

自己進食。早餐已畢,便出去會集諸鏢夥,一齊動身。黃壽人和刁師爺
恭送如儀,再也不敢挽留了。送出大門,見飛瓊跨上雕鞍,押了空鏢
車,向二人點點頭,說聲再會,領著鏢夥們揚鞭而去。黃壽人宛如做了
一場噩夢,身上的痛正未消去呢。飛瓊出了襄陽城,一路回去,行至河
南、山西、河北三省交界相近之處,她方對眾人說明了自己的志願,要
去大同府為她亡父高山復仇。教他們先回天津,好好照顧鏢局,暫不接
受生意。眾鏢夥見她已決定主意,也就唯唯應命。於是高飛瓊帶著輕
裝,匹馬單身,望大同道上飛奔而去。

第八章
入山幸遇少林僧

天蒼蒼，野茫茫，在偌大一個世界中，要去找尋仇人，這不是很困難的事嗎？飛瓊雖已僥倖得著了線索，而聶剛卻尚是在暗中摸索呢。聶剛自從在天津遭受到飛瓊和高福的侮辱而負氣出走後，立下了志，務要走遍天涯海角，去找尋他師父的仇人。他只怪高福是個小人，在內搬嘴弄舌，專向飛瓊說離間的話。對於飛瓊，倒很能原諒她的。他知道飛瓊的性情，最是直爽不過，唯帶有數分驕矜之氣。還有最大的美德，就是天性至孝，無怪她此次遭逢大故，慘慘戚戚，一定要求報此不共戴天之仇了。此次師父在外邊受人暗算而死，自己隨在身邊，既不能保衛師父，又不能訪問得仇人姓名，單是扶柩回鄉，自己心裡也覺得對不起師父在天之靈的。飛瓊如何不要怪怨他呢？所以飛瓊雖然嫌惡聶剛，而聶剛並不十分怨恨飛瓊。且他自愧武藝未精，不及飛瓊高明，這也是很可羞愧的。飛瓊輕視他，大半為此。若是自己有了很好的本領，也不難使飛瓊折服。遂想此次出外，一半找尋師父的仇人，一半也要訪問異人，使自己再學得一些超越的武藝，那麼將來重返津門，也有光榮了。他孤身一人仍向潼關那條路上走去，在途中朝行夜宿，也沒有大事可記。

有一天已近河南嵩山，他素聞嵩山少林寺以武術名聞天下，其中定有能人。現在既然路過嵩山，不妨入山一遊，兼入少林寺，探訪寺內究竟有沒有異人，可以拜他為師。主意既定，遂循著山徑，走上嵩山。果然氣勢雄厚，山脈綿亙，巉岩峭壁，幽林曲澗，一團團的白雲起於足下，許多山峰在雲霧中若隱若現。還有石梁中間的瀑布，遠遠地聽得奔騰如雷，近著又似銀河倒掛，珠簾下垂，濺珠跳玉，時時有輕細的小點，滴瀝飄灑到身上來。山中有許多說不盡的美景，真不愧為雄踞中州的中品。聶剛翻過了幾重小峰，卻不知少林寺在哪一處，四顧回崖杳

峰，不知走向哪裡去才好。聽得那邊林子裡有伐木之聲，他走過去一
看，見有一個樵子拿著斧頭，正在那裡丁丁地伐取樹木，他便上前向樵
夫叩問少林寺在哪裡。那樵子將手指著西南面一個矗立的山峰，形如
蓮花一瓣的，說道：「你問少林寺嗎？就在那邊蓮花峰上，你自己去找
吧。」聶剛道：「上峰去有沒有什麼危險？」樵子聽了這話，對聶剛臉上
相了一相，微笑道：「你既然有膽量跑到深山中來訪問少林寺，還怕什麼
危險？不錯，在這嵩山深處，也時有虎豹出來噬人的。但大概在晚間，
至於少林寺是佛地，香火甚盛，寺中的老和尚對待四圍的眾鄉民很是和
氣，到那邊去，只要你自己不越規矩，有什麼危險呢？」說完了，依然
運斧伐木，不再理會。聶剛遂向蓮花峰一步步走去。他在入山的時候，
帶有乾糧，所以等到肚子裡飢餓的時候，拿出來就吃，口渴時，掬著清
澈的泉水喝幾口。及至他走上蓮花峰，已是下午，紅日已漸漸移西了。
他遠遠地瞧見有一帶黃牆露出在叢林中間，偶然聽得一二鐘聲，便知少
林寺已在前面了，心中很是興奮。眼瞧著古木幽徑，杳渺曲折，四下裡
沒有個人影，卻又不禁有些狐疑。既想自己以前跟著師父，也曾經歷過
幾處龍潭虎穴，何必畏葸起來呢？於是他對著黃牆頭走去，一會兒隱，
一會兒現，一會兒在左，一會兒在右，曲曲折折地走了好一段路，方才
瞧見寺門。在寺前左右，有兩排松林，都是千百年古物，風捲松濤，震
耳如雷。距離寺門的對面百步左右，有一條清溪，流水淙淙，如鳴琴
築。有幾頭蒼鷹盤旋在松林上面，卻仍不見一個人影。聶剛立停腳步，
對寺門上下相視一遍，見那寺造得果然氣象雄偉，門上懸一幅巨匾，上
書「敕建少林寺」五個斗大的金字。兩扇廟門外加木柵，卻緊閉著杳無人
聲。聶剛以前聞人說起少林寺怎樣怎樣，甚至有人說門外有五百個梅花
樁，進去的人非從梅花樁上行走不可。就是在寺中習藝的人，等到技成
出外時，也要從那五百梅花樁上出去的。而且柱上有守門的和尚，本領
高強，非打退他不可出入。又有人說，少林寺門內的彌勒佛便是守門將

軍，在他身上伏有種種機關，進寺的人一定要曉得怎樣的走法，方才可以安然透過。若然亂闖亂跑，觸著彌勒佛的機關，在佛的眼裡、鼻裡、口裡、耳裡以及肚臍眼裡都有毒藥弩箭，向人射出。人中了弩箭時，在二十四小時裡必要毒發殞命。這些話當然都是誇張少林寺的厲害，自己既然以前沒有到過，也不知是虛是實了。但現在很清楚地瞧見，寺門外很平坦地沒有什麼梅花樁。或是在山門裡吧？欲待上前去叩問，卻又取著謹慎的態度，不敢去驚動寺中的人。

他在寺門前徘徊良久，自念「不入虎穴，焉得虎子」，決定要到寺中去一探究竟。遂沿著寺牆繞行過去，見左邊是一帶竹林，牆垣稍低，自己可以從那邊進去。他向左右一看，並無人蹤，就緣著竹竿，猱升至頂，趁著一陣風勢，跳上了少林寺的圍牆。俯身下視，乃是一個庭院，靜悄悄的不見人影。他就大著膽子，飛身躍下。那庭院中都種著花木，有幾間客房，門窗都緊閉著，似乎沒有人居住在內。對面有兩扇小扉，正虛掩著。他輕輕地走過去，開了雙扉，見外面是一條甬道，一頭是通到大雄寶殿去的，一頭卻通後面，也並沒有什麼梅花樁。他想偌大一個少林寺，怎麼沒有一個人撞見，豈非奇怪的事嗎？於是他就走向裡面去，曲曲折折，通至大雄寶殿後面。耳邊忽聽得叮叮噹噹的刀劍之聲，方才心裡一動。躡足而前，見前面一個大庭，中間放著許多石鎖石擔，練習武事的東西。有兩個小和尚一個手使雙刀，一個展開寶劍，正在那邊打對子。一個身材微胖，面黑如鐵；一個十分瘦長，兩眼凸出，正打得起勁。那使雙刀的黑臉小和尚，一刀向那瘦長的下三路掃過去，險些兒劈中他的大腿。幸虧他跳讓得快，說聲好厲害。黑臉小和尚哈哈笑道：「師兄，你輸了，還是我的刀法略勝一籌吧。」瘦長的搖搖手道：「不算數，師弟，我稍一鬆懈，遂被你乘隙進攻。但是我的殺手劍法還沒有使出來呢。我們再來一下吧。」黑臉小和尚說道：「好，你不服輸嗎？我們再打一回，無論如何，你總要敗在我手裡的。」於是兩人一刀一劍，

重又對壘起來。聶剛在旁瞧他們的武藝也屬平常，自思人家都說少林寺僧怎樣怎樣的技高力大，現在自己親臨其地，也沒有外面人說的那樣虎穴龍潭般凶險。可笑世人以耳為目，一味虛誇，即如這兩個小和尚在那裡習藝所使的刀法劍法，憑著自己的一口劍，不難擊敗他們。這樣看來，少林少林，何足道哉？聶剛心中如此想，膽子更壯了，益發大意。他立的地方也沒有掩蔽，全個身子顯露出來，早被那黑臉小和尚一眼瞥見，他連忙將刀攔住瘦長的劍，跳出圈子說道：「師兄，那邊什麼人？莫非有奸細來寺中窺探我們嗎？」瘦長的聽了他的話，也向聶剛站立之處一看，兩人都已瞧見有一個少年站在一隅，冷眼旁觀。今天廟中沒有佛事，廟門關著，守門的獨臂和尚也沒有走開，這個少年從哪裡走來的呢？瘦長的小和尚說道：「此人大概不是善類，我們去收拾他。」兩人遂跑向前來。黑臉小和尚把刀指著聶剛喝問道：「你這廝是從何處來？到我寺中偷偷摸摸，意欲何為？可知少林僧的厲害嗎？」聶剛笑道：「少林僧，少林僧，我方才已見過你們的高技了，徒有虛名，不過爾爾。我本是來此瞻仰貴剎的，請你們的師父出來見見吧。」黑臉小和尚聽了聶剛的話，黑臉也漲得紅了，大聲叱道：「你這小子，膽敢在此口出狂言，不給你嘗嘗我的傢伙，諒你也不服的。」說罷這話，一個箭步跳至聶剛的身畔，舉手一刀，使個玉帶圍腰，向聶剛腰際刺來。聶剛急忙向旁邊一躍，避過了這一刀。瘦長的又向他舞劍進逼，此刻他不得不動手了。遂從背上拔出他的寶劍，和那兩個小和尚交手起來。聶剛久經大敵，雖然以一敵二，卻是不慌不忙，把劍上下左右使開來，倏忽成一道白光。那兩個小和尚究竟功夫尚淺，鬥了五六十合，竟敵不過聶剛。聶剛越鬥越勇，而兩個小和尚已是汗流浹背，有些不支了。聶剛覷個間隙，向那黑臉小和尚的左肩一劍刺去，喝聲：「著！」黑臉小和尚急忙把刀架住時，手指已觸及劍鋒，已被聶剛刺傷了，鮮血直流，不得已跳出圈子，氣喘吁吁地說道：「好小子，竟敢如此猖獗，我去請我師父來。你是好漢，不

要遁走。」聶剛哈哈笑道：「我正要見你們的師父，你快去喚他出來。」

　　聶剛的話方才說畢，只聽庭院後面一聲咳嗽，踱出一個老和尚來。披著深黃色的緇衣，足踏草履，狀貌清瘦，不像吃人間煙火物的，徐聲問道：「悟非、悟塵，你們在這裡胡亂舞劍嗎？這一位是哪裡來的客人？」黑臉小和尚早垂手立定，對那老和尚恭恭敬敬地說道：「師父，我和悟非師兄在庭院中練習武技，不知這廝從哪裡偷入我們的寺中，在此偷瞧。我們二人過去向他責問時，他就出言不遜，罵我們本領低劣，又說少林僧徒有虛名，心存輕視。因此我們忍不住和他交綏。那廝果然能武，我們自愧沒有從師父精心學習，以致敗在他手，請師父動手收拾這廝，以去他狂悖之心吧。」老和尚聽了黑臉小和尚之言，並無慍怒之色，向聶剛徐徐說道：「借問這位客人，從何方到此，為何不待通報，私入我寺，和我的徒弟起釁？」聶剛因為那兩個小和尚本領平常，所以益發起了藐視的心思，便對老和尚說道：「我是特來貴寺觀光的，久聞少林拳棒天下著名，故欲領教一二。不料令高徒所有武技也屬平常，所謂少林派也不過空言驚世罷了。老和尚諒必技術高強，願意請教。」聶剛說了這話，黑臉小和尚在旁嚷道：「師父、師父，你聽這廝大言欺人，輕視我們少林宗派，若不給他一個厲害，有損少林威名。」老和尚微微笑道：「悟塵，少安勿躁。我們少林宗派自有流傳之道，此人大概也是一個有來歷之人，你們不肖，不能傳我衣鉢，技術未臻上乘，擅和人家動手，致有此辱。這位客人尚在青年，初生之犢，輒不畏虎，自恃技高，故來少林寺中顯些本領，是不是？」老和尚說了這話，又對聶剛微微一笑。聶剛見這老和尚一些沒有火氣，也許為了他的徒弟敗在我的手裡，所以連他自己也有些氣餒了。更欲和老和尚一較身手，他就挺身走上兩步說道：「老和尚，你敢和我較量一下嗎？」老和尚見聶剛如此好鬥，遂點點頭道：「客人既然必要和老衲交手，那麼悉聽客人怎麼辦法。」聶剛道：「老和尚，你快去取了傢伙，我們就在庭中交手一百合，如我輸了，我願拜

在你少林門下。否則少林威名，也就一敗塗地，莫再欺騙世人了。」老和尚道：「好，我也不必去取什麼傢伙。手裡一對拳頭，便是隨身法寶，你若勝得過我，少林寺的住持我也不做了。」聶剛道：「此話當真嗎？」老和尚道：「誰和你說著玩的？」聶剛立即跳過去，惡狠狠地一劍刺向老和尚的腹上去。但那老和尚並不退讓，反把肚子挺得高高的，接受聶剛這一劍。聶剛以為這一劍一定刺入老和尚腹中去，白劍進，紅劍出，老和尚，性命休矣。誰知劍尖碰到老和尚的腹上，軟綿綿的，好似刺著極軟極韌的東西，劍尖竟刺不進去。聶剛有些不信，用出平生氣力，盡向前送，依然不透分毫。看看老和尚面上依然神色自若，笑容未減。他知道遇到能人了，急欲縮手。可是自己的劍說也奇怪，竟像遇到了吸鐵石一般，吸住在老和尚的肚子上，休想拖得轉來。他漲紅了臉，變成進退狼狽。那兩個小和尚在旁拍手笑道：「這廝遇了我們的師父，再不能逞能了，你盡刺吧，師父是不怕你的。」聶剛無法收回自己的寶劍，只得將手一鬆，放棄這劍。誰知他一放手，好像有物把自己彈出去一般，踉踉蹌蹌倒退十數步，撲倒在地，十分疲憊。那劍也「噹啷」的跌落地上。聶剛爬起身來，便向那老和尚拜倒地上，說道：「小子聶剛不知輕重，得罪了大師，尚請大師海涵勿責。小子願列門牆，祈望大師破格收錄，使小子武術得以進步，感恩不淺。」老和尚道：「我們少林寺的規矩，不能輕易收人。看你塵心未淨，無學佛之骨，怎能到我寺中來潛行苦修呢？」聶剛道：「小子雖無佛骨，而學藝之心甚切，為慕少林之名，所以不遠千里而來，投奔名師。方才拋磚引玉，識得師父絕頂高藝，渴欲拜列門下，俾有寸進，萬望師父不要拒絕，幸甚幸甚。」老和尚依然搖搖頭道：「你的驕氣未除，不能學藝。倘然學得更深的武術，不但更要目空一切，且恐貽害於世，也不是你的幸福呢。」聶剛聽老和尚不肯收他做弟子，竟長跪於地，不肯起來。仰天浩嘆道：「天哪！我一心要想學好武藝，報復師仇。現在這位師父不肯收我為徒，恐怕我這大仇報不成了。」老和

尚聽了這話，又對聶剛相視了一下，問道：「你要代哪一個報仇？你的仇人又是誰？」聶剛道：「小子以前的師父，就是天津名鏢師高山，至於仇人是誰，卻還要尋訪呢。」老和尚聽了這話，不由奇異道：「高山，就是那天津靖遠鏢局的高山嗎？唉！他是一位俠義的老英雄，怎麼已然物化了呢？」聶剛道：「大師怎和高山師父相識？」老和尚道：「這事大概在二十年前吧。你的師父高山，在洛陽附近地方和一家響馬有些嫌隙，那些響馬故意和你師父搗亂，是老衲路過那邊，以魯連自任，代雙方排難解紛，釋去前嫌。因此，老衲便和你師父認識，敘數日之歡，方才分別的。雖然這事已隔長久，而聽你一提起高山的姓名，你師父的雄姿，依稀還在我腦中呢。但不知他被何人所害。」於是聶剛就將高山在潼關被人暗算，以及自己出來的經過簡略奉告。老和尚道：「原來高山如此慘死，真是意想不到。可是他還有一個女兒，以及有你這一個高足，將來必能代他復仇的。我看在高山面上，破例收你了。實在近數年老衲鑑於人心不古，不再收外來的在家人，以致多生事端，並非故意矯情啊。」聶剛聽老和尚已允收他為徒，十分歡喜，連忙在地上磕了兩個響頭。兩個小和尚在旁瞧著，暗暗好笑。老和尚扶他起來，聶剛道：「弟子粗莽，還未請教師父法名，尚乞見告。」老和尚道：「老衲名喚心禪，因師兄溜清，在外雲遊未歸，故為此寺住持。近日有幾個年紀稍大的徒弟，出外募化去了。這兩個是最小，資質也太愚魯，進步很遲，所以敗在你的手裡，也教他們得一警戒。」心禪說罷，便教悟非、悟塵過來，和聶剛相見。且讓聶剛收起寶劍，把聶剛招待到裡面。才見有幾處雲房內，都有僧人在那裡靜坐，也有幾個在念經。

　　到了心禪的雲房中，只見陳設非常雅潔，壁上也掛著一口寶劍和一張弓，窗邊琴桌上焚著一爐名香。心禪坐在禪床上，聶剛侍立在側。心禪又對他說道：「我雖收你為徒，但你是並不削髮飯依我佛的，我自然另眼看待，和寺中僧侶稍異。但你一切也須謹慎，不可違反寺中的清規，致干

咎戻。至於習藝的事,我們寺中也有一定的等級,起初不諳武事的人,只許在大廚房裡挑水,以後漸漸入門。現在你已是有了根基的人,這些雜役可以不必操作了。我起始教授你少林拳法吧。」聶剛聞言,拜倒道:「多謝師父宏恩。」心禪便教悟非領導聶剛去客房休息。一會兒,天已昏黑,寺中鐘聲大鳴,悟非、悟塵兩個引聶剛至食堂,同進晚膳。眾僧侶共有五十餘人,聶剛和悟非、悟塵同坐。眾僧侶見了聶剛,也有些奇異。寺中地方很大,這五十餘人散處在內,也不見多,所以聶剛進來時沒有遇見了。晚餐後,眾僧侶有些去上夜課,梵唄聲和鐘磬聲間作,聶剛和他們相距較遠,有時微聞鐘聲。他今天得到了名師,得到了暫時歸宿之處,心裡十分快樂,非常寧靜,所以解衣而睡,夢魂中也覺愉快。

次日清晨起身,眾僧侶已在殿上念經。他吃了早餐,要去謁見心禪師父。恰巧心禪正在做功夫,他不敢造次驚動,推至午時,方才得見。心禪便領聶剛到後圃中去教授他拳法。初時只教兩路,果然和外邊所習的不同。從此,聶剛就住在少林寺裡,從心禪和尚學習武術。空閒的時候,和眾僧侶練習拳棒,覺得眾僧侶都有特長的本領,尤其是守山門的獨臂和尚,武術最是高強。有一次聶剛和他做遊戲比賽,交手不數下,被獨臂和尚一手將他擒住,高高地舉起,在庭中繞行三匝,聶剛休想掙扎得脫。後來獨臂和尚把他輕輕地放下,聶剛方才識得獨臂和尚的真實本領。自思前番自己進寺時,幸虧沒有從正門進去,否則早已敗在獨臂和尚的手裡了。至於悟非、悟塵那兩個小和尚,正是少林寺裡功夫最淺的人,自己湊巧遇見他們兩個,僥倖把他們擊敗,遂以為少林武藝不足觀,豈非大大的錯誤呢?於是他決定在這裡早晚用心練習,等到自己武術有了進步時,方才下山去報師父的仇。他有時也要想念飛瓊,不知她代黃家保鏢南下,途中情形如何?她可要單獨去代師父復仇?只可恨師父的仇人不知究竟是哪一個,自己當時沒有偵查出來,這是自己的不好了。

聶剛在山上學習少林拳棒將近三個月,果然武術大有進步,吳下阿

蒙，非復昔日可比。有一天，聶剛被心禪喚到雲房中對他說道：「現在我告訴你一件事，就是你師父高山的仇人已有著落了。」聶剛聽了大喜，便問：「師父怎麼知道？請即見告。」心禪道：「昨天這裡有一個遊方僧，從山西到此，說起在大同府薛家堡，有一個惡霸薛大武和他的兒子薛小龍，勾結官吏，魚肉鄉民，常做凌弱侮寡之舉。近來堡中僱了許多工匠，構造種種機關，防備外來的人。聞薛大武的心腹說起，因為薛大武父子在潼關地方，用暗箭射死了天津名鏢師老英雄高山，恐防高山的女兒和朋友要來復仇，所以如此嚴密防備。這消息卻是千真萬確了，所以我要告訴你了。」聶剛道：「原害死我師父的仇人，就是薛大武父子，這本是宿仇，弟子也認識他們的。既然他們都在山西大同府薛家堡，只要有了著落，弟子必要前去代父復仇，方才對得起師父在天之靈。」心禪點點頭道：「很好，你有這個志向，我也不能阻擋你。明日你可下山復仇，好在你的武術已非庸人可敵。聽說薛大武父子本領，也不過爾爾，諒你一人也足夠對付得過了。」聶剛聞言拜謝道：「謝師父的指示，弟子不得不遠離了。」心禪道：「我本說你不是學佛的人，世間之事未了，你還是好好兒去幹你的事業吧，無以我為念。不過出家人以慈悲為懷，你有了本領，千萬不要好勇鬥狠，多所殺傷，能夠少殺一個人，多救一個人，就是功德無量了。」聶剛又拜道：「師父金玉良言，弟子敢不遵守。」又說了幾句話，方才退出。這天晚上聶剛忙著收拾行李，要預備下山去。悟非、悟塵兩個小和尚聽說聶剛要下山去了，也覺得有些依依難捨，說他在山上的日子太短了。到了明天，聶剛又去拜別心禪。心禪拿出一盤銀子贈予聶剛，作為路上的費用，吩咐悟非、悟塵送聶剛出寺。聶剛向心禪拜了數拜，同悟非、悟塵兩個走出寺門。見那獨臂和尚正坐在山門口蒲團上，見了他們，便問往哪裡去。聶剛向他說明了，他方才吩咐小沙彌開門，放他們出去。悟非、悟塵送到蓮花峰下，方才止步，道聲珍重，自回寺中去。聶剛獨自一人，下了嵩山，向山西大同進發，要報他師父之仇。

第九章
赴湯蹈火氣如雲

　　高飛瓊為報父仇，單身趕路，不辭戴月披星之勞，長途僕僕，這一天早到了大同郊外。那邊地方較為僻靜，道旁樹林很多，有許多松林，都排列在斜下的山坡上，野風吹著，發出波濤的聲浪來。飛瓊正低著頭走，忽然那邊林子裡，撲剌剌地飛出一頭老鷹來。飛瓊跟著抬頭一看，恰瞧見有一株松樹上面，滴溜溜地懸著一個人身，她知道在那樹上有自縊的人了。走近一看，乃是一個男子，儒生裝束，尚沒有斷氣。她就取出彈弓，向那繩子上發了一彈，繩子立刻盡斷。那儒生跌下地來，掙扎著起身，坐在地上。飛瓊走過去，對他臉上相視了一下。見他雙眉緊鎖，面有淚痕，好像在他內心裡有極不得已的事情，所以要自經溝瀆。便問他道：「好端端的人為什麼要自尋短見？」那儒生答道：「姑娘，妳不知道，我也是不得不死了！姑娘，妳為什麼要救我呢？」飛瓊冷笑一聲道：「好，我救錯了你嗎？你為什麼決心要死呢？」儒生答道：「我活在這世上難過得很，所以不如一死。」說罷嘆了一口氣。飛瓊道：「天下沒有解決不下的事情，難道你貧困不能過活嗎？我可以幫助你的。」儒生搖搖頭道：「並不是為了這個緣故。聖人說得好：『士志於道而恥惡衣惡食者，未足與議也。』又說：『飯蔬食飲水，曲肱而枕之，樂亦在其中矣。』從前簞食瓢飲的顏淵，稱為孔門高弟，群弟子不敢幾及，所以窮是我不怕的。」飛瓊聽他咬文嚼字地念出一連串書句來，不由笑了一笑道：「那麼你為什麼要尋短見呢？」儒生又嘆了一口氣道：「我的嬌妻被人家奪去了，同命鴛鴦，一朝分散，她不得活，我也不得活，偷生在人間做什麼呢？還不如一死可以解除我的苦痛，消失我的悲哀呢。」飛瓊把足一蹬道：「你們讀書人真沒用！你的妻子怎樣會被人家奪去？你不好把她奪回來的嗎？即使你力量不足，也可到地方官面前去控告，國法俱在，

誰也不能強奪人妻，你太懦弱了！」儒生又嘆了一口氣說道：「姑娘，妳大概是從遠道來此的吧，你不知，奪我妻子的人是有大大的來頭，像我這樣無權無勢，手無縛雞之力的怯書生，怎樣能和人家去交涉呢？」飛瓊聽得有些不耐，皺了一皺眉頭，又問道：「到底奪你妻子的人是誰？你快快告訴我吧。」儒生道：「姑娘，那人就是此地的大同府總兵老爺余炳業。」飛瓊鼻子裡哼了一聲道：「做了總兵爺，可以強奪民間婦女嗎？大同地方的人難道都像你一樣，袖手旁觀，噤若寒蟬，不問不聞，任他猖獗嗎？你姓甚？你妻子怎樣遭那賊總兵奪去的？你快快告訴我吧。」飛瓊又這樣的緊問著。儒生說道：「小子姓駱名琳，拙荊陳氏。雖然是個寒士，而家中尚有些薄田和幾椽茅屋，一年衣食，差可無慮。伉儷間愛好甚篤，可以說和古時的梁鴻、孟光一般。拙荊又生得貌美於花，十分窈窕，人家都恭賀得一賢妻。誰知便為了這個關係，而發生今日不幸的事情了！因為那余總兵不但是個獷悍的武人，而且荒淫好色，常要覷覦民間的婦女。他在這裡天高皇帝遠，擁著些兵馬，擅作威福，魚肉良民，本地的其他官吏都是怕他的。紳士們也都仰他的鼻息，小百姓又誰敢奈何他呢？有一天，不幸的事加到我們身上來了。就是昨天的下午，余總兵跨馬出外，打從我家門前經過，恰巧拙荊在樓窗邊晒衣服，竟被余總兵瞧在眼裡，向他部下探問明白。在他回去以後，傍晚時分，差下一隊武士到我家裡來，假借搜查為名，硬生生地把拙荊奪了去。我救她不得，反被武士們打了數下。事後我也曾多方奔走，要援救我的妻子。但是我已說過，大同地方的人見了余炳業，無異畏之如虎，又有什麼效驗呢？我知道拙荊生性貞烈，知詩識禮，絕不肯受人家的汙辱，那麼她一定要死在總兵衙門裡了。我既救她不得，心中的悲痛宛如萬把刀刺，使我一刻也不得安寧。我又何忍獨自偷生人世？所以跑到這個冷僻地方來借樹枝自縊的。又誰知有姑娘來救我呢？唉！姑娘，妳的心是很好的，使我很感謝。但妳能救我而不能救我的妻子，也是無用，還不是讓我死

了的好。」駱琳說到這裡，眼眶裡淚如泉湧，滴得衣襟盡溼，他心中的悲哀也可想而知了。飛瓊聽他這樣說，便道：「你說的也不錯。我既要救你，同時也要把你的妻子救出總兵衙門來，方可使你們同活。很好，我就一做這事吧。你在此地靜靜地等候我，千萬不要尋死，我可以答應你遲至明天，必要把你的妻子送到這裡來重見，除非我去的時候，你妻子已死了，那我也沒有什麼辦法了。但那姓余的賊總兵，我也饒他不得的。你們大同地方的老百姓見他害怕，可是我姓高的最喜歡誅暴鋤惡，代抱不平，無論如何，我必要把那賊總兵剷除去，為你們地方上除去一害。」飛瓊說到這裡，臉上罩著一重嚴霜，柳葉眉邊平添殺氣。駱琳還不認識她，似信不信地說道：「姑娘，那余總兵有力如虎，三二十人近他不得，手下又有不少助紂為虐的武士，妳一個人怎樣能夠前去，把他剷除呢？」飛瓊又冷笑一聲道：「你們讀書人真是只知拈弄筆桿兒。你不要輕視我是個女子，須知我身邊挾有三尺龍泉，區區余總兵，我看他如腐鼠呢。你且在這林子裡守候著，若不在今天晚上，遲至明日，我一定把你妻子送到這裡，讓你們破鏡重圓，到那時候你就知道我不是大言欺人了。」駱琳聽飛瓊說得這樣有把握，又瞧她身邊果然佩著寶劍，想古書上也有紅線、聶隱娘一流俠女，莫非我今天有幸，遇見了這種女劍仙？那麼我妻子也可以得救了。心裡這樣想著，連忙折轉腰，向飛瓊拜謝道：「姑娘，我準聽妳的話，謝謝姑娘，望姑娘前去特別小心。」飛瓊道：「我自有道理，你不要管，你若再要尋死時，那麼便是白死了。」駱琳忙又叩頭道：「我絕不敢再死，守在此間，等候姑娘把我妻子救回來。」等到駱琳抬起頭來時，飛瓊早已去得遠了。駱琳立起身來，暗謝上蒼。見地上留著飛瓊行篋，遂代她取了過來。就聽了飛瓊的話，果然守在這裡不去。飢餓時，向附近村子裡農人家中去乞得一飽，等候飛瓊前去把他的嬌妻從虎窟中救回來。

　　飛瓊許了駱琳，便向大同城關跑去。城門口雖有兵士駐守，盤詰行

人，但因飛瓊是個女子，所以一些也不留難，讓她進城。飛瓊進了城，時候已過午刻，腹中有些飢餓，便到市口一家飯店裡，將就吃了一頓，向人問明總兵衙門所在，便走至那裡去偵察一下，果然門第巍峨，守卒森嚴。恰逢余炳業操練兵丁回來，遠遠地號筒聲響，嚇得行人兩旁倒躲。飛瓊藉此機會，要一認余炳業的廬山真面，便向衙門前左邊的石獅子身旁一閃，露出了半個身體，等候余炳業進衙。這時已有一小隊兵士，荷著亮晃晃的刀槍，步伐整齊地走進衙去。背後一匹高頭白馬上，坐著一個戎裝的將軍，正是余炳業總兵。瞧他年紀約有四旬開外，生得又大又胖，很有些威風，紫棠色的面皮，粗眉大眼，高鼻子，嘴邊有一排絡腮鬍鬚，手挽著韁繩，顧盼自如。馬前馬後，簇擁著七八名佩刀的武弁。飛瓊瞧著余總兵，見他是個粗莽之人，面貌又很凶殘，卻倒能勤於操練部伍，大約尚能治兵，但是好好兒的縮著一方虎符，為什麼偏要騷擾民間，奪人妻子呢？這豈不是失去了做官的人格嗎？飛瓊正在這麼想，可是余炳業的兩道目光已緊射到飛瓊身上來了。當然飛瓊可以瞧見他，他也可以瞧見飛瓊的。他剛從外邊閱兵回衙，驀地見自己衙前石獅子旁躲著一個妙齡女子，面目娟秀，身軀纖巧，腰佩寶劍，不覺令人喜愛，又有些奇怪。他就勒住馬韁，伸手向石獅子旁一指，說道：「這人是從哪裡來的？」部下見衙前有人半藏著身子，認為是刺客，加著余炳業一問，以為總兵下令捉拿，遂一迭連聲地喊起捉刺客來。飛瓊也不由暗吃一驚，不得已挺身而出。余炳業知道自己部下誤會，便向部下搖搖手道：「這是一個女子，哪裡是刺客？你們不要嚇了她，快快教她過來，待我詢問一下，便可明曉了。」於是左右前去喚飛瓊來見。飛瓊毫不懼怯，走至余炳業馬前。余炳業又對她全身上下細細瞧了一個飽，點了一下頭，便向飛瓊問道：「小姑娘，妳從哪裡來的？本總兵閱兵回衙，大眾都要迴避，為什麼妳敢單身在我衙前窺探？身帶兵器，究竟懷的何意？莫非妳是刺客嗎？快快實說。」飛瓊聽余炳業向她盤問，也不便直告，

想了一想，然後答道：「我姓高，本是天津人氏，自幼父母雙亡，被族叔把我鬻與一個姓滕的賣解老翁。那老翁專在外邊走江湖鬻技，遂將武藝傳授於我，且教我走繩之技，帶了我出去到各處賣解。我的年紀也漸漸大起來，雖知那老翁不是我的生身父，而賣解的事實在辛苦得很，不願意做這生涯，可是那老翁管束甚嚴，我也違拗不得。誰知這一次我們從河北來此，將近大同的當兒，老翁在旅寓裡忽患急性惡疾，醫藥罔效，不到三天，竟撒手長逝。我們草草把他棺殮，葬在義塚上。眾人遂散了夥，各走各路。有一個姓王的要帶我同行，我不願意再隨這些人走，所以獨自溜到這裡來。身在異地，舉目無親，不知投向哪裡去才好。適才在此，聞得總兵爺虎駕回衙，躲避不及，並無歹意，千祈恕宥。」飛瓊說時，嚦嚦鶯聲，清脆悅耳。余炳業聽著，完全相信她的說話。他既是個好色之輩，見了飛瓊這樣長身玉立，豐眉修頰的美女子，怎肯輕易放過？遂對飛瓊說道：「聽妳說得如此可憐，使我很有些不忍之心。既然妳變得流落他鄉，無家可歸，那麼本總兵可以收留妳在衙中，快快活活地度日，只要妳知道我的好心便了。」余炳業說罷，也不待飛瓊同意，吩咐左右即刻把飛瓊帶入衙中，好好看待，不要驚犯了她。左右答應一聲，便將飛瓊帶入衙內。

　　飛瓊到了這時，仗著一身武藝，抱定「不入虎穴，焉得虎子」的精神，不慌不忙地跟了武士進去。見衙內屋宇高大，庭院寬暢，禁衛森嚴，戈矛耀日，換了別的女子到此，怕不要嚇碎心膽嗎？武士把她引至一間精室中坐定，只有兩個武士守在室外。一會兒便有兩個女婢端了衣裙盤匣，進來侍候飛瓊。且對飛瓊帶笑說道：「請高姑娘更妝後隨我們去見總兵爺，今夜總兵爺要在衙中歡宴哩。」飛瓊這幾天在途中奔波，衣服也髒了，現在見有清潔的新衣，也願一換，不過這衣服似乎太華麗奪目，而有些富貴色彩罷了。遂換了一身衣裙，貼身的衣服都沒有更換，摸摸那包東西尚在懷中。一邊心裡轉著念頭，一邊選臉敷粉，修飾

一番。這樣越顯得容光煥發，美豔無倫了。等到飛瓊妝畢，余炳業又已差人來召。武士教飛瓊放下武器，不要帶去。飛瓊不肯聽他們的話，說道：「少停總兵爺若要我獻技時，我必須這兩樣東西的。」武士聽她如此說，只好由她帶著。二婢前導，武士後隨，簇擁著飛瓊，曲曲折折地走到衙中後花園去。飛瓊一邊走，一邊留心記著路徑，且默察屋上下的形勢，找尋出路。

這時天色已暮，陽烏西逝。飛瓊走到懷素堂上時，燈燭輝煌，四壁通明，正中放著酒席。那余炳業坐在正中虎皮椅上，兩旁有五六個將士陪坐著。飛瓊走進廳堂，站定嬌軀，向余炳業掀啟朱唇，叫一聲：「總兵爺！」這一聲似宛囀黃鳥，叫得余炳業遍體熨帖，心花大開，一擺手，叫飛瓊在他下手椅子裡坐下。早有侍從代她添上一副杯箸，斟了酒，眾人都對她注目不釋。飛瓊向余炳業謝了一聲，余炳業乜著一雙色眼，向飛瓊緊瞧著，對她帶笑說道：「高姑娘，妳真是到處不脫本行，我請妳到衙門裡來喝酒的，為什麼身上老是帶著傢伙不放去呢？」說著話，將手向飛瓊身邊佩著的寶劍和彈弓彈囊一指。飛瓊也笑笑道：「大人，這是我吃飯的傢伙，所以沒有放去，請大人莫怪。」余炳業道：「妳到了我這裡不怕沒飯吃，何用帶在身邊，快須解下來吧。」飛瓊不得不將寶劍和彈弓彈囊等一齊卸下，交給一個侍婢拿去，且對她說道：「妳好好兒代我看守著，我要用它的。」余炳業聽了這話，點點頭道：「不錯，停會兒我也要請高姑娘顯一些技藝給我們看看呢。」飛瓊笑了一笑，似應非應。余炳業十分得意，舉起大觥，對眾人說聲：「請。」眾人謝了一聲，個個舉杯向余炳業上壽。余炳業向他右面一個瘦長的將士說道：「盧千總，昨晚我因那個姓駱的婦女誓死不從，十分沒趣。今天卻逢這位高姑娘，好似老天特地為我送來的，大概可以補我的缺憾了。」盧千總聳肩諂笑道：「大人洪福齊天，所以有此豔福，可見得大人方興未艾，無往不利。」余炳業聽盧千總說了這許多好話，哈哈大笑，把左右代他斟滿的大觥，又舉

起來一飲而盡，吃了幾樣菜，側轉身體來和飛瓊握著手，絮絮地問長問短。飛瓊耐著性子，虛與委蛇。酒至半酣，屏後走出十多個少女來，手裡都拿著各種樂器，向余炳業環立著，行了一個禮。早有一個紫衣女子敲了一聲金鐘，立刻絲竹競奏，笙簫和鳴，奏出一片颼颼的聲音來。原來這就是余炳業衙中平時私畜著的女樂，遇有宴會時，必要出來佐觴娛客的。都是北地胭脂，環肥燕瘦，各擅其美，向四處物色而來的。可是余炳業玩得膩了，不復在意，譬如吃東西，常常要換新鮮的。他今天得了飛瓊，更不把這些鶯鶯燕燕放在心裡。眾人也瞧著坐在余炳業身旁的飛瓊，知道又有一位新人來了，既羨且妒，不免有些酸素作用。更有幾個怨余炳業棄舊戀新，毫無惜玉憐香之情。而余炳業卻是春風滿面，喜氣盎然，等到一曲告終，便揮手叫她們退去。他喝了一杯酒，便對飛瓊說道：「方才的樂聲沒有什麼好聽，現在我要看看妳的技術。妳本是個賣解女兒，當眾演技慣的，今宵當不會害羞的吧。」飛瓊聽了，只得答應一聲，立起身來，向侍婢手中取過她的寶劍，緩步下堂。

此時庭中早已燃起幾盞燈籠來，在她的四周照得光亮。飛瓊捧著寶劍，暗想自己此來是要乘機救人的，余總兵的本領雖沒知道，但自己總不宜在他面前顯出真實的本領來，以啟他的疑竇，不如胡亂舞幾下，混了過去再說吧。遂將她先前學的淺易的劍法舞將開來，在飛瓊心裡以為是無足觀的，可是余炳業的部下已覺得龍飛鳳舞的十分好看，早一齊拍起手來。飛瓊把一路劍使完，走回席上，向余炳業說一聲：「獻醜，獻醜。」余炳業點點頭道：「很好，妳很有些功夫了，本總兵這裡正缺少一個女將軍，從今以後，妳在這裡做官吧。我可以招些女兵，給妳操練成一隊娘子軍，豈不是好嗎？」飛瓊含糊謝了一聲，把劍仍交與那個侍婢。余炳業這番特別珍視她了，親自代她斟了一杯酒，送到她的面前。飛瓊連忙謝了接過，喝了這一杯。余炳業心中非常快樂，對飛瓊說道：「妳真不是平常的賣解女，今天雖和我萍水相逢，而我卻對妳更有十二分

的好感，不知道妳心裡覺得怎麼樣？今後妳住在我衙內，富貴與共，誓不相忘。妳可以錦衣玉食，終身無憂，只要和我好好兒一同快樂便了。妳懂得不懂得？本總兵雖然有了這一把年紀，而尚沒有一個正式的夫人呢。」說罷，哈哈哈的大笑不止。飛瓊聽了余炳業的話，暗罵一聲「狗賊」，當時不好回答什麼，只得低下頭去，裝作害羞的樣子。余炳業笑聲更縱，眾將士又舉杯道賀。這時席上已上大菜，余炳業大嚼大飲，且叫飛瓊吃這個，吃那個。飛瓊為要吃飽肚皮，也就舉起筷子，跟著眾人同吃。那個盧千總很湊趣地向余炳業說道：「大人，今夜正逢良宵，大人正有風流妙事，不要多貪杯中物，誤了一刻千金的光陰。」余炳業帶笑點點頭道：「你說得不錯，我們不妨明天再行暢飲，現在適可而止了。」余炳業說了這話，就此散席，眾將士都道謝告退。余炳業握了飛瓊的手，帶著幾分醉意，對她說道：「我方才已和妳講過了，妳是聰明人，必能明白我的意思。現在眾賓皆去，黃昏人靜，莫要辜負了良宵。」說罷，不待飛瓊同意，拉著她的纖手，便向屏後走去。飛瓊只得跟了他走，侍婢們也跟在後面。

　　轉了不少彎，早到得一個院落，朝南一排三間上房，珠簾繡閨，十分華麗。飛瓊跟著余炳業走到第三間內室，室中點著明燈，焚著好香，陳設得十分富麗，床上鴛枕繡被，耀眼生光。余炳業一揮手叫侍婢們退去。他拍著飛瓊的香肩，叫她安坐，飛瓊側轉身子坐了，心中正在盤算如何對付的方法。余炳業卻又笑嘻嘻地對她說道：「高姑娘，今日我竟會和妳無端邂逅，可稱天賜良緣，從今以後，妳做了我家的人，我和妳富貴共享，且可保薦妳做一位女將軍。不久我還有驚天動地的事業做出來，妳等著瞧吧。到那時我姓余的豈但做一總兵而已。總而言之，妳遇見了我，便是妳的幸運呢。」飛瓊假意說道：「小女子漂泊江湖，不遑寧息，幸得一枝之棲，於願已足。承蒙大人青眼，把我抬舉，我真是感謝得很。然恐蒲柳之姿，不堪侍奉巾櫛罷了。」余炳業聽了這幾句話，早

又遍體酥麻，把身子倚在飛瓊的嬌軀上，正要動手動腳時，忽聽侍婢在門外說道：「啟稟大人，親隨余德有要事面稟，大人可要見他？」余炳業聽了這話，把手搔搔頭，向門外說道：「你叫余德到外房來聽話。」侍婢答應一聲。余炳業便對飛瓊說道：「真不巧，我差出去的下人有些要事和我一談，我不得不去見他，只好把妳冷落一會兒。我講好了話，再來和妳快樂。」飛瓊趁勢把他一推道：「大人既然有事，快去吧，我在此坐待一刻也不妨的。」余炳業於是立起身來，就往外房走去。

　　飛瓊好奇心生，躡足走至門邊，聽余炳業已坐在外房和一個人談話。她把耳朵湊在門縫裡，又用一隻眼睛向外房偷窺時，只見有一個身軀長大的武弁，立在余炳業的面前。余炳業對他說道：「你這次奉了我的命令，出長城去可曾見著和碩特王？」那武弁答道：「小的奉令出去，曾親自見過和碩特王，把大人的手書和所贈的禮物一齊奉上。和碩特王看了大人的信，很是滿意。他親口對我說，請大人火速預備，他那邊在本月中旬便可發動人馬，直撲長城，故望大人在長城以內準時接應。且有一封書信，四樣禮物在此，禮物放在外間，書信在小的身邊，敬請大人親啟。」說著話，伸手從長袍裡面探出一封長長的信封來，雙手呈上。余炳業接過，在燈下慢慢的展讀完畢，摸著自己的髮須，對那武弁說道：「余德，這幾天我在此間天天操練兵馬，準備糧草和軍械，盧千總等諸將士，也已和他們講妥，他們都一致服從我的命令。至於那大同府，一向不在我的眼裡，到那時一刀了卻了他的性命，也是很容易的。和碩特王何時舉兵，我這裡也何時發作。哈哈！余德，這事倘然成功，你也可以升官發財呢。現在待我去檢點禮物，和碩特王送來的，一定非常名貴。」余炳業一邊說，一邊立起身來，跟著余德向外邊走去。飛瓊聽得明白，暗想：「余炳業那廝不但荒淫酒色，魚肉良民，而且又要私通外人，做出叛國殃民的事來，真是亂臣賊子，人人得而誅之，我倒不可放過他的。現在我且先救了駱琳的妻子出去，再作道理。」一轉念間，瞧見桌上的

茶壺，靈機一動，立刻走過去，從她貼身衣袋裡掏出一包東西來。解開來，乃是絕細的白粉，伸手開了壺蓋，把這一包藥粉都灑在茶壺裡，依舊蓋上。聽得履聲響，余炳業已走回房來。對她帶笑說道：「妳嫌寂寞嗎？我一會兒就來了。此刻我與妳一同睡眠吧，莫要辜負了良宵。便再有什麼天大的事，我也不出去的了。」說罷，又是一陣哈哈。飛瓊伸手去取過杯子，用茶壺倒了一杯茶，雙手奉與余炳業，微微一笑道：「大人辛苦了，請用一杯茶，既蒙不棄，自當侍奉枕席。」余炳業聽了這話，接過茶杯，湊在嘴唇上咕嘟嘟的一起喝下肚去。飛瓊接過茶杯，仍放在桌上。余炳業伸手便來和飛瓊拉扯。飛瓊笑道：「且慢，我還有一句話要問大人。大人衙中既有女樂，後房姬妾必然不乏其人，何以偏偏垂青於一個賣解女子？」余炳業道：「那些粉白黛綠哪裡及得到妳的秀麗嫵媚？況且我也看得厭了，像妳真是我心目中喜歡的人兒。」飛瓊搖搖頭道：「我不信，難道大人衙門裡竟沒有一個美婦人嗎？大人不要哄我。」余炳業哈哈笑道：「有是有一個的，此人是本地儒生駱琳的妻子，生得貌如王嬙，十分美麗。前天駱琳親自把他的妻子陳氏送與我為妾，但是那陳氏見了我很害怕，不肯和我親暱，她還不肯陪我同寢，只有妳這樣的令人可愛呢。」說著話，緊緊捏著飛瓊的玉手。飛瓊又道：「那陳氏在哪裡？既然是他們情願的，為什麼她不肯和你親暱呢？」余炳業被飛瓊這樣一問，險些兒對答不出，勉強哈哈笑道：「這個，……這個，妳不要管她吧。我已經把陳氏關閉在後院，著人好好看守她。倘然明天她再不肯答應時，也要送她回去了。我有了妳這樣心愛的人，連那陳氏也不喜歡了。」余炳業說到這裡，藥性發作，身子晃了一晃，口裡說聲：「不好！咦！我今天並沒有多喝酒，怎的有些頭暈眼花起來呢？咦！這屋子也在那旋轉了，怎的？……怎的？……啊呀！……」余炳業立即倒下地去，迷迷糊糊的不知人事了。原來他已中了飛瓊潛放的迷藥而昏倒了，這迷藥就是飛瓊在黃家換來的，藏在身邊，想不到今天竟有很大的用處，幫助她成功。

此刻飛瓊指著地上的余炳業，輕輕罵一聲：「狗賊！你一向跋扈，今天遇到了我，該是倒灶了。」便將余炳業雙手拖起，放到床上去睡。她本待要把余炳業處死，為國家弭亂，為地方除害，可是她在大同還有私事去幹，父仇未報，尚不能鬧出大的亂子來，妨害自己的行動，不得不讓這個跋扈的軍人多活幾天了。遂拉過一條錦被覆在余炳業身上，自己立刻轉身出房，把房門反帶上，聽聽外面四下裡人聲寂靜，唯有遠處的更鑼聲響。

她大著膽子，走到外房去。首先緊要的是要找尋她自己的傢伙，黯淡的燈光下，見外房有兩個婢女正伏著桌子打瞌睡，其中的一個便是方才把劍交與她的小婢。運用眼力，向四下一瞧，果見自己的寶劍和彈弓彈囊都掛在東首壁上，心裡暗暗歡喜，便去摘取下來，佩在身上。悄悄地不敢驚動侍婢，輕啟門戶，走至院落中。隱隱見前有兩個武士蹲在廊檐下，好似半睡著一般，只有兩個人影。她就伏身越過，走出院落向後邊走去。雖是黑暗，而天上有些星光，她又具一雙夜眼，還能瞧得出前面的東西。但偌大一個總兵衙門，究不知陳氏被藏在何處，一時要去尋找，也很不容易。萬一遇見了人泄漏了祕密，也就足以敗事。她心裡這樣想著，便覺有些焦急。

轉了一個彎，又見後面一排屋宇，隱隱有燈光射出，東首屋裡又有女子哭泣之聲。她心裡一動，便輕輕踅到那邊，在窗下立定。聽裡面有婦人哭道：「我再也不願意活了！我本是良家婦女，和我丈夫好好的守在家裡，又不曾觸犯國法，你們余總兵把我搶到衙中來，意欲強占人妻，逼我失身。哼！他還像個地方大吏嗎？我是寧為玉碎，不求瓦全，絕不肯被他玷汙的。你們既不肯放我出去，那麼還是讓我死了吧。」飛瓊聽著心中暗喜，知道在這室中哀哭的婦人一定是駱琳的妻子陳氏了。又聽有另一個婦人聲音說道：「古語說得好：『好死不如惡活』，妳是一個布衣之妻，總兵老爺看中了妳，特地請妳到衙門裡來做總兵夫人，這不是一

個求之不得的好機會嗎?妳為什麼不接受總兵老爺的美意呢?現在妳雖然要死,可是我奉總兵老爺的命令,在此看守著妳,不容妳自盡的。請妳再自己想想吧。今天聽說總兵爺在衙門前,邀了一個賣解女在後花園張宴奏樂,一定是要和那賣解女尋歡作樂了。妳卻在此哭哭啼啼,不是個痴子嗎?我勸妳快快服從了吧,將來仍可以不失富貴。」接著聽那哀哭的婦人說道:「放屁!我是寧死不辱的。妳不必再跟我多說什麼不入耳之言。」飛瓊在外邊聽到這話,更是千準萬確了,她不欲多費時間,立刻用劍撬開窗戶,一躍而入。見室中一燈如豆,床上坐著一個美婦人,淚痕滿面,旁邊還有一個中年婦人,和她講話。她們兩人見飛瓊跳了進來,也不由一驚。飛瓊便對美婦人說道:「妳可是駱琳的妻子陳氏嗎?妳不要嚇,我是來救妳出去的。」陳氏點點頭。飛瓊立刻把那中年婦人一腳踢翻,那婦人哀呼饒命。飛瓊恐怕被人聽見,從婦人身上解下一根帶子,把她縛在床柱,又用劍在婦人衣服上割下一塊布來,塞在婦人口裡,使她呼喚不得。遂想怎樣去救陳氏出險了。陳氏是個弱質,如何能夠跟她扒上跳下的走夜路呢?飛瓊就覺得為難了。況且有一個城關,也是萬難出去的,倘然把陳氏馱在自己背上,那麼自己縱有本領也難飛越城牆。她想了一想,便對陳氏說道:「妳且不要動,在此等候一刻,我去去就來。」

　　說罷,又聳身躍出窗去,把窗子帶上了,仍舊跑到余炳業那邊的內室來。仗著自己的輕身本領,果然人不知鬼不覺的,又到了那間外房。兩個婢女仍如死人一般的睡著。她因為方才找尋劍的時候,無意中曾瞧見,在上首一張桌子上,有三支令箭插在架上,此刻她就想利用此物了。過去拔了一支令箭,拿在手裡,悄悄地仍回到陳氏那邊,開了房門,扶著陳氏走出來。且對陳氏輕輕說道:「妳的丈夫駱琳現在城外等候!我來救妳出去的。妳不要聲張,跟我走就是了。」陳氏出乎意料,驚喜非常,向飛瓊謝了一聲,隨著飛瓊一路走去,早到了後園門口。那

邊有園丁睡著，飛瓊叫陳氏立在黑暗中，不要行動。自己便用劍撬開窗戶，跳到園丁房裡去，聽得鼾睡聲，摸索到床邊，向床上伸手一抓，果然抓住了園丁。那園丁從睡夢中驚醒，忙問：「怎的，怎的？」飛瓊將劍在他面上摩擦了一下，說道：「不許聲張，開口就請你吃一劍。」那園丁嚇得不知所云，果然不敢開口，也不敢掙扎了。飛瓊便對他說道：「花園外門的鑰匙在哪裡？你快帶我去開園門，好讓我們出去。」園丁不敢違拗，只得從抽屜裡取出鑰匙，跟著飛瓊，開了房門，走到外邊。飛瓊一手扶著陳氏，一手把寶劍和令箭捏在一起，監視著園丁，向後園外門走去。湊巧走過一個馬廄，內中有馬嘶了一聲，飛瓊便進去牽了一匹黑馬出來。雖然沒有鞍轡，也可將就一用。叫園丁牽著馬，跟園丁走到後園的外門。園丁上前將鑰匙開了鎖，放飛瓊等出去。飛瓊立即把園丁按倒地上，從他身上解下帶子，將他四馬倒攢蹄地捆住了，拋在一邊，嘴裡又塞了割下的一角衣襟。然後開了園門，牽出馬去。想了一下路徑，認定方向，抱起陳氏，和她一同乘在馬上，把寶劍和令箭都插在背上，一手扶住了陳氏，一手拉著韁繩，向街道上走去。

飛瓊雖然不識途徑，而尚認得方向，轉到前面一條街上，她便有些認識了。因為她方才來的時候，很用心地辨識路徑，所以一路安安穩穩跑到了城關。飛瓊便在城下叫開城門，守城門官出來向飛瓊查問。飛瓊取出令箭，對他說道：「我奉余總兵的命令，限時限刻，送這婦人去的。你快快把城門開了，讓我們出去，免得誤了要事。」城門官驗過令箭，沒有舛錯，只得叫人把城門開放，飛瓊立刻將馬一拎，跑出城去。城門官雖然有些懷疑，卻不敢攔住飛瓊，這就是完全靠著一支令箭的功效了。

飛瓊出了城門，心裡寬鬆了不少。這時候已有四鼓時分，跑到那座林子邊，將馬停住，喊一聲：「駱琳先生在裡面嗎？」只見林子裡閃出一個黑影來，正是儒生駱琳。飛瓊抱陳氏下馬，上前和駱琳相見。駱琳和陳氏彼此握著手，心中說不出是歡喜還是悲傷，大家哭泣起來。飛瓊坐

在一塊石上休息，讓他們夫婦各人訴述劫後的事。彼此講明白了，夫婦二人一齊走到飛瓊面前向她跪倒，謝謝飛瓊援救的大恩。且請問飛瓊的芳名，飛瓊告訴了他們，又說道：「這種事是我輩所優為的事，你們不必放在心上。不過此刻你們不能回去居住了，不如到附近親戚那邊去躲避些時日。我料余總兵在大同不久也要滅亡了，你們放心，千萬不要害怕，靜靜地等著吧。」二人又向她拜謝。飛瓊道：「我要向你們探問一個訊息，就是薛家堡在哪裡。請你們快快告訴我，我要往那兒去走一遭呢。」駱琳道：「薛家堡離此不遠，不過十里多路，此去望南走，沿著一條河，順手轉彎，從河邊走到一個大馬鎮，過了鎮，再向西南面走上三里路就是了。聽說那邊居民也不多，有一個惡霸姓薛名大武的，常在江湖上行走，十分屬害的。」飛瓊聽了，點點頭說一聲：「知道了。」

這時雄雞四唱，天色已明。飛瓊恐怕城中的事情快要發作，急催駱琳夫婦上道。於是駱琳把飛瓊方才去的時候留下的行篋交還飛瓊。飛瓊又從篋中取出五十兩銀子送與駱琳夫婦，二人起初不肯接受，經飛瓊一再說了，方才拿下，又向飛瓊拜謝。飛瓊催他們快走，二人感激飛瓊的恩德，倒覺得依依不捨，不願意離開她了。飛瓊催了又催，二人不得已，又向飛瓊謝了數語，拜別而去。飛瓊等他們去後，仰首望天，微微笑了一笑，然後出了林子，遵照駱琳的說話，向薛家堡去找尋薛大武父子，以報不共戴天之仇。

第十章
風塵僕僕復仇歸

　　一間大廳上椅子裡坐著一個鬍髯很長的老者，精神矍鑠，相貌雄武，旁邊坐著一個年輕的壯士正在那裡談話。老者道：「我們現在有了這一個很好的機會，比較幹那綠林生涯好得多了。將來你的前程更有無限希望。且喜我們在此做了二十年的獨腳大盜，在江湖上結識了許多英雄，一向沒有破過案，出過亂子。這裡的余總兵又是非常看得起我們，自古道：『士為知己者死』，我們應該跟著余總兵，勠力從事。但平生所引為恥辱的事就是一度失敗在那個高老頭兒手裡，犧牲了我的老友。雖然去年在潼關道上報了此仇，然而留下了高老頭兒的徒弟和女兒，恐怕他們不肯干休，早晚必要跑到這裡來復仇的。」壯士說道：「父親怕什麼？即使他們要來時，諒他們有什麼多大的能耐，難道我們父子二人還敵不過他們嗎？萬一他們真的厲害，我們也早安排下陷阱的機關，恐怕他們來時有門，去時無路。飛蛾投火，自來送死，一齊把他們斬草除根，免得日後擔心。」二人正在講話，忽見一個莊丁進來報導：「莊門外有一個姓高的女子要來求見莊主，不知莊主見不見？」老者一摸鬍髯，對旁邊的壯士說道：「莫不是那話兒來了？」壯士道：「來了也好，待我先和她鬥一百合。」老者遂吩咐莊丁道：「你去叫她進來便了。」莊丁轉身出去，一會兒早引導著一位年輕貌美的姑娘走到廳上來，正是天津靖遠鏢局高山的女兒飛瓊。

　　飛瓊冒著危險，大著膽子，跑到這莊裡來。在她的心中只知道為亡父復仇不知其他，所以她見了老者，便把手一指，厲聲說道：「你就是薛大武嗎？」又回顧那壯士說道：「我認識你的，你就是仇人的兒子小龍，以前你們到我們鏢局裡來尋釁，我父親手下留情，沒有將你們殺害。誰知你們啣恨在心，包藏惡意，在潼關道上暗放毒箭，射死我的父親，你

們卻逃走了事，自以為沒有人知道這事，你們可以安度歲月，不怕人家來找你們了。又誰知天網恢恢，疏而不漏，偏逢著小鷂子濮四告訴我聽。所以今天我是特地不遠千里而來，找你們兩個人，要報不共戴天之仇。現在你們可有什麼話說？」

薛大武聽了飛瓊的一番數說，又羞又怒，遂咬緊牙齒說道：「很好，妳就是高山的女兒飛瓊嗎？久聞妳的大名。既然妳要跑來復仇，我們也絕不畏懼妳的。妳要如何便如何。」飛瓊豎著柳眉，怒氣滿面地說道：「明人不做暗事，我和你這老賊不妨就在庭中決鬥一下，拚個你死我活。如我不能報父親之仇，我也死而無恨，否則就是你的末日到了。」薛大武站起身來說道：「好，老夫遵命與妳見個高低。」小龍在旁邊也立起身來說道：「諒這小小女子有什麼天大的本領，殺雞何用牛刀，待我先和她鬥一百合。」這時候莊丁早將二人用的劍送上。二人接在手裡，和飛瓊走到庭心裡，那庭心十分廣闊，右邊有條甬道是通到大廳後面去的。

此時眾莊丁已聞警畢集，手裡個個拿著兵刃，在旁邊圍著半個圈兒，助長聲勢。薛大武抱著寶劍，站在庭階上，看他兒子和飛瓊交手。小龍早把外面的長衣脫下，手挾雙刀，和飛瓊對面立定。飛瓊也已拔出她的寶劍，握在手裡，對小龍說道：「你要先來代老頭兒做替死鬼嗎？今天我都要送你們上鬼門關去的。」小龍怒道：「妳休要誇口，少停教妳知道我們的厲害。」舞動雙刀向飛瓊進攻。飛瓊便把寶劍使開，上下左右，倏忽間成白光一道。她今天是為父復仇，有死之心，無生之氣，把全身的本領一齊使出來。所以薛小龍怎能敵得過她？鬥到三十餘合，小龍已不能支持，額汗直淋，刀法散亂。薛大武瞧得清楚，他覺得飛瓊果然厲害，小龍不是她的對手，非自己親自出馬不可，遂把寶劍一挺，搶上前去說道：「小龍你且退下，待我來和她決一雌雄。」此時小龍只得虛晃一刀，退在一旁，讓薛大武和飛瓊狠鬥。飛瓊見薛大武自己來了，分外眼紅，就將寶劍使一個白蛇吐信，一劍猛可裡刺向薛大武的胸口。薛大武

見來勢凶殘將劍向下一擺，身子向旁邊一跳，噹的一聲，將飛瓊的劍格在一邊，讓過了這一劍。他也使個長虹掠空，一劍橫掃到飛瓊的頭上。飛瓊把頭一低，早從劍底下鑽過身來，又是一劍，向薛大武下三路劈去。薛大武一劍掃了一個空，不防飛瓊已反攻到自己的下部，急忙向後一跳，退避七尺以外，方才讓去這一劍，心裡也暗吃一驚。小龍和眾莊丁在旁邊都代薛大武捏把汗，險些兒著了飛瓊的道兒。薛大武更不敢怠慢，悉心用力和飛瓊狠鬥。鬥到五十餘合，不分勝負。薛小龍見飛瓊拚命死鬥，很有幾下殺手，幸虧父親都能躲過，恐怕久戰下去也許要吃她的虧的，還是用詭計取勝吧。所以他就走上前對他父親說道：「高家女兒果然厲害，我們還是讓她吧。」薛大武聽了他兒子的話，心裡明白，遂虛晃一劍，跳出圈子，對飛瓊說道：「高飛瓊，我們殺妳不過，讓了妳吧，妳休要追趕。」說了這話，父子二人一齊向右手甬道上逃去。飛瓊雖然知道他們父子倆懷有什麼詭計，但自己怎肯放走仇人？立刻跟在背後，緊緊追去。薛大武父子一先一後，奔逃得倒也不十分快，和飛瓊相隔只有十數步。飛瓊恨不得一步就追到薛大武後面，早些手刃了仇人，所以她卻飛快地追去。只見薛大武父子曲曲彎彎地逃進一個小門裡去。她想不能再顧冒險了，不入虎穴，焉得虎子，於是跟著二人跳進小門裡去。不料自己腳方著地，下面的地板忽然轟隆一聲，陷了下去，自己再也縮不住，身子一脫空，立即往下直沉，跌到一個鐵籠子裡去，上面又落下一罩，將她罩在籠裡。在籠裡四周伸出鐵鉤把自己身上的衣服一齊鉤住，不能動彈，方才知道中了人家的機關，不由嘆了一口氣，瞑目待死。

　　薛大武父子見飛瓊果然中了他們的詭計，墮身鐵籠，不克自拔，當然心裡十分快活。回轉身來，撥動機關，那鐵籠便冉冉地升到上面來。見飛瓊圓瞪雙眼，對他們怒視著，可知她的心中忿怒極了，諒她死了也不瞑目。父子二人對著她哈哈大笑。小龍指著飛瓊說道：「現在妳可要復仇嗎？恐怕這仇今世報不成了，待我們來慢慢兒的收拾妳吧。」飛瓊氣

得一句話也不說。薛大武喚莊丁取過最堅韌的鐵索，開了鐵籠，先奪去飛瓊手裡的寶劍，然後鬆下鐵鉤，把飛瓊捆綁結實，押送到前面來，以便處置。這時候薛大武父子心裡都輕鬆不少，要想把飛瓊慢慢地處死。小龍坐在一旁，見飛瓊雖是他們的仇人，而容貌豔麗，不由心中又起了淫念，他就指著飛瓊說道：「高姑娘，妳本領雖好，又有何用！妳可知道我們父子的厲害了。」飛瓊瞪著眼睛罵道：「狗賊，你們的本領也屬平常，敵不過人家時專以詭計勝人，鬼蜮伎倆，有何足道？我和亡父都死於你們的暗算，給江湖上人知道了，也要笑你們不武。但我們還有我父親的徒弟聶剛在世，他必能代我們復仇的，你們終不能高枕無憂啊。狗賊，你若是要做個大丈夫，敢釋放我縛，重決雌雄嗎？」薛大武笑道：「高姑娘，須知道縛虎容易縱虎難，我們佯敗，騙妳墮入陷阱，把妳擒住，豈肯再放妳呢？」薛小龍道：「妳要我們釋放嗎？須得聽我的言語，我或可在父親面前代為緩頰，只要妳能夠懂得我的好意，不辜負我一片之情。」飛瓊聽了，罵一聲：「呸，小狗賊，你有什麼好意？今日我既被擒，你們把我殺了，倒也爽爽快快，日後自有人代我們報仇的。」小龍冷笑一聲道：「妳要爽爽快快嗎？我們偏不爽快，要慢條斯理地處置妳呢。」

　　他們正在詢問時，忽然又有莊丁入報，說余總兵衙門裡有使者前來。薛大武便說聲請，跟著莊丁引導一個武弁，大模大樣地走進來，乃是余炳業的心腹親隨余德。余德一眼瞧見了飛瓊，不由大為驚奇，指著飛瓊，向薛大武問道：「請問薛爺，這個女間諜怎會在此地被你們擒住的？奇哉怪哉！」薛大武也驚異道：「余總管，你怎麼也認識她的？」余德道：「實不相瞞，昨夜余總兵衙門裡出了一個很大的亂子，我們總兵險些兒被人害死……」薛大武聽了一驚道：「什麼？這是誰做出來的？」余德又指著飛瓊說道：「就是此人，恐怕她是一個女間諜呢。」遂將飛瓊昨夜如何被余總兵召入衙內，余總兵飲了她的迷藥，以致不省人事的話，說了一遍，且說：「直到今晨方被衛士發覺，救醒了余總兵，一查衙門

裡少了一個駱家的民婦，是總兵一時高興喚入衙內的。還有一枚令箭也
不見了，大約被她混出城門去哩。余總兵正忙著大事搜尋餘黨，也許是
一個女間諜，不知奉了誰的命令，到此暗探我們余總兵的祕密。怎樣會
被你們捉住呢？」薛大武遂說道：「原來如此，我們知道她的來歷。她姓
高，名飛瓊，是天津靖遠鏢局高山之女。因和我們以前有了仇恨，所以
找到我們門上來決鬥。遂被我們用計擒住的。卻不料她何以又到你們總
兵衙門裡去做間諜，這卻不知道了。余總管，你到此可有什麼要事？」
余德點點頭道：「有的，我本奉總兵之命到府上來請薛爺前去一商要事。
總兵要請你們賢父子火速前往的。不如便將這姓高的女子一同帶去，讓
我們總兵親自審問，不難水落石出了。」薛大武立刻說道：「很好，但恐
途中逢見黨羽，倘然被劫卻不是玩的。」余德道：「這也不難，外邊還有
我帶來的馬弁，教他們飛速回去請總兵爺調一營兵來，用囚車押送她前
去，包管可以無事了。」薛大武道：「就是這樣辦吧，我把自己的仇人交
給總兵去代我處置也好的。」小龍在旁也不便再有異詞。余德送出去吩
咐馬弁騎著快馬回去，稟告余總兵，立調兵馬前來。他回到大廳上，和
薛大武父子談起和碩特汗起兵之事，卻將飛瓊推到廊下去教人守著。

　　午後已有二百名官兵，有一位王把總率著，開到薛家堡來。薛大武
父子陪著余德用過午飯，又預備茶點款待那位把總，將飛瓊押到莊外，
打入囚籠。飛瓊知道薛大武父子要把自己送到余炳業那邊去了，初不料
余炳業已和薛大武父子勾結一起，將要舉兵叛國呢。自己千里到此，欲
復父仇，反中仇人的陰謀，這要怪我自己過於魯莽了。她越想越恨，幾
乎將一口銀牙咬個粉碎。薛大武父子既將飛瓊打入了囚籠，便和余德跟
著把總，各騎駿馬，押著囚車啟行，二百名官兵荷著刀槍，直前開道，
向大同城裡走去。一路上看的人很多，大家對著囚車裡的飛瓊，現出驚
奇之色，交頭接耳，議論紛紛，不知道這女子犯了什麼大罪哩。

　　一行人進了城關，漸漸行近鬧市，看熱洞的人益發多了。沿街有一家酒樓，掛著「悅來店」三字招牌，閣樓上面也有許多人倚欄下視。其中有一個客人，乃是一位少年，劍眉星眼，相貌威武，一手扶著欄杆，一手支著下頤，向這一隊兵士望去。等到囚車推到閣樓下面時，少年眼快，早已瞧見了囚車中的飛瓊，不由臉上突然露出驚訝之色，雙眉一皺，幾乎失聲而呼。又見後面馬上坐著薛大武父子二人，又不禁怒容滿面，暗暗點頭，好像已明白這一回的事了。因車剛推過時，少年驀地把雙手向欄上一按，好似要跳下去的樣了。但他身體才騰起，忽又縮住。旁邊的人不知道他心裡的事，連忙喊道：「使不得，你要跳下去時，怕不腦漿迸裂嗎？哪裡來的瘋人？」少年冷笑道：「我哪裡會跳？你們不必為我擔憂。」這時囚車等一行人業已過去，少年回至東邊座頭上，依舊坐著酌酒獨飲。酒保代他添上酒來。他遂乘機向酒保問道：「方才過去的囚車裡坐著一個女犯，不知是犯了什麼大罪，送到哪兒去？」酒保答道：「那女犯是誰，我們也不能知道。只知道是押解到余總兵衙門裡去的。」少年又問道：「余總兵的衙門在哪裡？他在地方上能夠愛老百姓嗎？」酒保雖然當著眾人不敢說什麼話，可是對於余炳業也說不出什麼頌揚之辭，於是把余炳業的名字和衙門的地址一齊告訴了少年。少年點點頭，依舊喝酒。

　　那薛大武父子和余德，押著飛瓊到得衙門裡，已是薄暮時候了。余炳業聽薛大武父子已來，便請到辦公室裡相見，屏退左右，先將和碩特王約期舉兵的事告訴了薛大武。且說這裡發動的時候，要薛大武父子率領一輩弟兄相助，擔任前敵先鋒，薛大武自然遵命。余炳業又說自己曾約宣化周總兵一同起事，可是他那裡沒有確實的回音，恐怕周總兵的態度有些不穩，萬一被他泄漏了出去，這大事不免要受到影響。昨天衙門裡來了一個女間諜，自稱賣解女兒，姿色美麗，自己一時不察，留在衙門裡，中了她的藥，險被傷害。現在人已逃去，自己為了這事，很放心不下，難得已被你們捉到了，真是再好也沒有的事。但不知那小賤人怎

會送上你們的大門的？於是余德在旁先稟明經過的緣由。薛大武也將自己如何和飛瓊的父親高山結下怨仇，以及飛瓊找上門來，代父復仇的事，略述一遍。余炳業點點頭道：「那小賤人手頭很辣，膽子不小，她不但和你們有仇，且敢混入我衙門裡來，花言巧語，將我欺騙，無疑的也是一個間諜。幸虧你們把她捉住，少停我們可以在懷素堂上設筵歡聚，且鞫問那小賤人的口供。」薛大武父子都說聲是。余炳業遂叫余德出去，吩咐廚下快排筵席，自己又和薛大武父子談談起兵的事，如何號召民眾，如何攻取城池。薛大武父子都是江湖上人，並不懂得兵法，只跟著余炳業胡亂說了幾句。

　　一會兒余德來說酒筵已備。余炳業遂陪著薛大武父子走到懷素堂上去座席，又召了盧千總、王把總等來，團團坐定。酒過三巡，余炳業遂吩咐余德把飛瓊押來審問。余德遂到外邊去，打開囚籠，吩咐四個武弁，各拿著明晃晃的鬼頭刀，推著飛瓊到懷素堂來。這時飛瓊第二次到這堂上，情形又不同了，昔日座上之客，今已變階下之囚。只見堂上燈燭輝煌，余炳業等傲然高坐，各有喜色，而余炳業的臉上更是猙獰可怖。他見了飛瓊，便就指罵道：「妳這小賤人，好大膽！我昨夜不察，吃了妳的大虧。且喜今日妳已被獲。我要問妳究竟奉了誰的差遣，到這裡來做間諜？快快老實招來。」飛瓊此時早拼一死，她就破口大罵道：「余賊，我雖然沒有受人的差遣，但是我一到此間，就聞得你種種跋扈無道的事，使人髮指。你把儒生駱琳的妻子強搶到衙內，要逞你獸慾，我本是來救她出去的。但知道你不但是個橫暴軍人，且是個叛國之徒，你已勾結蒙古的和碩特王約期起兵，擾亂中國，糜爛地方。然而不想你手下烏合之眾，豈能成就什麼大事？一遇堂堂正正的王師到來，恐怕你們便要土崩瓦解了。還有助紂為虐的薛賊父子，平日作惡多端，到後來，難免國法。我雖死於你們之手，自有人代我復仇，你們絕不能倖免的。今晚要殺便殺，我沒有什麼口供。我只有四個字，叫做誅惡鋤暴。」余炳

業聽了，拍桌怒道：「妳已死到臨頭，還敢信口罵人嗎？我也不管妳是不是哪裡的女間諜，總而言之，今晚絕不能放妳活。」薛大武在旁也冷笑說道：「高飛瓊，妳要復仇，妳要誅惡，但是恐怕妳今生都不成了。」余炳業吩咐余德將飛瓊綁在下面柱子上，說道：「且待我們再喝了幾杯酒，然後來發落妳。」

余德奉了余炳業的命令，果然把飛瓊縛在下手柱子上。這裡余炳業便和眾人喝了幾杯酒，漸漸提起了興致。他對薛大武說道：「這姓高的賤人，我昨天在衙門前見她姿色甚美，所以帶入衙中，十分優待，本想納她為妾，誰料她對我如此，真是三十年老娘一旦倒繃了嬰兒，又好氣又好笑。現在她要求速死，我偏不讓她痛快地死，卻要當眾羞辱她一番呢。」遂令余德和兩個武弁上前去，先將飛瓊的衣服一齊褫下。當余德等上前動手的時候，飛瓊正發了急，萬不料余炳業狠毒如此。她當然情願從速一死，不願意受賊子的汙辱，於是她又罵起來了。

余德不顧她罵，剛才動手去解下飛瓊上身的束縛，要把她剝除衣服。這時候忽然外面飛來一樣東西，正打在余德的頭上，跟著嘩啦啦落在地上，跌個粉碎，原來是二大塊瓦。但是余德的頭已被砸破了，雙手抱著頭退下去。余炳業等眾人見了，一齊大驚，當然這不是偶然的事，外邊恐有飛瓊的黨羽到了。連忙吩咐武弁快把高飛瓊一刀殺死，免得被人劫奪。一個武弁聽了余炳業的話，惡狠狠地挺著鬼頭刀，跑上前，照準飛瓊胸口便刺。但是他口裡忽然啊呀一聲，撒手扔刀，仰後而倒，在他的頸上已中了一枝袖箭了。余炳業等一齊跳了起來，堂上大亂。這時候對面屋頂上早跳下一個黑影來。宛如飛燕穿簾，跳到了飛瓊的身旁，不顧一切，將手中明晃晃的寶劍迅速地割斷了飛瓊身上的繩索，又向地上拾起那把鬼頭刀來，遞與飛瓊手中，說道：「我們先對付了仇人再說。」飛瓊瞧著他，也不由突然一怔。這時余炳業等眾人也已取得兵刃在手。薛大武認得那個來救飛瓊的少年，不是別人，正是高山的徒弟聶剛，一齊大驚。

飛瓊手裡有了兵器，身子已得自由，她更是膽壯了，一個箭步，跳到薛大武面前，喝道：「老賊，我方才中了你們的詭計，現在卻不肯饒你了。」一刀向薛大武劈去。薛大武只得硬著頭皮，舞劍迎住。聶剛也挺起寶劍，徑奔薛小龍。小龍戰戰兢兢地揮著雙刀和聶剛交手，余炳業也揮動手中朴刀來助小龍，雙戰聶剛。聶剛精神抖擻，將手中寶劍使得如銀龍飛舞，和二人酣戰。盧千總等不曉得外面到了多少人，連忙溜出去，調一營兵來捉拿刺客。飛瓊在這時候更是勇猛，恨不得把薛大武立刻一刀剁死，以雪方才的恥辱。刀光霍霍，只自在薛大武頭上盤旋。薛大武倒有些膽怯，手中的劍法常常露出破綻來，給飛瓊殺得他手忙腳亂。鬥至七十合以上，飛瓊故意將身子一側，好像要滑跌的樣子。薛大武大喜，連忙踏進一步，一劍向飛瓊腰裡刺去。不防飛瓊眼快手快，一彎身讓過了這一劍，而自己的刀從側面劈到薛大武的肩膀上。薛大武叫得一聲「啊呀」，肩上已著了一刀，鮮血淋漓，受了傷更不能抵禦了，方要轉身逃走。飛瓊怎肯失此機會，又是一刀猛力刺去，刺中薛大武的脅下，立刻跌倒在地。薛小龍在一邊瞧見，趕緊丟了聶剛，奔過來援救他的父親時，飛瓊早已刷的一刀，割下了薛大武的首級。小龍見父親已死，咬牙切齒地來和飛瓊拚命。這時盧千總已帶領官兵跑進衙來要拿刺客。飛瓊對他們大喝一聲道：「你們這些人須要認清事理，不要助紂為虐。余賊炳業，他並不是你們的總兵了，乃是謀反叛國之徒。他私通了蒙古的和碩特親王，要舉兵作亂，塗炭生靈，現在機已泄漏，朝廷已派大軍前來剿滅了。你們須要幫助我們捉住這叛逆之徒，可保你們平安無事。否則你們便是甘心附逆，大兵一至，玉石俱焚，一個也不得饒赦的。」

　　飛瓊這話當然一半是真，一半是假，她也不知道有沒有大兵派來，不過藉此威嚇這些兵丁罷了。盧千總等聽飛瓊說得如此確實聲色俱厲，一定是大軍中派來的間諜了。大家都是你望著我，我望著你，逡巡不敢上前。那余炳業也聽得飛瓊的話，說破了自己的陰謀，心中未免有些虛怯。他手裡的一口刀本來尚能勉強和聶剛鏖鬥，但是心中已怯，手裡刀法也漸遲慢。聶剛此時的本領真像吳下阿蒙，已非昔日可比，余炳業自然鬥他不過了。他想三十六著，走為上著，咬緊牙齒，惡狠狠地向聶剛頭上一刀劈去。聶剛急忙低頭避讓，余炳業趁勢躍出圈子，向懷素堂後面逃去。聶剛豈肯放過他，喝聲不要走，飛步追上。追到後面一個庭心裡，余炳業回轉身來，對聶剛說道：「你這漢子姓甚名誰？本領果然高強，你若肯放過我，我和你一同起兵，先酬謝你黃金十萬，將來不失封侯之賞。今晚何苦和我如此作對呢？」聶剛聽余炳業要拿金錢來運動他，便罵道：「余賊，你不要小覷了聶某。你作惡多端，今天便是你的末日，不必多言，快快送上你的頭顱。」余炳業聞言，只得硬著頭皮，又和聶剛狠鬥。聶剛的一口劍使得神出鬼沒，把余炳業緊緊裹住，絕沒有半點間隙。被他尋得余炳業的一個破綻，一劍刺去，刺中余炳業的肚腹。余炳業大叫一聲，倒在地下。聶剛把劍抽出來時，余炳業腹中的大腸也拖了一段出來，鮮血滿地，躺在血泊裡，出氣多，進氣少，眼見得不活了。聶剛割下他的首級，提在手裡，走回前面懷素堂上來。

　　此時飛瓊也將薛小龍結果了性命，正和盧千總立在一起講話。聶剛上前立正了，笑嘻嘻地叫聲世妹。飛瓊見了聶剛手裡的人頭，也含笑道：「師兄，你已把余賊斬首嗎？很好！我已和盧千總說了，他們願意服從我們的命令，再不肯附和余賊，做叛逆之人了。」聶剛點點頭道：「這樣很好，盧千總你且率領兵丁退去，個個歸營，不得妄動，待等明天，我們自有發落。」盧千總諾諾連聲地帶了兵士們退出去了。這裡聶剛和

飛瓊將余炳業、薛大武、薛小龍三顆人頭繫在一起，高高地掛在庭中樹枝上，這就是作惡者的下場。飛瓊等為大同地方除去了兩害，大同的人民知道了這事，真不知要如何感激呢。飛瓊和聶剛此時各人也覺得有些疲倦，並且腹中十分飢餓，遂喝令衙中的下人端了熱水來，大家洗淨了手。又吩咐下人令廚房裡預備幾樣精美的菜，給他們果腹。衙中的馬弁已四散逃去，下人們當然不敢走開，小心翼翼，伺候二人，以為二人是朝廷派遣到此捉拿余總兵的人呢。

聶剛和飛瓊坐在懷素堂上，一邊吃飯，一邊談話。飛瓊先向聶剛說道：「師兄，我以前錯怪了你，請你原諒。今天我在這裡中了陰謀，墮入陷阱，險些兒失去了性命，幸虧有你來相救，但不知師兄怎樣也會跑到大同來的？你一向在哪裡？你離開天津以後，我也常要思念你的。」聶剛微微笑了一聲說道：「多謝世妹。師父死在薛大武父子手裡，我一時不得端倪，未能為師父復仇，心裡常常歉疚，好似芒刺在背，一天也不得安寧。所以我立志離開天津，出去再要拜訪名師，學習武藝，報我師父的仇。且喜現在果然達到了目的。」遂把自己怎樣闖入嵩山少林寺，跟從心禪上人，學習少林武藝，以及從遊方僧口裡探問得仇人的消息，遂拜別了師父，下山到此的經過，略述一遍。又說他今天方才趕到大同，恰巧在悅來店酒樓上獨自小飲，想要打聽薛家堡的消息，忽然瞧見飛瓊坐在囚車裡，被薛大武押送到余總兵衙門裡去，不由得十分驚奇，初欲當街攔劫，既思孤掌難鳴，不得不稍忍須臾。便向人探明了總兵衙門的所在，薄暮時又到衙門前後探看虛實，乘無人時，冒險越牆而入。聽得人說余炳業在懷素堂歡宴薛賊父子，且審問捉到的女間諜，我遂伏在懷素堂對面的一座亭子上，那裡正有一株大樹，可以蔽身。等到我見他們動手時，我遂飛下二塊瓦片，打倒了那個人。後來他們要殺妳，我又用我在山上練習的袖箭，發了一枝，立即跳下來援救世妹。仗著師父在天

之靈，僥倖已把仇人殺卻，且斬了余炳業，為地方除害。今天我真是快樂極了，但不知世妹也怎樣到此，落在他們手裡的？」

於是飛瓊也將自己經過的事告訴了聶剛，二人心裡都覺得非常快慰，吃完了飯，二人又坐著談談。飛瓊道：「我們已代父親復了大仇，今後我可以和師兄一齊重返津門了。但是這裡的事卻怎樣發落？」遂又將余炳業勾通蒙古和碩特王舉兵謀反的事告訴了聶剛。聶剛道：「這事很容易辦的，待到明天早上大同府必然也知道了此事，自然要來見我們的。我們可以搜查出余炳業叛國謀反的證據，交給他，且告訴他一切，將這三個人頭也交與他，號令城上，以警叛逆，朝廷自然有人來收拾這個地方的。我們既不想得功，也不必越俎代庖，可以放下了這事，回到故鄉去。」飛瓊笑笑道：「照你的辦法也好。」二人又談著別後的事，坐以待旦。

到了天明後，大同府吳祥賢聞得這事，果然親自到總兵衙門裡來拜見二人。二人便將余炳業叛國的事實，以及自己的來歷，和殲賊的經過，都告訴了吳祥賢。吳祥賢聽了，自然對於飛瓊、聶剛二人非常的敬重，說了不少欽佩的話。且和二人商議之後，決定立即飛稟省垣的上憲，如何派遣人來代理總兵之職，將余炳業的叛國罪狀詳細報告。因為此時業已在余炳業的內室裡抄獲祕密的文件，有和碩特王的書函數通，可稱證據確實了。又把余炳業和薛氏父子三個人的人頭號令在城門上，且出示布告，以安民心。吳祥賢既是這樣辦了，飛瓊和聶剛急欲回鄉，便向吳祥賢告辭。吳祥賢哪裡肯放他們就走，他就對二人說道：「二位英雄到這裡來為地方除害，為國家殺賊，其功不小。下官已囑幕府據情直告，日後大吏一定要引見二位，酬以爵祿的，二位怎麼就要走呢？」飛瓊哈哈笑道：「我等此來志在復仇，不過眼見余賊作惡情狀，抱著俠義心腸，所以把他們一齊誅掉，並不是要想得什麼功勞的。我們也不想做

官，怎肯藉此為終南捷徑，有所取利呢？」吳祥賢道：「二位的高義固是可敬，但這裡的情勢尚不能十分安定，下官是個文職，不能統馭官兵，萬一二位走了，省垣裡接替的人沒來，余炳業的餘黨死灰復燃，蠢蠢妄動起來，那麼如何是好呢？所以下官要懇求二位，即使你們不慕榮利，也請在此地少待數日，一俟有人代理總兵以後，二位再平安回鄉吧。」飛瓊聶剛都是有義氣的人，聽吳祥賢這樣說，他們倒不好意思置之不顧了，只得領首應允。吳祥賢欣然道：「二位真是善始善終的俠義英雄，下官何幸而遇此？便是大同的百姓都要感恩不盡的。」遂在衙內設宴款待二人，敬若上賓，二人也只得在衙內住下了。

此時大同城裡城外的百姓都已知道這個消息，人人稱快，有許多百姓都拈著香，成群結隊的要到衙門裡來求見二位英雄，可是二人不欲多事，一概沒有接見。盧千總等在營內也按兵不動，靜候發落。至於薛家堡那邊，飛瓊已請吳祥賢派捕役前去抄封，以清餘孽。那駱琳夫婦在鄉下親戚家裡躲避著，本來不敢出面，但聞得這個喜訊以後，心花怒放，都說皇天有眼，報應不爽，天遣二位異人來此，除去二個害民的賊子。他們就歡歡喜喜地回轉城裡老家來，探得飛瓊尚在總兵衙門裡，夫婦二人設備了幾樣禮物來拜謝飛瓊。飛瓊立即請他們進去相見，二人見了飛瓊，一齊拜倒。飛瓊親自把二人扶起來，且介紹聶剛和二人見面。駱琳見聶剛是個磊落英俊的俠少年，自然也非常尊敬。飛瓊陪二人坐談一回，且向駱琳勗勉了幾句話，駱琳夫婦方才告退出來。不數日省垣裡已有公文到來，新調總兵曾榮，已帶領兵馬，兼程馳至。飛瓊和聶剛便要告辭回鄉，吳祥賢要想再留，卻挽留不住了。吳祥賢不得已邀了盧千總在總兵衙門裡設宴餞行，且送上一大盤金銀，和二匹名馬作為贐儀。二人接受了名馬，對於金銀，堅不肯受。吳祥賢請求再三，二人方才拿了一半，辭別吳祥賢，個個跨馬登程。吳祥賢和盧千總等許多人坐轎的坐

轎，乘馬的乘馬，一齊恭送二人到城外十里長亭，方才分別。當二人從
衙裡出城的時候，眾百姓聞得消息，夾道爭觀萬人空巷。有幾個地方，
在二人行過的時候，陳列香案，燃放鞭炮，歡呼而送。二人路過城門
時，又見余炳業和薛大武父子的三顆人頭兀自高掛在城牆上呢。

　　二人這番來到大同，分而復合，不但報了大仇，而且除去巨憝，博
得人民萬口歌頌，真是意想不到的事，各人心裡無限快慰，在途中也不
寂寞。這一天早回到了津門，二人在靖遠鏢局門口下了馬，走進去時，
高福和眾鏢友見了二人一齊回來，都覺得有些奇異。大家上前問訊，經
飛瓊一告訴之後，眾人都說這是老英雄的英靈在暗中呵護驅遣所致，大
家不勝歡喜，齊向二人道賀。唯有高福懷著一肚皮的鬼胎，對著聶剛，
更不勝愧怍。聶剛卻抱著寬容的態度，並不去理會他。飛瓊回家以後，
立刻吩咐廚下預備幾樣菜餚，點了蠟燭，和聶剛在亡父靈前拜祭一番，
告慰英靈，飛瓊又哭了一番。休息了一天，聶剛照常處理局務，二人和
好無間。高福也不敢再在飛瓊面前掛嘴夾舌，說聶剛的不是了。有一天
早上，飛瓊因為長久沒有練習銀彈，所以又到後園中去打靶，開了幾弓
以後，忽見聶剛笑嘻嘻地從外邊走來，對她說道：「師妹的銀彈已有了
純熟的功夫，卻還要這樣勤習不輟嗎？大家誰不知道妳是河北女鏢師銀
彈高飛瓊！」飛瓊笑笑道：「你現在已可稱得少林門下，非復昔比了。」
遂放下彈去，和他並肩走到去年所坐的那塊大石旁，一齊坐下，娓娓清
談。聶剛觸景生情，一顆心又活躍起來。雖然前次曾遭失敗，似乎再也
振不起勇氣。然而現在情隨事遷，大不相同，自己復了師父的仇，又救
了飛瓊，可謂立下大功。且覺得從大同一路回鄉，飛瓊對於自己的感情
已增進了不少，也不妨舊事重提。所以他鼓起勇氣，又向飛瓊開口乞
婚，要得到這位女英雄的千金一諾。飛瓊聽了他的話，果然並不著惱，
微微一笑，對聶剛說道：「我前次向你堅決拒絕，似乎很對不起你。但

想若不是這樣，恐怕我們也不能早復父仇。現在你要重申前請，我卻再要和你比一回劍術。倘然你能夠勝我的，我當然對於你的乞婚也沒有異議，甘心侍奉巾櫛。」聶剛帶笑說道：「很好，那麼今天我們便在這裡比賽一回吧。飛瓊說聲好，於是二人立起身來，跑到裡面去，各人取了寶劍，回轉園中，在草地上將劍使開，交起手來。此時的聶剛果非昔日可比，使出他平生的本領，將少林僧所授的劍術、一齊施展出來。飛瓊也不甘示弱，悉力周旋，兩柄寶劍如龍飛鳳舞一般往來擊刺。鬥到八十合以上，飛瓊忽然有了破綻，被聶剛一劍掃到她的頸上。飛瓊急忙退縮時，不知是她有意的還是無意的，足下一滑，輕輕地仰天跌倒下去，寶劍也拋在一邊了。聶剛連忙也拋下寶劍，俯身來扶起飛瓊，湊在她的耳朵上說道：「這是師父在天之靈，暗中使妳跌倒的，因為妳不肯遵從他的遺囑。現在妳可以不再拒絕我的請求了。」飛瓊紅著臉不響。聶剛就大著膽，趁勢擁抱著飛瓊，湊在她的櫻唇上接了一個甜吻。在這一吻以後，這一雙俠男奇女便成就了百年好合。

胭脂盗

第一章
桃花坡李翠娃劫鑣　迎賓館梁國器驚豔

馬上橫飛「閃電光」，

「一堆雪」影刃如霜。

可知「神臂弓」開處，

箭桿翎花異樣長。

這首詩是著者從清初汪景祺《西征隨筆》裡選錄出來的。刀光箭羽，虎虎如生，字句隱約中可以見到有燕趙俠士，呼之欲出；卻不知記的是巾幗英雄，胭脂女盜。所謂「閃電光」、「一堆雪」、「神臂弓」等，都是那時候的江湖女俠身懷絕技，幹出不少驚人的事情，可愕可驚，亦香亦豔。

原來在山西省的平陽，東控太行，西界黃河，南接梁宋關，北連汾晉，背負真陝，襟帶代燕，真是古時所謂河中用武之地，形勢非常險阻。而那地方，民風也是非常剽悍喜鬥，頗多殺人不眨眼的魔君。少壯男子在街頭格鬥毆殺，屢見不鮮。就是一般女子，亦皆習知兵事，視戰鬥如家常便飯，一般往往出去放馬劫掠，土人稱為「胭脂盜」，但對於本地大戶卻毫不侵犯，合著「兔子不吃家旁草」的一句俗語，因此當地人卻沒有一個人說她們壞話的。而縣衙裡的胥吏都得著重賄，即使有過路客商遭著胭脂盜的行劫後，告到官裡去，那些胥吏無不曲為庇護。那地方嚴禁樂戶，有一些娼妓都是私下接客的，淫風很盛，桑中淇上，男女間的情事常常演出離奇曲折的案子來。有幾個妓女對於技擊之術也很嫻熟，加入胭脂盜，去幹殺人越貨的勾當。一般面貌較美的少年男子往往反被她們玩弄，做了她們的情俘呢。

有一天，正是四月清和之日，在平陽那條通到郊野的官道上，有一匹馬飛奔而來。馬後的塵土揚起了數尺，馬鞍上坐著一個少年，相貌俊

秀，而肌膚白皙，如處子一般，一望而知是個江南人氏。頭上戴著一頂
遮風的小帽，帽上嵌著一粒精圓的珠子，鬆鬆的大辮，身穿一件藍緞子
的夾袍，外罩黑色一字襟的小背心，腳踏薄底快靴，手挽絲韁，坐著一
匹銀鬃馬，有一個小小包裹拴在馬後，包裹裡露出一個劍鞘的柄兒，大
約他帶著武器作為隨身防衛之具了。這時候夕陽西墜，天色漸暝，半空
中的烏鴉一陣陣的噪著，飛回巢去。遠遠的青山一疊，如屏如嶂，也都
有紫色的雲氣罩著，若隱若現。官道上也有幾株垂柳，在春風裡飄拂著
她們的柔絲，似乎要留住行人的心一般。那少年一邊縱馬疾馳，一邊也
在留心瞧著，看這旁可有什麼客店可以下榻借宿。可是居民甚是寥落，
人家很少。後來他跑了一段路，一眼瞧見遠遠地在樹林那邊有一個酒帘
子高高地挑起，迎風招展，像是向人家招呼的樣子。他心裡便覺安慰得
不少，催著坐騎，跑近林邊。只見有幾間矮屋築在林旁，果有一家酒
店，掛著一塊黝黑的牌子，上有「迎賓」兩字。

　　少年知道這酒店是招接過路客商的了，便勒住馬韁，跳下馬來。恰
好門裡已有一個酒保走出，見有客人，便上前招呼道：「客官，前面已無
宿投，天色已黑，就請落在小店裡吧。」說著話便來代少年牽住韁繩。少
年點點頭，踏進店去。見店堂裡靜悄悄地沒有什麼，只在左首櫃檯裡面
坐著一個年逾四旬的婦人。面貌生得平庸，偏敷著脂粉，鬢邊還插著一
朵花。身穿一件淡青竹布的衫子，滾著黑色如意形的邊，手裡拿著一根
牙籤，正在剔著牙齒。見了少年，便說道：「客官請選一個上房吧，今天
湊巧都空著哩。」這時那酒保已將少年的馬牽到後面去上料，代少年卸了
行李，忙又走來引導少年。走至後面，跨過一個小小天井，朝南有三間
客室。開了左首一間客室的門走進去，布置很是簡樸，除炕床外只有一
桌數椅，並沒有富麗的陳設，比較江南的旅館真不可同日而語了。那酒
保便問少年這一個房間可好下榻？少年也只有同意了。坐定後，酒保把
行李代他已放在炕上，早去掌上燈來，向少年問道：「請問客官尊姓？可

是江南人？」少年答道：「我姓梁，正是江南常州人。」酒保帶笑說道：「小人聽得出口音的，這裡很少江南人，真是難得遇見，有緣有緣！梁先生要用什麼菜，可要喝一些酒？小店有的是上好高粱和汾酒。」少年點頭微笑道：「汾酒是有名的，那麼來一斤汾酒吧。你們可有什麼美味的菜？」酒保一連串的報了幾樣，且帶笑說道：「這些菜在此地可算是好了，但是恐怕比不及江南。梁先生，請你將就點幾樣吧。」少年笑了一笑，好在只有一個人吃喝，也不用多的菜，點了一樣辣醬雞和兩樣冷盆就算了。

　　隔了一會兒，那酒保早將酒菜送上。少年坐在房間裡獨酌，酒保卻不退去，站在一旁侍候，只是笑嘻嘻瞧著那少年的面孔，相視不釋，狀甚閒暇。少年喝了一杯酒道：「你們這店裡怎樣如此冷清清的，只有我一個孤客？你也空著沒事做嗎？」酒保道：「本來這裡的生意很好，客房常常住滿，只因近來附近出了一件大大的盜案，所以旅客頓時減少起來。這幾天店裡尚沒有生意做，今晚也只有你梁先生一人呢！小人左右沒事做，所以在一旁伺候。」少年問道：「出了什麼大大的盜案？你既然無事，告訴我聽可好嗎？」酒保便帶笑說道：「梁先生，你是江南人，大概不知道這裡的事情的。要知在我們平陽地方，有一種胭脂盜，都是殺人不眨眼的魔君，飛簷走壁，往來倏忽，專門盜取富商大官的不義之財，就是官吏也奈何她們不得的。前天有一個京裡來的客商，帶了不少珍寶錢財，請了一個保鏢的，名喚雙刀將艾霸，保護同行。路過這裡，恰巧被胭脂盜偵探明白，便有幾個胭脂盜合了夥去搶劫他們的露車。雙刀將艾霸雖然屬害，卻遇了神臂弓，當場中箭而死，那客人所帶的錢財一起被劫。他是京裡認識達官貴人的，所以告到平陽縣，要追回盜賊。平陽縣雖知胭脂盜屬害，但因在自己地方上鬧出了一件血案，那客人又有些來頭的，他不得不吩咐捕役嚴加緝拿了。然而，這裡的捕役都是酒囊飯袋，有什麼本領去和胭脂盜對壘呢？但這案情傳播出去，一時客商們竟

視為畏途，不敢上這裡來了。那發生盜案的地方就是在桃花坡下，客官方才到這裡來時也經過的。那邊桃樹很多，在開放的時候，一片紅英，如天上雲錦一般，煞是好看，可惜現在時候已過了。」

　　酒保說到這裡，那少年點點頭道：「怪不得我剛才來的時候，官道上冷清清的難得有人遇見，原來新出了盜案哩。胭脂盜三個字，我路上似乎也聽人談起，卻不知究竟怎樣的屬害，連那保鑣的也敵不過她們嗎？」酒保道：「梁先生，我索性告訴你吧。你不知道，胭脂盜並不是男子漢大丈夫，而都是些婦人女子，其間尤多十七八歲的小姑娘，一樣都有很好的本領。我方才所說的神臂弓就是著名的胭脂盜，一般男子的武術尚還不及伊哩。你相信我的話嗎？」少年拿起酒杯，又喝了一口酒，吃了一些菜，說道：「胭脂盜這三個字，香豔中帶著一些辣椒氣味，恐怖性質，別地方真沒有的。我今天大膽經過這裡，卻沒有遇見胭脂盜，可說是我的僥倖呢。但我雖然是江南人，卻也學習過一些劍術，胭脂盜若來，我也要和她們決一雌雄，不甘退避三舍的。」說到這裡，哈哈大笑。那酒保剛又要接口時，早聽外邊有婦人的聲音喊道：「胡二，你怎的還不出來？休要在裡面胡說八道，惑亂人心。辣醬雞已煮好了，快來拿去吧！」酒保一聽外邊呼喚聲，不敢怠慢，連忙轉身跑出去了。一會兒便托了一大盆醬雞前來，辣油麻油拌著濃濃的醬，那雞的顏色半紅半黑，熱騰騰的，真是特製的佳餚。酒保見壺中的酒已乾，便問：「客官可要添一斤嗎？」少年點點頭，酒保便又去添一斤汾酒來。

　　忽然後邊有胡琴的聲音從風中傳送過來，少年的心裡不由一動，他知道外邊的旅店裡尚有私娼，可以供客人的娛樂。方才因為這店冷清清的一些生氣都沒有，自己也就不想著這件事了，莫非這裡也有什麼歌妓的嗎？他這樣一想，便昂起了頭聽胡琴的聲音。酒保見少年聽到胡琴的聲音，便走近他的身邊，低聲問道：「梁先生，你一個兒獨酌，不覺得

寂寞嗎？」少年回頭說道：「覺得怎樣？不覺得又怎樣？」酒保笑笑道：「梁先生，你若覺得寂寞時，我可以去喚一個小姑娘來陪你談談？可好嗎？」少年口裡嚼著一塊雞，把頭顛晃著說道：「不錯，此刻倒很需要的。不過你們此地的胭脂，我一路過來也看過不少，都是些庸脂俗粉，野草閒花，哪裡及得我們江南金粉，蘇州女子，柔和如水呢？如有姿色好的，你不妨代我喚來，倘然沒有時，也不必了。」酒保聽了少年的說話，不禁冷笑一聲道：「梁先生，你們江南人，地方好，當然不論男女都是俊美的多。可是你也不要過分自誇，目空一切。你以為北方沒有好女子嗎？好，我就去喚一個來。你若看得中時，請你多賞些纏頭之費；若不中意時，老大的耳巴子盡你打。」少年點點頭道：「很好。」那酒保就高高興興地跑出去了。

　　一會兒便聽裡邊胡琴的聲音已停止，接著外面聽得步履聲，門簾一掀，酒保已引著一個十六七歲的小姑娘走進房來，跟著一陣香風，送入自己的鼻管。少年放下酒杯，向這位小姑娘仔細端詳時，見伊額上打著前瀏海，腦後梳著一條漆黑的大辮。鵝蛋的臉兒，長長的柳眉，一雙水汪汪的眼睛，黑白分明，睫毛很長，瑤鼻櫻唇，生得沒一處不可人意兒。只不過那兩條柳眉太長了一些，似乎帶著一點殺氣。臉上施著脂粉，兩頰的胭脂塗得很紅。身穿一件淡藍綢的夾褂子，月白色的長褲兒，加著足下窄窄的三寸弓鞋，瘦不盈握，站在面前，果然豔麗動人，和以前所見的北地胭脂，又覺大不相同了。伊手裡還拿著一柄胡琴和一塊粉紅色的大手帕，對著少年凝眸一笑道：「客官，你要我來陪酒嗎？」少年帶笑說道：「很好，很好，我一個人在此獨酌，甚感無聊，就請姑娘來陪我談談吧。」那酒保早已端一張凳子過來，恰和少年一折角。少年一擺手請小姑娘坐下，吩咐酒保添一副杯箸來，好讓小姑娘陪飲幾杯。酒保忙去拿上一副筷子和一隻酒杯來。少年提了酒壺便代伊斟酒，伊慌

忙起立身來道謝，又拿起酒壺代少年斟個滿，然後低倒了頭坐下。酒保早退出去了。

少年又對著小姑娘的粉臉瞧了一眼，然後問伊道：「小姑娘，妳姓什麼？叫什麼？家裡在什麼地方？在這店裡接客可有幾時？妳年齡很輕，大概還不久吧？」那小姑娘低聲答道：「我姓秦，名喚玉燕，在這裡接客沒有多時呢。客官尊姓可是梁嗎？還沒有請教大名。」少年答道：「不錯，我姓梁，名叫國器，是江南常州人。」玉燕微笑道：「這裡難得有江南人到的。我一瞧梁先生的模樣，一聽梁先生的聲音，便知是江南人了。」梁國器笑笑道：「你們對於江南人覺得怎樣？也有好感嗎？」玉燕道：「這也是無所謂的。我們這裡離開江南很遠，自然彼此很難遇見，物少則貴，自然我們對於江南人也覺得特別看重了。」梁國器哈哈笑道：「妳把我們江南人當作東西看待嗎？」玉燕又笑了一笑道：「對不起，這是我用的比喻，請你原諒。」少年道：「很好，妳要我原諒嗎？那麼妳代我歌一曲好不好？」玉燕點點頭道：「梁先生要我唱，我當然是情願的，但請你不要嫌我嗓音不好。」梁國器道：「不要客氣，妳一定唱得很好的。」玉燕便將那方粉紅色的手帕鋪在膝蓋上，又將手裡的胡琴，調整一下上面的絲弦，對梁國器說道：「我來唱一支〈望郎歸〉吧。」說畢，馬上輕啟朱唇，唱出一串銀鈴似的聲音。果然又清脆，又激越，歌詞十分熱烈，而歌聲也和南方麋曼婉轉的不同，真是北方之音了。

梁國器一邊聽著，一邊擊節。歌詞很短，沒有幾句就唱完了。玉燕見梁國器似乎聽得很有味，便再唱一支〈訴衷情〉和〈我怨郎〉。這些歌曲當然是俚俗的所謂民間的情歌，似乎難登大雅之堂，可是也像〈鄭風〉蘭「贈菊」之什，朱熹所謂「男女相與詠歌，各言其志」，倒都是抒發真性情。在歌詞裡自有一種奔波的熱情刺激青年人的心，加在玉燕檀口裡唱出，煞是好聽。胡琴的聲音和歌聲也很調和。此時的梁國器也覺得胡

然而天，胡然而帝，陶陶然的忘記了其他的一切了。玉燕一連唱了三支曲，又問梁國器道：「你聽得不討厭嗎？要聽時，我再可以唱的。」梁國器點點頭道：「玉燕姑娘，妳唱得真是好聽！稚鳳聲清，餘音繞耳，佩服佩服！大概妳的喉嚨很乾了，喝一杯酒吧。」玉燕聞言，謝了一聲，舉起酒杯來，喝了兩口。梁國器又請伊吃菜，玉燕也不客氣，舉起筷子來，夾了一塊辣醬雞，送到口裡細嚼，又把那胡琴放在旁邊。梁國器道：「妳會喝酒嗎？很好，妳陪我幾杯談談心，不必再唱了。」玉燕道：「啊喲，梁先生的酒量大概很好的嗎？我是不會吃酒的，喝不到三杯就要醉了。只可以陪你喝兩杯。」梁國器道：「很好，妳就喝兩杯也好。」便提起酒壺來，代伊在酒杯裡斟個滿，他自己就喝了一杯。酒保又走進來問他可要添什麼菜，梁國器吩咐再添一樣生炒牛肉絲來，然後再喝一些小米粥。酒保退出去。

梁國器見玉燕喝了酒，頰上更是紅得像玫瑰一般，他就伸過手去一握玉燕的纖手，覺得柔荑入握，軟綿綿的好如沒有骨頭一樣，便笑笑道：「像妳這樣的北方人倒也和南方人差不多，不過姿態剛健一些罷了，我心裡很喜歡這樣的。」玉燕笑笑道：「梁先生，你果然歡喜嗎？還好，沒有使你憎厭我。」梁國器又道：「我聽得人家說這裡的胭脂盜怎樣的厲害，我終有些不相信，現在瞧了妳這個樣子更使我不相信了。在《水滸》小說裡雖有什麼一丈青扈三娘、母大蟲顧大嫂、母夜叉孫二娘等女強盜，但我以為這是小說家言，未可盡信，即使有幾個略知武術的女子也屬平常的，不過好事者流加倍寫得她們有聲有色罷了。所以，現在這裡的胭脂盜，恐怕也是人家過於代她們誇張。我不信柔美的女子竟會變成殺人不眨眼的魔君，除非我自己逢到了，方才可以明白真相呢。」玉燕微笑道：「梁先生，人家所說的倒不是誇大之言。你不是本地人，自然不知道個中情形。但你既已到了這裡，不定早晚總要遇見的。以後你自

然知道了。」梁國器道：「我有寶劍在身，絕不讓胭脂盜妄逞威風的。」玉燕聽說，對梁國器臉上注視一下說道：「梁先生，你諳武藝的嗎？」梁國器點點頭道：「不能說精諳，略知一二罷了。」玉燕道：「你沒有遇見胭脂盜呢，倘然遇到了，交起手來，恐怕你一定不能夠得到便宜的。梁先生，你莫要輕視我們平陽的女子啊！」梁國器笑笑道：「倘然胭脂盜都像妳一樣的溫和美麗，那麼我情願多遇著幾個，讓我也好多見些胭脂顏色。」玉燕聽了這話，把一雙妙目掃了梁國器一眼，默默地不說什麼。

　　梁國器覺得自己酒也喝得夠了，這汾酒很厲害的，再喝下去必要大醉；玉燕也不會多飲，不必一個人狂喝了。一眼瞧見那酒保站在門口探頭伺候，便吩咐他道：「你與我撤去吧，粥也喝過了。」於是酒保進來撤去殘餚，又送上兩杯茶來，悄悄地退去。梁國器聽聽外邊沒有聲音，便拉著玉燕的手說道：「他鄉遊子，客邸無聊，難得有妳這樣婉轉的小姑娘，請於今夜滅燭留髡，能讓遊子銷魂真個嗎？」玉燕低倒了頭不語。梁國器知道自己的目的可以達到，巫山一片雲，正好作個荒唐之夢，一解旅途寂寞。恰好酒保前來沖水，梁國器說道：「這位玉燕姑娘可算是解語之花，你們平陽地方倒也有好女子，今夜我要伊留侍一宵了。」酒保笑笑道：「梁先生，現在可知小人不是騙你了。秦姑娘可以陪伴，只要你多出些纏頭之資，大家快活。」梁國器道：「我雖然是個出門人，但行囊尚不羞澀。一定不白許你們而使你們失望。」酒保聽了，便對玉燕說道：「姑娘，妳聽得嗎？今夜好好伺候客人吧。」霎了一霎眼睛，就退出去了。

　　梁國器便將房門關上，剪去一些燭煨，又向玉燕臉上望了一望，走到伊身畔，將伊玉臂輕輕一抬，玉燕早隨著他立起身來，二人一同走至炕邊。梁國器將炕上自己的包裹移過一邊，劍柄觸著牆壁，鏗然有聲。玉燕瞧著劍柄，微笑道：「梁先生挾有三尺龍泉，果然能武。」梁國器笑笑道：「妳和我此刻不必用武，枕席之樂又於干戈之間迥不相同。」一邊

說，一邊伸手來抱玉燕。玉燕宛如小鳥依人的投入他的懷裡，覺得伊身
輕如燕，真是不愧此名。遂將前帳幃放下，又伸手去解玉燕衣服上的紐
扣。玉燕急忙倒身閃避。梁國器以為伊害羞，到了此時，情不自禁，怎
肯讓玉燕閃避開去，早將一手把伊緊緊擁在懷裡，一手又去解伊襟上的
紐扣，剛才解得兩個，玉燕把手去攔閃開。梁國器覺得玉燕身體雖輕，
腕力卻也有幾分，便道：「玉燕，春宵一刻值千金，現在正是良夜苦短的
時候，妳既答應伴我同寢，卻還不及時早遂于飛之樂，何以又要這樣的
不勝覷睨呢？奇奇奇奇！」梁國器一邊說，一邊又用力伸手再去解伊紐
扣。擁伊的一手又在伊胳肢下呵起癢來。玉燕怕癢，不覺格格地笑了數
聲，一顆蠔首鑽到梁國器懷裡。梁國器乘勢向伊的頰上吻了一下，印得
自己嘴邊有了一堆深深的胭脂痕跡，他自己還不覺得呢。在這時玉燕身
上的紐扣又鬆了一個，忽聽「噹」的一聲，從玉燕懷中有一件東西直落到
地上。玉燕低低喊一聲「啊呀」！梁國器定睛看那地上的東西，在燭影搖
紅裡，一道寒光，直射到他的臉上來，不由使他心裡陡的驚駭，原來是
一柄五寸長的小小短劍。

第二章
秦掌櫃黑夜追嬌女　紅姑娘白日留佳賓

在千嬌百媚的玉人兒身邊忽然落下這樣可怖的東西來，如何不使梁國器大為駭疑！幸虧他本諳武術的，膽子自然大一些，非怯書生可比。馬上指著地下的短劍，對玉燕說道：「咦！妳怎的懷中藏著這東西！顯見妳不懷好意！快快直說，姓梁的也絕不會著妳的道兒。」一邊說，一邊跳過去，從他的包裹裡抽出一柄長劍來，按住劍鞘，臉上頓時露出一重嚴霜，一變方才歡笑之容了。玉燕卻不慌不忙，從地上拾起那柄晶瑩耀人的短劍來。劍柄是黃金製的，更是黃澄澄地照眼。伊把那短劍托在手裡，向梁國器帶笑說道：「是我一時不慎，驚犯了梁先生，請你原諒。唉！我現在不得不說了，但說了出來，你莫要驚恐。你方才說很想遇見胭脂盜，可知立在你眼前的人就是那話兒，你還不知道嗎？」梁國器一聽這話，更是驚駭莫名，指著玉燕道：「妳……妳……妳就是此地的胭脂盜嗎？奇怪奇怪，那麼妳要把我怎樣呢？我既然遇見了胭脂盜，當然要和妳們鬥高低，絕不肯俯首受戮。此地的胭脂盜真多，連在旅店裡的土娼也是了。豈有此理！」玉燕聽了梁國器的話，不動聲色地慢慢兒說道：「梁先生，你有多大本領，要和胭脂盜決鬥嗎？但我見了你，卻沒有勇氣和你廝鬥。」梁國器又是一怔道：「為什麼呢？」玉燕把手中的短劍向窗邊桌子上放下，雙手空空地走到梁國器身邊，把纖手放在他肩上輕輕拍了一下，帶笑說道：「梁先生要鬥嗎？請你以後同別的胭脂盜去廝拼，我卻捨不得向你下毒手呢。」

梁國器給玉燕的手一拍，又聽了伊有情之言，他的一顆心依舊軟了下來。也把自己的寶劍放在一邊，對玉燕說道：「妳到底預備怎麼樣？快請告訴我聽。」玉燕道：「你莫性急，待我老實告訴你知道。」遂挽著梁國器的手，一同在炕邊坐下，笑了一笑道：「好人，你該明白，我若要

害你的性命，早已乘時取去了你的首級，還肯和你這樣的溫存周旋嗎？好人，你放一百二十個心，我雖是一個胭脂盜，卻是對於你一些沒有惡意的。你相信我的話嗎？」梁國器見玉燕態度甚是誠摯，聽伊的檀口裡又叫出「好人」二字，更是骨軟身酥，又把手握住她的柔荑說道：「那麼你何必懷藏著短劍呢？」玉燕道：「這是我媽教我這樣的。」梁國器道：「誰是妳的媽？」玉燕答道：「就是在此店內的女掌櫃，大家都喚伊秦家媽的。」梁國器道：「就是那個坐在櫃店裡的婦人嗎？」玉燕點點頭道：「是的，但伊並不是我的生身母。」梁國器道：「那秦家媽果然不是妳的生身母嗎？那麼妳的父母又是誰？」玉燕道：「這個連我自己也不知道。說起來時也話長，隔天有機會，我再告訴你。總而言之，那秦家媽逼我為娼，無非要把我當做錢樹子看待，店中有了客人，常要喚我出來陪酒，代伊多少撈摸些金錢。伊的慾望是沒有止境的，今晚伊又叫我來侍奉你梁先生。」梁國器道：「那麼妳的身世倒也很可憐的。秦家媽既是妳的假母，當然只知道要錢，也不來顧慮妳了。但妳既然說應酬客人，何必要懷藏這東西呢？」他說著話，又把手向窗邊桌子上放著的那柄短劍一指。玉燕道：「你還不知道，我媽的心狠毒非常，伊才是個胭脂盜中的老前輩呢。」梁國器聽了這話，又大吃一驚，連忙問道：「妳的媽也是胭脂盜嗎？啊呀！這裡真是產生胭脂盜的所在，方才我倒失敬了。」玉燕又道：「伊見了你是江南來的旅客，以為你的行囊一定豐富，所以特別垂涎，要把你殺卻，完全奪下你的行囊。但我因為見你是一個很好的君子，我們倆雖然萍水相逢，異省之人，你對我又很是多情，使我的心早已軟了下來。何況你又是我素來愛慕的江南人，自然對於你更沒有惡意了。老實說，若是換了別的人時，恐怕我早已刺刃於他的腹中了。」

梁國器聽玉燕說到這裡，不由咋舌道：「啊喲！好險啊！如此說來，你們這家店真是個黑店了。我剛剛才說孫二娘、顧大嫂等都是小說中的

人物，卻不料你們這裡竟有這樣類如十字坡的黑店，不知道可也有人肉饅頭賣嗎？」玉燕微笑道：「不錯，這裡是一家黑店，常常要傷害孤單的旅客的，但人肉饅頭卻沒有賣。」梁國器道：「這倒還好，否則我要嘔吐了。但妳既然不願意幹這生涯，那麼何必又聽妳媽的吩咐呢？」玉燕道：「我方才已告訴你，我的媽是一個半老的胭脂盜，伊的本領非常了得。我是伊養大的人，處於積威之下，怎敢不聽從伊的說話呢？」梁國器點點頭，又說道：「那麼妳今晚預備怎樣對待我？」玉燕對梁國器的臉上瞧了一下，然後說道：「咦！我早已說過不情願傷害你一絲半毫的，你難道還不相信我嗎？」梁國器搖搖頭道：「不是，我是代妳設身處地而想的。倘然妳不傷害我而不劫取我的錢財，那麼妳明天怎樣向妳的媽去交代這件事呢？」玉燕道：「這又是一個問題了。我寧死不願傷害你的，我要放你逃走。我只說你的本領怎樣大，鬥不過你便了。」

梁國器聽了這話，情不自禁，又把玉燕摟在懷中，很快活地笑了一下道：「妳這樣愛我，叫我怎樣報答妳呢？」玉燕把伊的頭倚在梁國器的肩上，說道：「悉憑你怎樣的報答吧。我問你，為著什麼事情趕到這裡來？你是要到什麼地方去的？」梁國器道：「我要到太原去找訪一個仇人，卻不料在這裡遇到了多情的胭脂盜，叫我把這顆心不知安放在哪裡才好了。玉燕，多蒙妳這樣一片深情的對我，我更要代妳擔憂了。」玉燕道：「你擔憂些什麼？」梁國器道：「妳若把我放走了，倘然妳的媽不相信妳的說話而察知妳的虛偽時，妳不要大大地吃伊虧嗎？所以我想妳若然決心愛我而不傷害我時，最好妳也要就此他去，和妳的假母永遠脫離，不知妳的心裡怎麼樣？」玉燕聽了，點點頭道：「不錯，我的媽近來待我越加嚴酷了。橫豎伊不是我的生身之母，我就跟了你去，一同尋找你的仇人，也好替你復仇。」梁國器大喜道：「妳能夠跟我同去時，這是我的幸事了。那麼我們幾時能走？」玉燕馬上立起身說道：「我們要走就走，

倘然遲了些時，我的媽也許要來偵察，這事便難辦了。」梁國器聽了這話，頓時精神興奮，又抱住玉燕，和伊深深地接了一個吻，說道：「好，我們預備走吧。妳可有什麼東西要帶嗎？如若不需要時，我想還是不要回房去驚動妳的媽吧。」玉燕道：「除了一些衣服首飾之外，也沒有什麼東西了。」梁國器道：「那就不必帶了。這些東西只要有了錢，將來都可以添辦的。」於是他就去檢點他的包裹，把寶劍縛在背上，以防不測。玉燕也將那柄短劍繫在腰際，立刻開了後窗，跳到外面的天井裡去。

　　這時已是三鼓時分，天上滿天星斗，四下里卻沒有什麼人聲。玉燕認得路，伊當先領道，跳到屋面上去。越過了一條短短的圍牆，下面就是馬圈，梁國器的坐騎便拴在廄中。二人輕輕跳下地來，到廄中去牽出那匹馬來，玉燕就開了側邊的小門，牽到了外邊，在黑暗裡轉了一個彎，已到了官道上。玉燕把手向西邊一指，說道：「望那邊去就是上平陽的大道了。」二人遂一同跳上坐騎。玉燕雖是個女子，卻也慣於騁馳，又兼伊路途熟悉，所以梁國器讓伊坐前首，他反而坐在後頭，又將包裹繫在馬腹下，聽憑玉燕怎樣去奔跑。玉燕一抖韁繩，縱馬疾馳。一馬雙馱，在官道上跑了一大段路。

　　剛過了一座小橋，忽聽背後空中唰的一聲，飛過一枝響箭來。梁國器又是一怔，只見玉燕臉上也已變色，對梁國器說道：「我的媽來了！」梁國器回頭看時，星光下見官道上遠遠地有條黑影飛一般的躥來。他心裡暗想，這條黑影一定是秦家媽追來了；但是自己的馬跑得也不算慢，何以會被伊追及呢？可知秦家媽的飛行功夫高出人上了。玉燕雖然加上一鞭，催著坐騎快跑，可是憑你這馬跑得怎樣快，背後那條黑影愈近了。只聽秦家媽厲聲大喝：「玉燕，玉燕，妳這沒良心的娼根兒，非但不聽我的話，竟敢放客人夜奔！我早聽得馬蹄之聲，便心中起疑，出來看時，卻被你們逃走了。現在你們想逃到哪兒去？老娘已追及你們，快快

下馬納命吧。」此時玉燕皺著眉頭，對梁國器說道：「我媽雖然屬害，我們到了此時也只得硬著頭皮去和伊拼一下子了。」梁國器點點頭道：「不錯，待我先上去和伊鬥一下子，倘然鬥不過時，妳再來助我，我想憑我們兩人之力總可以擊退伊了。」玉燕道：「你還沒有知道我媽的屬害呢！你究竟有多少本領，我也沒見過。你既要去和伊決鬥，一切須要小心，伊的殺手鞭你不可以不防的。我手裡只有一柄短劍，也難抵禦呢。」梁國器道：「我理會得。」二人立即跳下坐騎，同時秦家媽已像旋風般的追到了身後，梁國器便把自己背上的寶劍拔出鞘來，迎上前去。

只見秦家媽用黑布紮著頭，手裡橫著一支竹節鋼鞭，惡狠狠地對梁國器說道：「乳臭小兒！你竟敢拐逃我女兒！江南人到底不老實的，先吃我一鞭。」說著話，「呼」的一鞭向梁國器頭上打來。梁國器知道伊的屬害，忙用力舉劍向上一磕，要想把秦家媽的鋼鞭磕去，但是秦家媽的鋼鞭沉重如山，休想磕得動分毫。幸虧自己用了十二分的氣力，方才勉強擋住，否則自己的頭頸早要被鋼鞭打得粉碎了。這竹節鋼鞭在十八般武器中本來要算在短兵器內稱得大哥哥，和虎頭雙鉤差不多一樣屬害。而使用鋼鞭的人，尤須有絕大的腕力，方才可以運轉若飛。從前小說裡唐朝的尉遲敬德，是一位驍將，跟隨唐太宗東征西討，立了不少汗馬功勞，都是靠著他手裡的一支竹節鋼鞭。秦家媽是一個婦人，而能使用這種傢伙，伊的本領怎樣的屬害也就可以不言而喻了。所以梁國器剛才擋住伊一鞭，而秦家媽的第二鞭又已向他下三路掃來。梁國器急忙向左邊躍避，乘隙要想還刺一劍，然而秦家媽將伊手裡的鋼鞭漸舞漸緊，好如一條黑色的怪蟒，把梁國器裹住，休想有一絲半毫的間隙。梁國器雖然已把自己所習的梅花劍使開來，可是鋼鞭的來勢非常凶猛而沉重，自己的寶劍和伊鋼鞭相遇時，總是震得虎口迸痛，流出血來。所以他只有招架之功，並無還手之力，不到十餘合，早已殺得汗流浹背，實在吃不住

了。幸虧玉燕在後望見，伊知道梁國器的劍術平常，還不及自己的本領，此時若不救助，性命休矣。只得硬著頭皮，挺著手中的短劍，跳過去說道：「媽，你不要傷害這客人！女兒不孝，向妳來賠罪了。」

　　玉燕低著頭走近秦家媽的身邊，好像要向秦家媽磕頭賠禮的樣子。突然間身子望前面一跳，撲向秦家媽的上身，一柄劍金光閃閃，早刺到秦家媽的咽喉邊。原來這是玉燕使用的狡計，伊知道自己萬萬敵不過伊的媽，所以要想乘伊不防，刺伊一下的。秦家媽果然不防到玉燕有這麼一著，短劍刺到伊的咽喉邊時，伊慌忙將頭一偏，躲避過了這一劍。但是伊的咽喉已被劍尖擦去了一些皮，有一縷血沁出來了。伊退後一步，又罵道：「娼根兒，妳倒很狡猾的，向我下起毒手來嗎！今晚我必要取妳的命。」說著話，「呼」的一鞭向玉燕身上打來。此時玉燕一擊不中，早向梁國器手裡取過他的寶劍來，伊心裡也預備和伊的媽拚一個你死我活了。梁國器站在旁邊，瞧玉燕和秦家媽交手，他就覺得玉燕的本領遠勝自己了。伊右手舞長劍，左手舞短劍，劍法神速異常，倏忽之間已成兩條白光，和秦家媽的鞭影攪在一起，撩得梁國器眼睛都花了，暗暗驚奇。他希望玉燕可以得勝秦家媽，那麼自己可以脫險，玉燕也可無恙。

　　誰知鬥到三十合以上，玉燕的白光漸漸壓低下去，只見一團黑影緊繞玉燕的嬌軀，畢竟秦家媽厲害，玉燕抵擋不住了。幸而玉燕身輕如燕，跳躍的功夫很好，騰挪閃避，尚沒有吃伊的媽一鞭。梁國器心中十分焦急，再想上前去助戰時，自己手裡的寶劍已為玉燕取去，赤手空拳，怎能再去和人家死拼呢？他正在為難之際，玉燕苦戰秦家媽不下，身上險些兒被秦家媽打中一鞭，殺得伊香汗淋漓，氣喘力竭，不得已虛晃一劍，跳出圈子，向後邊樹林裡便逃，口裡還喊道：「梁先生，你快快逃走性命吧。」秦家媽喝一聲：「哪裡走？」挺著鋼鞭，飛也似的追去，一霎眼都不見了影蹤。梁國器透了一口氣，暗想秦家媽如此厲害，玉燕

也是凶多吉少。俗話說得好，三十六著，走為上著，此時我還呆立在這裡做什麼，還不快快逃生嗎？也顧不得玉燕了，趕緊跳上坐騎，向前跑去，但是客地生疏，又在黑夜中，天南地北的不知走向哪裡去才好。

他跑了一大段路，前面望見有一些人家，像是一個村落的樣子。在沉寂的空氣中，他似乎聽得背後又有人喊聲。他回頭看時，雖然不見有什麼影蹤，可是他已如驚弓之鳥，心虛膽怯，以為秦家媽又追上來了。伊的飛行術非常高強，自己騎了馬反而給伊更大的目標，況且馬蹄的聲音很響，更使秦家媽容易追蹤而來。他這樣想著，坐下馬已跑到了村口。他想，向這村子裡的人家去躲避一下吧。遂跳下馬來，丟了自己的坐騎，背了包裹，很快地走進村中去。這裡雖然是一個村子，可是人家並不多，只有七八家，寥寥可數。

其時已過四更，村中的人家都已閉上門，在黑甜鄉裡尋夢，只有旁邊一家人家，從籬落裡望進去，尚有一小點黯淡的燈光，從窗子裡透露出來。他知道裡面有人，不敢伸手打門，恐防驚動了人家，非但不甚方便，且恐又被追趕的秦家媽聽見了聲音。好在自己已有輕身的本領，所以從籬內中輕輕躍進。籬內是一個小園，有兩株梧桐，還有許多花木，在黑暗裡也瞧不清楚。他繞道轉到右邊那間有燈光的室前，見有四扇短窗，一齊關著。他不知道裡面睡的什麼人，不敢驚動，正立在窗下躊躇之時，忽見側面有一條黑影迅速地撲到他的面前，不由心中一驚。連忙定睛看時，乃是一個很苗條的女子，手裡拿著雪亮的雙刀，向他嬌聲喝道：「你是誰？在這時候偷偷摸摸的到人家來做什麼？莫非要想盜竊？哼！那真是買眼藥跑到石灰店裡來了。」梁國器心中暗想：怎麼平陽地方盡為能武的婦女，又和江南不大相同了。聽伊說的話，恐怕伊有了誤會，自己的寶劍已給玉燕拿去，此刻手無兵刃，怎好抵禦呢？所以他連忙退後三步，說道：「姑娘請不要誤會，我是黑夜逃生的旅客，無路可

奔，潛蹤來到這裡。因見室內有燈光，望門投奔，又恐冒昧驚動人家，因此跳垣而入，幸恕孟浪之處。」那女子一聽到江南的口音，便將雙刀垂下，柔聲問道：「這話可真嗎？你從哪裡逃來？」梁國器道：「我從迎賓旅館秦家媽那邊逃到此間的。秦家媽要害我的性命，請姑娘救我一下，感德不淺。」女子聽了梁國器乞援的話，遂又說道：「原來如此，那麼請到裡邊去坐吧。秦家媽十分厲害的，說不定伊也會追蹤而來。」一邊說，一邊便引導梁國器回身走去。

　　梁國器不管好歹，跟著伊走。轉了一個彎，前面有一小小迴廊；走進迴廊，右邊有一扇房門，半開半掩著。那女子回頭說道：「請到房中去小坐吧。」梁國器答應一聲，立即隨在伊的身後，搴帷而入，見是一個陳設雅潔的閨房，又使他不由一怔。沿窗又有一張小桌子，兩旁有兩張椅子，桌上有一苗燈，兀自吐著殘焰。此刻他藉著燈光，見到那女子的芳姿了，眼波眉黛，玉貌紅顏，和玉燕彷彿一樣，而兩道春山般的眉毛，卻並不像玉燕的帶有殺氣。身材又比玉燕長一些，皮膚細白得和江南女子一樣。身上穿著一件桃紅綢的緊身，墨綠布的褲兒，豔麗動人。腳踏三寸大紅弓鞋，又和玉燕一樣纖細。手握著的一對繡鸞雙刀，青光閃閃，耀人眼睛。梁國器瞧著這雙刀，便知這女子的武藝也不平常。女子把雙刀插入鞘中，掛在壁上，又到室隅去一掀繡帳，從炕上取出一件月白皺紗的夾衫來，披在身上，一擺手，請梁國器放下包裹，在上手椅子裡坐下。伊就坐在他的對面，帶笑說道：「今天我的媽和哥哥嫂子等都在外邊沒有回來，只剩我一人守在家裡，睡到直半夜，醒了以後，不知怎樣的再也睡不著。忽聽窗外有很輕的腳步聲——任你什麼人走得怎樣輕，總是逃不過我的耳朵。我以為有什麼梁上君子光臨我家，雖然只有我一個人，但我並不是一個弱者，要想把來人擒住，問問他是不是吃了豹子膽，敢到紅石村李家來太歲頭上動土。所以一骨碌從炕上取了我

的雙刀，暗暗開了房門，繞到窗前來。卻不知你是一個逃奔性命的旅客……」那女子的話沒說完時，只聽門外有人高聲喊著道：「李家嫂子，方才可有一個江蘇的旅客逃到你們這裡來嗎？」梁國器一聽這聲音，便知是秦家媽來了，不由心驚膽顫，嚇得他臉色慘白，一時無處躲避。

第三章
慈母愛嬌女促成鴛鴦侶　落花逐流水初試雲雨情

　　那女子一邊將房門關上，一邊將手向炕上一指，意思是叫梁國器躲到帷裡去。梁國器宛如飢不擇食一般，立刻跳起身，鑽到帷後，坐在炕上，兩足下垂，讓重帷掩蔽住自己的身體。女子又把他的包裹藏去，門上早叩得十分響，伊只得推開半扇窗問道：「外邊是秦家媽嗎？」又聽外邊接口道：「妳是雲姑娘嗎？快快開門，有人逃到妳家裡來嗎？」女子答道：「我媽已出外，不在家；我也睡熟，沒有人逃來。秦家媽，請妳到別處去尋吧。」又聽秦家媽說道：「那廝的馬在這村子外邊，一定逃到這村子裡來的。別人家我都問過了，都回答沒有，所以我疑心在妳家裡。」女子連忙說道：「秦家媽不要胡說，我一人在家，怎能容留陌生的男子？給我媽知道了不是玩的。」又聽秦家媽說道：「咦！妳家裡又沒有，那廝逃到哪裡去了呢？莫非他故作疑兵之計？待我追向前邊去吧。」跟著門前便沒有了聲息。

　　梁國器心裡方才稍定，那女子便請他坐下，問他道：「客人尊姓？」梁國器答道：「我姓梁名國器，江南常州人。因有事到太原去，路過這裡，想不到遇見了胭脂盜。多蒙姑娘救我，感激之至，還未請教姑娘芳名。」那女子微微一笑道：「我家姓李，世居在此紅石村中。我名小雲娃，因肌膚生得白皙，人家都喚我『一堆雪』。我媽名叫翠娃，現在已有四十歲了。我父親李傑，早已故世，只有位哥哥，名喚德山，別號『插翅虎』，還有一位嫂嫂。她們昨天都到親戚家中去了，曾言今晚黃昏時趕回的，但至此時還沒有歸家，只剩我一個人在這裡呢。」梁國器聽小雲娃這樣說，知道她們一家人大都會武術的，「插翅虎」這三個字，是《水滸傳》上的諢名，小雲娃的哥哥有此別號，一定也是非常了不得的人物。想不到自己到了這裡，到東到西，都遇見有本領的人，莫怪那旅店裡的

酒保在我面前極口誇張胭脂盜的厲害呢。於是他就對小雲娃說道：「姑娘，多謝妳告訴我。」小雲娃也問他怎樣到此，梁國器便將自己落店後徵妓陪酒，遇見秦玉燕的事情，以及玉燕如何吐露真情，放他脫險，相隨同行，以及秦家媽聞聲追來，自己如何和玉燕先後抵抗，玉燕便逃，秦家媽追入林中，自己又如何乘機兔脫至此，縷縷奉告。小雲娃聽了，微微一笑道：「原來其中還有這麼一段事情，恭喜恭喜！你總算逢凶化吉，沒有遭到人家的暗算。玉燕待你可謂多情了，你此刻想念伊嗎？何不同伊一起奔避？」說罷，又是笑。小雲娃的笑甚是嫵媚，笑的時候，頰上有兩個深深的酒窩，貝齒微露，潔白如雪，這又是玉燕所沒有的了。梁國器未嘗不深感玉燕，當然他對於玉燕被秦家媽追逐而自己不能和伊同奔，引為一件憾事。秦家媽此刻又來找尋自己，但不知玉燕可曾得脫，是死是生？秦家媽能不能放過伊？這還是一個謎呢，然而自己卻不能對小雲娃說。

這時雄雞四唱，天色快明。小雲娃也不再睡了，和梁國器對面坐下，說道：「梁先生，你是江南人，卻不知道這裡的情形和外邊大異，稍一不慎，即遭殺身之禍。你方才沒有遭到秦家媽的毒手，還是你的幸事呢。」梁國器笑笑道：「還是多謝雲姑娘庇護之德了。」小雲娃微笑道：「這也是梁先生的幸運。今晚我哥哥湊巧不在家中，若然給他知道了，他是不情願留一個外省的陌生客人而得罪那秦家媽的，恐怕不能容許你梁先生在這裡了。」梁國器道：「這真是我的便宜事了。」二人說話時，紙窗已白，晨光熹微。小雲娃把桌上的殘燈吹熄了，又帶笑向梁國器說道：「天色已明，不知那秦家媽追到哪裡去了。」梁國器自覺自己是一個孤男，坐在人家的閨房裡，不甚穩妥，恐怕瓜李之嫌。且聞小雲娃說伊的哥哥嫂嫂和媽媽都是能武術的人，既和秦家媽相識，恐也非善類，不要也遇見了什麼胭脂盜，一波未平，一波又起，那麼自己不免要陷身虎

穴，終難逃走了。他這樣一想，便覺得似有芒刺在背，心神有些不安，想急於離開這地方了，便對小雲娃拱拱手說道：「今宵我是仗著姑娘的庇護，竟得絕處逢生，感謝之至。現在天已亮了，恐怕我的馬還在村子前，所以我要向姑娘告辭，早早上道了。」小雲娃向他搖搖手道：「你不要早出去，秦家媽找你不著，而伊的女兒倘然又潛逃無蹤，伊豈肯就此干休？伊的黨羽很多，一定要派人在各處要道上探望守候的。此刻你倘是急於出去，難免不被她們碰見。只要她們一通知泰家媽時，你豈不就要有大大的危險嗎？」梁國器聽了這話，眉頭一皺，又問小雲娃道：「依妳怎樣辦呢？」小雲娃道：「你不如今天白晝暫且躲藏在我家，待我去找你的馬前來。到了晚上，我可以引導你走路，送你出去，只要過了平陽便沒事了。」

梁國器還沒有回答時，忽聽得外邊門上又有剝啄聲。他以為又是秦家媽來了，面上頓時又驚慌起來，小雲娃也有些驚訝。接著又聽門外有婦人的聲音喊道：「小雲娃妳還睡著嗎？我們回來了，快快開門。」小雲娃一聽聲音，臉上頓時也露出驚慌的神色，忙對梁國器說道：「不好了！我母親和哥哥嫂嫂等一同回家了，那你就更難出去呢。」梁國器道：「這將如何是好呢？不如以實而道，妳母親和哥哥也許肯幫忙的。」小雲娃把小足一頓道：「你不知道她們一時說不明白，我哥哥生性又是魯莽得很，見了陌生男子在家裡，立刻就要動手，還容你有分辨的餘地嗎？這件事一定不可以告訴她們。請你委屈一些，躲在我房中，不要給她們見面。」說著話，又把手向炕邊一指，梁國器只得又避匿到帷後去。這時門上敲得特別響，又聽伊嫂嫂趙氏的聲音說道：「雲妹妹怎麼睡得這般沉酣？天亮了還不醒嗎？」此時小雲娃只得把房門虛掩上，走去開門，迎接伊母親和哥嫂等進來。梁國器匿在小雲娃房中，心裡甚是不安，好似懷著鬼胎一般。聽得外邊人聲自遠而近，幸虧都走到隔壁室中去了，聲音說得

不十分高，所以他聽不清楚。

　　隔了些時，小雲娃方才走回來，一拉梁國器的手，叫他不要藏在帷中了。指著靠裡的一張椅子，請他坐下，對他說道：「我以為她們昨晚不歸，今天也許不回來的，誰知她們昨晚趕夜路，因此天亮時已歸家了。幸虧她們已是疲乏，都要休息，不會到我房裡來的。你放心吧，我想你一夜沒有安睡，又受了驚嚇，此刻可覺得疲倦嗎？」梁國器點點頭。小雲娃道：「我家蒸的糕還多著，待我去蒸熟了，請你充點飢吧。」梁國器道：「謝謝姑娘。」小雲娃嫣然一笑，走出門去了。不多時，端著一盤糕走進來。仍把房門掩上，將糕放在桌上，並放下一副筷子，請梁國器吃。梁國器見是一盤熱騰騰的棗子糕，雖然這東西在江南地方看起來不作為珍品的，可是在這個時候，自己正用得著這東西，宛如光武帝在滹沱河邊吃麥飯一般，其味不佳而自佳了。他就謝了一聲，把筷子夾著糕吃。

　　小雲娃站在旁邊，笑嘻嘻看他吃。梁國器吃了許多，吃得已飽，也就放下筷子不吃了。小雲娃便將殘餘的糕收去，又送上一杯熱茶來，輕輕地對梁國器說道：「有屈你耐心在我房裡坐一會兒吧，我還有一些家事去幹呢。少停午飯時我再會送飯給你吃的，只要你不走出這房門，大概可以無事。吃過飯，我再來陪你。」梁國器說了一聲「多謝」，眼瞧著小雲娃走出房門去了。他一個人坐在房中，想想自己所經過的事，太變化離奇了！恍恍惚惚，如墮在雲霧中間，一時莫名其所以然。又瞧著壁上的一對繡鸞雙刀，心裡暗想這裡的女子年輕，姿色好，武藝高，也算是不可多得，而對待人家尤有一種熱烈的情緒，和江南婦女比較，便有些不同了。難道她們一會兒雖然是個殺人不眨眼的魔君，一會兒卻又是柔情若水的麗人？這真是奇了！方才聽小雲娃說伊的哥哥有很好的武藝，大概伊的母親和嫂嫂也是不弱的，這地方民氣的強悍於此可見一斑，所

以就產生胭脂盜出來的。我倒不明白小雲娃一家做什麼的，不要她們也是胭脂盜啊。然而像小雲娃和秦玉燕那樣的多情女子，即使是胭脂盜，也令人覺得多可親，少可畏了。那玉燕的本領也非常高強的，我已見過伊的出手了。伊為了我而犧牲她們母女的情分，情願跟我私奔，這倒和古時的紅拂女差不多了，可惜我沒有像李靖那樣的戰敵致治之才，徒然辜負了伊的熱情。而且不幸，伊又和我中途分散，被秦家媽苦苦追趕，不知伊究竟能不能逃到別地方去，倘然我此後不能再見伊的面，心中總不免要常常想起此人了。現在遇見的小雲娃，也和玉燕一樣韶年玉貌，有過之無不及，而伊的本領雖然還沒有顯出來，然只要瞧了伊手裡的一對雙刀，就可知道不是尋常裙釵了。我此番到太原去，正要訪問我姐姐的仇人，為我亡姐復仇，但是一看到外邊本領高強的人這樣的多，小小女子尚且精通武藝，非我能敵，那麼我所得到的一些武藝也像井底蛙一般不知蒼天之大，恐怕要單憑我一人的力量去殲滅仇人，也不是容易的事了。若得有她們同去相助，那倒使我的膽子壯得不少哩。

梁國器這樣胡思亂想，不覺已至午時。只見小雲娃又端了一大盒飯和一盆子肉，又有兩個鹹蛋切著片，放在盆裡，一起用盤子端著，悄悄地送到房裡來，對他說道：「梁先生請用午飯吧，她們也快要起來了。今天是我燒的飯，這裡一則沒有好吃的東西，二則我也不便多拿進來，請你將就吃了一頓吧。」梁國器向小雲娃拱拱手道：「多謝雲姑娘這樣的照顧我愛護我，真使我感激得不知所云了，姑娘還要說什麼客氣話呢？我只有甘受妳了。」小雲娃坐在旁邊看梁國器用午飯。梁國器很快地把一大盒飯吃完，又吃了兩塊肉，還剩下兩片鹹蛋。小雲娃問他可要添飯，梁國器謝謝道：「我已飽了。」小雲娃把蛋留在房中，又把殘餚收去，又端來一盆熱水，拉下伊自己所用的毛巾，請梁國器洗面。伊把手向梁國器嘴邊輕輕一指，帶笑說道：「我在早上忘記給你洗臉，你昨夜嘴邊所留

的東西還沒有洗去呢，請你不要再保存吧，人家瞧見了也許要發生誤會哩。」說著話又是微微一笑。梁國器伸手在他自己嘴邊一摸，便見手指上有一些紅的胭脂，就想起昨夜和玉燕甜吻的事了，當著小雲娃的面，不由臉上一紅，也不好說什麼，只得就用毛巾去洗臉，洗去這胭脂的痕跡，心裡卻總是有些惘然。

小雲娃又出去了，梁國器仍坐在房內，聽聽外面人聲紛亂，知道小雲娃的哥哥嫂嫂等都起來了，正在那裡忙著洗面吃飯。他心中總不免有些惴惴然，因為自己一人匿跡在小雲娃房中，倘然她們中間一個人有事走到這房裡來時，叫自己如何是好呢？不但自己要遭受禍殃，恐怕也要連累小雲娃呢。小雲娃好心救了我，反去帶累伊嗎？於心何安！所以自己總是要趕緊設法脫離這地方為妙。可恨自己不明途徑，沒有小雲娃引導，不敢胡亂行走，落入秦家媽的手裡，自取其禍，他只好忍至晚上，讓小雲娃來引他出去了。

好容易挨近天暮，聽聽小雲娃哥哥李德山的聲音早已杳然，大概又出外去了。又聽她們母女姑嫂三人在那邊房裡嘰嘰喳喳的不知說些什麼話，自己聽不清楚，只好不去管它了。他又靜坐了許多時候，小雲娃又進來陪他談談。一會兒天色已黑，小雲娃去張上燈來，又出去和伊的嫂子們去端整晚餐了。梁國器很無聊地坐著，見小雲娃又送晚餐進來，他又偷偷地吃過，小雲娃收了盒盞去。他聽聽，外面小雲娃的母親翠娃和伊媳婦說話的聲音很大，一會兒聽得小雲娃的哥哥李德山又在外邊敲門回來了。梁國器身體雖然坐在這裡，他的一顆心卻只想怎樣能夠脫身虎穴，遠走康莊。挨了一刻時候，見小雲娃進來，把房門關上，剔亮了燈，坐在梁國器的對面，對梁國器說道：「請你耐心再等候一刻，我等她們睡了，可以送你出去。此刻我對我母親說有些頭疼腦漲，似乎略有一些寒熱，所以要早些安睡了，這樣我方可以脫身來伴你啊。」說罷又對梁

國器笑了一笑。梁國器道：「這要謝謝雲姑娘了。我倘然出險而去，對於雲姑娘救助之德，銘之心版，永世不忘。他日南歸的時候，路過這裡，一定再要來正正式式地拜謝的。」小雲娃說道：「梁先生，你對於這地方恐怕已有戒心，將來再會到這裡來的嗎？我想也很難的了。」小雲娃說了這話，臉上的笑容立刻盡斂。梁國器聽了，心裡也覺得有些難過，想不出用什麼話去安慰伊。

　　靜默了一會兒，梁國器聽聽外邊人聲漸靜，更鼓已起，便對小雲娃說道：「這時候雲姑娘可以伴送我出去嗎？」小雲娃道：「請你再等一刻，免得驚動了人，就不好辦了。」梁國器只得又耐心坐著，心裡要想問問小雲娃的哥哥做什麼職業的，但又不敢詳細去問，小雲娃卻把秦家母女的事告訴他聽。原來秦家媽的丈夫秦烈是一個著名的獨腳強盜，在這裡開設那家迎賓旅店，已有十年之久了。雖然是一家黑店，卻並不像《水滸傳》裡所說的將蒙汗藥酒來迷倒客人，而殺了客人做人肉饅頭。他也和尋常旅店一樣，把好酒好菜去款待客人，不過遇有行李豐富的客商下在他們店來時，他就等到他們動身時，跟蹤而往，在半途向客人下毒手，盡奪客人的行李，那就變了無蹤盜案，使人家不致疑心他的店了。他自己出去盜劫時，總是在老遠的地方，取得貪官汙吏巨室富家之財，並不在自己的地方犯案的。他得來了錢財，又喜歡幫助人家，結交朋友，揮金如土，因此雖然幹了許多年數的盜跖生涯，而他家中並沒有積蓄多少錢財。後來聽說秦烈死在外邊，那店就讓他的妻子秦家媽開下去。秦家媽和伊的丈夫半斤八兩，一樣都長得高出人上，善使一支竹節鋼鞭，人家送伊一個別號，喚做「女尉遲」。伊獨自管了這店，便和伊丈夫的做法不同了。伊為要招致客人，自己養了一個小姑娘，使伊為娼，侍奉店裡的客人，一方面又可博取客人纏頭之資，一方面又可窺探客人的虛實。倘然客人真有錢時，秦家媽就要在店裡暗中把客人害死了，奪了他

的行李，把死屍埋藏。這樣就不免要泄漏出去了，幸虧伊的丈夫生前朋友多，交情深，縣衙裡的人都能包庇她家的。後來秦家媽又領了一個養女，這就是你所遇見的玉燕了，十分愛伊，把平生的武藝傳授於伊，因此玉燕的本領十分高強。年紀漸漸長大，秦家媽因為以前的一個娼女患病身亡，無人替代，就叫玉燕去伺候客人了。「梁先生，你愛玉燕美麗嗎？」小雲娃說到這裡，梁國器笑了一笑道：「我哪裡知道其中的事？你們這地方的情形實在太奇特了，我江南人更不容易知道。」小雲娃對他臉上瞧了一眼，再說道：「江南人，好個江南人！你可知道就是為了你是江南人，所以你的性命能夠保留呢。我老實同你講吧，這裡的男子對於江南人，以為文弱無能，大都加以鄙視的；但是此地的女子對於江南的男子都很能憐惜。這是因為此地的男子十九強悍性成，不解溫柔，而且容貌醜陋的多，哪裡及得到你們江南人肌膚白皙，容貌清秀，使女人家看在眼裡，喜在心裡呢！」小雲娃說了這話，又對梁國器媚笑了一下。梁國器此時心頭也不覺怦怦而動，卻不便去接口。

小雲娃繼續說下去道：「那玉燕就是為了這個緣故而不忍把你殺卻，反而把伊母親的陰謀泄漏給你知道。而伊自己又肯跟了你同行。否則換了別地方的人，恐怕伊的匕首早已在你歡笑的時候，刺入你的胸口了。」梁國器點點頭道：「雲姑娘說得不錯，這是我的僥倖。可惜玉燕的本領不及秦家媽，以致敗逃了。」小雲娃道：「若把玉燕的武藝去和秦家媽比較，當然是敵不過的。但是你可知道玉燕的本領也很不平常嗎？伊在外邊很有一些名氣，大家對於玉燕這個名字不甚熟悉，而都喚伊的別號叫做『飛飛兒』的。因為伊的輕身功夫非常高強，恐怕秦家媽也不能再勝過伊。此番伊因和你一起雙奔，所以跑得慢了，而被秦家媽追及。倘然伊一個人奔逃時。出如狡兔，疾如飛鳥，恐怕伊能夠逃走的。」梁國器道：「這是最好了。我也不願意讓她去遭秦家媽的毒手。」小雲娃道：「梁

先生，你這句話說得很好，飛飛兒一定感謝你。不過我的話還沒有講完哩。」梁國器道：「請妳再講下去，我倒聽得很有味兒。」小雲娃道：你可知道飛飛兒怎樣得到這個別號？」梁國器道：「我當然不會知道的，請雲姑娘告訴我聽。」小雲娃又道：「在蒲州地方有座七級寶塔，非常高峻，前年傳說塔頂上有條巨蛇，要吞食塔面鷹巢的鳥卵。有一天塔頂上有兩頭巨鷹和那條巨蛇惡鬥，良久不解，看熱鬧的人不計其數。那時候飛飛兒也在其中，她一時高興，提著寶劍，束緊衣裳，一層層躍到寶塔頂上去相助巨鷹和那蛇惡鬥，被她斬了那蛇，一層層飄身而下，好似斬妖仙子自天而下，因此大家都稱她『飛飛兒』了。」梁國器道：「玉燕有這樣好的技藝嗎？果然不愧此名，那麼她也許可以從秦家媽手裡脫逃的了。」小雲娃又道：「不是我在背地裡說人家的壞處，飛飛兒本領雖好，但因伊生性好殺，年紀雖輕，死在她手上的人卻很多了，人家不免對她有些戒心。曾有一次，她和這裡一個胭脂盜別號『半天雷』的，發生火拚的事，半天雷被伊刺瞎了一雙眼睛，兩家遂結下嫌隙呢。」梁國器道：「玉燕如此殘忍嗎？這可又使人家不敢和伊親近了。昨天伊沒有害我，真是天大的幸事呢。」

二人剛在喁喁細談，忘記了一切，忽聽房門外起了足聲，小雲娃的母親翠娃慢慢地走來問道：「小雲娃，妳不是說頭痛嗎？怎麼還沒睡眠？和哪一個講話啊？」二人聽這聲音，不由大吃一驚，臉上失色。梁國器嚇得沒處躲遮，小雲娃沒奈何只得教他睡到炕上去。一條鴛衾已鋪好在上面，小雲娃掀開鴛衾，教他脫了外邊衣服，快快鑽到被窩中去藏身。梁國器也沒了主意，聽了小雲娃的指使，趕緊將外面長衣脫下，又把腳上快靴脫去，很快地鑽到被窩中去了。小雲娃慌忙將梁國器的衣服鞭子和包裹一齊藏去，又把炕前的帳帷下了。這時門上已篤篤地敲著，小雲娃的母親急欲入室了。小雲娃硬著頭皮去開了房門。讓伊的母親翠娃進來。

　　翠娃踏到房裡，對小雲娃緊瞧了一眼說道：「妳不是說要早些安睡嗎？為什麼還沒有上炕？一個人在此和誰講話？我方才在廊下經過，似乎有兩個人在房中呢，真奇怪！」小雲娃聞言，臉上紅了一紅，說道：「我不過自言自語了兩聲，同誰去講話呢？」翠娃笑笑道：「既然沒有人，也很好，妳既患頭痛，早些睡吧。」小雲娃道：「要睡的，母親也去睡吧。」翠娃道：「我睡了一個早晨，精神已恢復，此刻倒不想睡。妳哥哥和嫂嫂也在她們自己房裡談笑呢。」說著話，就在梁國器坐過的椅子上坐下身來。小雲娃見伊的母親不走，伊也不好睡眠，只得坐在炕上，一手拉著帳幬，封鎖著梁國器，不使伊的母親瞧出什麼破綻來。翠娃並不想去，伊對小雲娃說道：「好娃娃妳睡吧！我坐在這裡陪妳一刻。」這句話小雲娃平時倒也歡迎，此刻卻真的不願意聽。小雲娃低倒了頭，裝成頭痛的樣子，又對伊母親說道：「妳去吧，我睡了。」翠娃道：「妳只管睡，我在這裡坐一刻陪妳一會兒。」小雲娃心裡恨恨的，不好立逼伊母親出去，只得挨延著，自己也不脫衣上炕。翠娃道：「那天桃花坡做的事鬧得太大了，恐怕有破案的危險。我和妳哥哥雖然未雨綢繆，把那些東西送到別地方去藏匿只恐萬一她們⋯⋯」翠娃的話還沒講完，小雲娃早接著說道：「母親，我頭裡很是疼痛，不要講這事吧，好在哥哥總有主張的。妳去吧，我要睡了。」翠娃聽伊的女兒幾次三番催伊去睡，而女兒自己卻遲遲不睡，不知什麼道理，所以伊偏不肯走，仍舊大馬金刀般坐著不動。小雲娃見伊的母親不去，伊也不肯上炕去睡。

　　這樣又停了一刻時候，翠娃見小雲娃仍不睡，又說道：「好娃娃，妳快睡吧，我今晚偏要等妳睡了方走哩。」小雲娃聽伊母親這樣說話，心中非常焦躁。這事情弄僵了，看來今晚自己不睡，伊母親不會出去了，等到幾時去呢？沒奈何只得將外面衣裙脫去，說道：「我真的睡了，母親妳總可以走了。」翠娃道：「妳脫了衣服不睡要受涼的，快到炕上去吧，我再坐一會兒去。至於妳的房門，我可以代妳帶上的，此地還怕有外人

敢來捋虎鬚嗎？」小雲娃業已卸去外衣，身上只穿著那件粉紅綢緊身，其勢不睡已不可能，只得脫了弓鞋，爬到炕上去，將伊的身子鑽到被窩裡去，對伊的母親說道：「我不是睡了嗎？妳總可以去了。」翠娃仍舊坐著不動。

　　那梁國器本來鑽在被窩裡，氣也不敢透，心頭小鹿亂撞，恐怕被小雲娃的母親瞧出破綻，自己動也不敢動，十分難過。聽聽小雲娃的母親兀自坐在房中和伊的女兒閒談，並不離去，當然心中非常不安寧，盼望小雲娃的母親快些出去，自己可以安然脫險，離開這個地方。後來聽小雲娃的母親硬逼伊女兒睡眠，便覺得十分尷尬，但是等到小雲娃的身體也鑽到被窩來時，使他不禁又受到異樣的感覺而忘其所以然了。他覺得小雲娃的嬌軀又溫又軟，頓時使他心裡搖搖起來，況且有了小雲娃做他的封鎖，他的身體可以不再蟄伏不動了。此時他好像已到了溫柔鄉裡，把自己的頭枕在小雲娃的大腿上，而他的一雙手也在被窩裡蠢動起來。小雲娃發了急，把手將梁國器一推，伊自己也完全睡到被窩裡，對伊的母親說道：「我的頭痛又厲害起來了，我怕講話，母親妳走吧！」將頭也用鴛衾矇住，不再理會伊的母親。翠娃見小雲娃有些著惱，伊終猜不出在伊女兒的被窩裡有一個江南梁生隱藏著，所以伊也只得立起身來，走出房去，又代伊女兒將房門緊緊帶上。小雲娃聽得足聲已遠，將頭鑽出被窩來，透了一口氣說道：「這番真累死人了！不知我母親怎樣會走來的？」梁國器接口說道：「險啊險啊！幸虧沒有給妳的母親瞧出破綻，否則我這條命還能夠活嗎？」小雲娃道：「便宜你，快快起來，穿了衣服，送你出去吧。」然而梁國器起初果然要走，但到了此刻他又不想走了，不但羅襦襟解，薌澤微，而且翡翠衾暖，巫山非遙。他既然不是個魯男子，且又初次和異性這樣的接觸，自然恍恍惚惚的要像《紅樓夢》賈寶玉那樣的初試雲雨情了。所以他也不管身居何地，小雲娃是不是殺人不眨眼的胭脂盜，反而雙手抱著伊，要向伊求歡。

第四章
小英雄處處遇豔　胭脂盜個個多情

男女之間自有不可思議的吸引力。小雲娃是個處女，但伊素來愛江南人的，何況像梁國器這樣的英俊少年，在平陽這地方，是難得遇見的，伊心中如何不喜歡呢？自己業已到了同枕合衾的地位，也覺心頭蕩漾，不能自持，芳心脈脈，願意接受梁國器的要求了。這晚梁國器如魚得水，陶醉在小雲娃的懷抱裡，竟忘記了出去的事情。春宵苦短，等到他一覺醒來時，天已大明，小雲娃也已醒來，睡眼惺忪，帶著七分媚態，對梁國器嫣然一笑道：「怎的怎的？我昨晚要你離開這裡的，怎麼糊糊塗塗的……」說到這裡，不說下去了，又露出幾分嬌羞的樣子。梁國器將手勾住小雲娃的香肩，對伊說道：「都是妳的母親所賜的，不然我怎得和妳同圓好夢呢？妳現在覺得江南人果然可愛嗎？」小雲娃啐了一聲道：「便宜了你，還不識得嗎？你何不去追求飛飛兒？」梁國器笑道：「妳可是不忘記伊嗎？這就叫做有緣千里來相會，無緣對面不相逢。大概我和玉燕到底是無緣，所以被秦家媽黑夜趕散，而和妳十分有緣，反會曲曲折折地相好，諒是三生石上姻緣早定呢。雲姑娘，我一輩子不會忘記妳了。」小雲娃道：「此身既已屬你，俗語所說，一夜夫妻百日恩，我希望你果然將來不要忘記了我，因為我這顆心、這個人早已歸於你了。」梁國器笑了一笑道：「雲姑娘，妳放心吧，像妳這樣的好姑娘我絕不會忘記，但是所可慮的不知道妳母親和哥哥的心裡又怎麼樣？」小雲娃頓了一頓，又說道：「我母親倒還可以和伊講話，只有我哥哥卻是很難對付的。我和你的事只得暫時不告訴她們。」梁國器道：「我今天怎麼辦呢？」小雲娃：「今天只得仍請你藏在房中，不要出外，待我再想法送你出去。可是，我此刻更不捨得和你離開了。」說罷笑了一笑。梁國器道：「我當然也不捨得離開雲姑娘的。可是一則我尚有要事，將赴太原；二則也不能長日蟄伏在妳的閨房裡，如鳥處在樊籠一般，身子不得自由。這個，還要請雲姑娘為我設法的。」

　　小雲娃聽了，靜默了一會兒。

　　梁國器把手緊握著小雲娃的玉手說道：「我有一句冒昧的話，不知妳要聽不要聽。因為我此番到太原去，千里迢迢，不辭跋涉，就為的是要尋找我姐姐的仇人，為姐姐復仇。而我的技藝，自知尚非上乘，倘然妳能夠跟我一起前去，那麼我得了妳的幫助，一定能夠刺刃於仇人的腹中了。」小雲娃聽了，蛾眉一皺，口裡說了一聲「哎唷」，然後說道：「你要我學飛飛兒一樣和你黑夜雙奔嗎？我雖然也願意如此，但是我卻捨不得我的母親。母親是十分愛我的，我怎能夠背了老人家而和人私奔呢？並且也不願再蹈飛飛兒的覆轍。」梁國器也皺著眉頭說道：「那麼這事真難辦了！」小雲娃又道：「你不要發急，待我慢慢兒的想法吧。現在時候不早了，我要起身哩，否則我母親又要來看我，那不是玩的，你不妨多睡一刻吧。」於是小雲娃把梁國器推開一邊，穿衣起來，跐上弓鞋下炕去，仍把帳幛下著，且將梁國器的長衣和靴子等取出來放在一邊。伊自去開了門，到廚下去取水洗面。

　　這時候伊的嫂嫂和母親果然都已起來了。翠娃瞧著小雲娃殘脂剩粉的面龐，問伊道：「妳昨夜睡後，頭裡痛得怎樣？今天可好些嗎？」小雲娃心中有些虛怯，背轉了臉答道：「母親，今天已好了，妳放心吧。」伊的嫂嫂已在廚房裡燒好了一鍋的熱水，小雲娃就舀了一盆熱水，回房去梳洗。等到伊梳洗畢，梁國器也已從鴛衾裡披衣坐起，走下炕來。小雲娃又舀了一盆熱水，給他洗臉漱口，照常把三餐茶飯偷偷地送給他吃。這天下午，梁國器獨坐在小雲娃的房裡，想想昨宵的情景，一半兒喜，一半兒憂。喜的是紅粉多情銷魂真個，自己好像劉郎誤入天臺，得享豔福，這真是難得的事；憂的是自己和小雲娃發生了肉體上的關係。小雲娃準和自己在熱戀之中，叫我怎能夠溫柔了一夜，立即丟開了伊而飄然遠行呢？倘然淹留在這裡，那麼不但自己的事沒法做成，且恐夜長夢

多，前途是禍是福，尚在不可知之數呢。他這樣想時，心中仍覺不安。再聽聽外面說話的聲音很多，好像又到了幾個客人，在商議些什麼事，所以小雲娃也無暇進房來陪伴他講話。

　　又隔了一刻，聽得許多人一齊出門去，屋子裡頓時沉靜得多。又聽房門外履聲細碎，早見小雲娃推門而入，順手把房門掩上了，走到梁國器的身邊，把一雙手搭在他的肩膀上，雙目凝視著他的臉上，對他帶笑說道：「對不起得很，方才外面來了客人，我沒有工夫到房裡來了，知道你一個人必然要感覺到寂寞的，但也是無可奈何。且喜我母親和哥哥嫂嫂等都出去了，又要等到黃昏時回來，只有我一個人守在家裡。」小雲娃的話沒有講完時，梁國器早一笑道：「妳倒老是看家的。」小雲娃道：「今天我本來也要出去的，可以留下嫂嫂在家，但因為你的關係，所以我又討下這個好差使了。」梁國器不由笑了一笑道：「果然是個好差使，但是妳又不能走開了。」小雲娃道：「我倒想得一個計較在此了。今天傍晚時候，我先可以送你到一個地方去暫且安了身，等到我母親回家以後，我再來看你一次。」梁國器道：「妳送我到什麼地方去呢？仍舊是沒有用的啊。」小雲娃道：「你再聽我講下去吧。因為我可以藉此向我的母親詭言女伴約我到太原去一行，要求她們放我出去，倘然得到了我母親的允許，我不是就可以和你同赴太原去復仇嗎？」梁國器點點頭道：「照妳這樣的辦法果然是很好的，我可以聽妳的話，但是妳所說的地方是在哪裡，妥當不妥當呢？」小雲娃道：「我來告訴你吧，那地方是離開這裡不過十里路，喚做朱家村。那邊有一個女伴姓朱名紅英，別號『錦上花』，也會武藝，和我的情誼很篤。伊家裡只有一個雙目失明的老母，什麼事也不管帳的，我把你送到伊家裡去時，伊一定能夠照顧你而不至漏一句話的。我在我母親和哥哥面前就可以推諉，說朱紅英要我伴伊到太原去。她們知道朱紅英是我的好友，十有八九能夠允許的。我想了多時方

才想出這條路來呢。」梁國器大喜道：「很好很好，我就聽妳的吩咐。」說著話跳起身來，抱住小雲娃，又和伊接了一個甜吻。小雲娃把他推開，又對他臉上看了一下，帶笑說道：「你要仔細些，不要嘴邊又帶有胭脂，跑到人家去，給人家說笑話。」梁國器將手向自己嘴上一抹，又問道：「妳看有沒有呢？」小雲娃搖搖頭道：「幸而沒有。」梁國器道：「沒有就好了。」二人遂又坐著談話。談了一刻，小雲娃又到廚房裡去燒四個雞蛋，蒸了一些棗糕，拿進來給梁國器用點心，伊自己也和他對面坐著，陪他同吃。梁國器見小雲娃對於他這樣的殷殷多情，心裡自然更是感激。

又隔了一會兒，天色漸黑，小雲娃掌上了燈，又端整晚餐。同梁國器吃畢，留下碗盞也不洗了，要送梁國器到朱家村去，便將梁國器的包裹拿出來交於他。伊自己紮束定當，背繫繡鸞雙刀，開了後門，和梁國器悄悄地溜出去了。走出了紅石村，果然沒撞見一個人，梁國器額手稱幸。他跟著小雲娃走去，覺得小雲娃走得很快，諒伊的輕身功夫也不在玉燕之下呢。轉了幾個彎，過了兩頂橋，見前面有一個村莊，兩三點燈火從叢樹裡漏出來。

小雲娃回頭對梁國器低聲說道：「朱家村到了，但我有一句話叮囑你的，就是你少時見了朱紅英的面，千萬不要說出秦家媽和飛飛兒的事。這事最好少一人知道，免得另生枝節。」梁國器點頭答應，緊隨著小雲娃走進村中。到得一家門口立定，兩扇柴扉緊緊閉著，門前有一株桃樹。小雲娃伸手在門上輕輕叩了兩下，只聽門裡面有女子的聲音問道：「是誰呀？」小雲娃答道：「是我，紅英姐姐，快請開門。」接著柴扉向兩邊分開，門口站著一個女子，見了小雲娃道：「雲妹，妳怎的在這時候跑到我家裡來？」小雲娃把手向伊身後立著的梁國器一指道：「紅英姐，我送這位客人到府上來的。」朱紅英聽了這話，不由一怔，伊不認得梁國

器，不知小雲娃為了何事，便讓她們走進來。又關上了柴扉，引二人穿過中庭，走到東面一間室中去。乃是一間客室，燈光下瞧去，雖然紙窗蘆簾，尚是清潔。朱紅英不認識梁國器是誰，但因小雲娃的關係，當然要招呼他一同上坐，又過去獻上兩杯香茶，對小雲娃說道：「這幾天我們沒有見面。我正在掛念，不知你們是不是平安順利？妳母親和哥嫂等都好嗎？這位客人又是誰？」

朱紅英說話時，梁國器默默地坐在一邊，靜觀伊人的豐姿，也是十分娟秀，不輸於玉燕和小雲娃兩個，不過芳齡比較大一些，約有雙十年華。頰上有一個小小紅痣，平添不少美麗。穿著淡藍的褂子，頭梳鳳髻，插上一支鳳釵，真是北地胭脂之尤。暗想自己這一次到了平陽，二日之間竟遇見了三個少女，姿色都不平凡，而玉燕和小雲娃都能武藝，尤為難得。現在這位姓朱的女子既和小雲娃是好友，當然也會武藝的了。想不到平陽地方能武的少女隨處可以遇見，物以類聚，無怪胭脂盜也會應運而生，這裡可以稱得英雄縣了。

梁國器心裡忖度著，小雲娃卻也帶笑對朱紅英說道：「謝謝妳，家母和哥嫂等都沒有鬧出什麼岔兒來。今天她們出去了，我引導這位江南客人梁國器先生到府上來，想和姐姐商量，允許他暫住一二天，我還要稟明母親，伴他一同到太原去尋訪他姐姐的仇人呢。此刻我母親也沒有知道我和梁國器君相識，而我哥哥的脾氣又是妳素來知道的，所以舍間不便留梁君下榻。想起姐姐和我最好，府上又沒有他人，不虞洩漏，遂引他來拜見姐姐，想求姐姐庇護，務請妳勿卻為幸。」小雲娃說了這話，朱紅英又看了梁國器一眼，然後帶笑對小雲娃說道：「雲妹妹，妳背著家人，和陌生的男子結識，要藏到我這裡來嗎？將來給妳母親知道了，定要怪我的，使我不能夠答應妳了。」小雲娃道：「好姐姐，妳這話真的呢還是假的？我想姐姐是愛我的，絕不會拒絕我的請求。況且妳府上是千穩萬妥的，所以

我在事先沒有和妳商量，馬上就送梁君來了。無論如何，求姐姐一定要答應我的。」朱紅英見小雲娃發急，便噗哧一聲笑了出來道：「雲妹妹，妳放心吧。妳要我辦的事，我哪有一件曾不答應妳呢？這位梁君可以藏在這裡，我瞧在妳的面上，自然也要好好地款待他，你放心好了。」小雲娃聽朱紅英已答應了伊的請求，也就歡容滿面地說道：「謝謝姐姐，我明天下午再來，絕不有負姐姐的。」說罷，伊又對梁國器說道：「紅英姐不是外人，你也要以姐禮侍奉伊。伊絕不會虧待你的。你千萬不要獨自走開，明天飯後我再來看你，告訴你一切。」梁國器謝了一聲。小雲娃不敢耽擱，連忙和朱紅英分別，走回自己家裡去了。當伊走出門的時候，又回頭望了兩下，梁國器當然在伊的芳心裡大有戀戀之值呢。

梁國器又換了一個地方，心裡不免有些怙悷。朱紅英卻陪他在室中坐著閒談，問問他的家世，梁國器不敢多說，約略講了一些。且說自己到太原去，路過此地，巧遇小雲娃殷勤招待，十分感激，卻把秦家媽要害他的事瞞過不提。他也不敢向朱紅英探詢小雲娃的詳細來歷，深恐言語之間出了岔兒，反為不妙。朱紅英和他談了一刻江湖上的事，就在這客室裡下榻留寢，伊自己便回房去了。梁國器覺得身子有些疲倦，脫了外邊的衣服，坐到炕上去，不知怎樣的，輾轉反側，胡思亂想，竟是難入睡鄉，不成好夢。他閉上眼睛，想想前後在迎賓旅館的一夢，歌聲劍影，好像尚在自己耳目之間；而昨宵和小雲娃翡翠衾暖，蝴蝶夢圓，自己和小雲娃的一種溫柔旖旎之情，真個平生之所未經。憶前情而神往，不由那顆心兀自剝剝跳了起來。

驀地，見一個女子走了進來，他不由一驚。定睛看時，原來就是朱紅英，身上穿著粉紅色的睡衣，手裡托著一盞蓮子湯，走到他的身邊來，向他帶笑說道：「梁先生還沒有睡著嗎？梁先生第一次到這裡來，我在匆促之間，沒有好好兒的招待，真是抱歉。方才我燒的蓮心湯忘記拿出來請客人吃，現在自己回到房裡，剛上炕睡了，忽然想起，所以馬上

盛了一碗來，請梁先生吃。」梁國器連忙坐起身來說道：「啊喲喲！紅英姐這樣的看待我，真是不敢當了！多謝紅英姐。」一邊說，一邊伸手接過蓮心湯，馬上就吃，朱紅英坐在炕邊看他吃。梁國器吃完了蓮心湯，咂著舌頭讚道：「又香又甜，其味大佳！這個時候我的肚子裡也有些飢餓，正用得著這東西，謝謝紅英姐。」說了這話，把空碗送還伊。朱紅英接過碗卻不就走，把碗放在旁邊的桌子上，仍坐在炕邊對梁國器帶笑說道：「你們江南人真討人歡喜！你方才聽了小雲娃稱呼我的名字，你就學著伊叫我姐姐了。其實我的年紀也比小雲娃沒有長一二歲，你把姐姐稱呼我，我真是不敢當的，因為有你這樣的好弟弟，恐怕我無福消受呢！」梁國器道：「紅英姐言重了，妳有了我這樣的一個弟弟，我恐怕辱沒了妳，怎麼妳反說無福消受呢？」朱紅英道：「你還不明白嗎？這是要雲妹妹來消受你的。」朱紅英說罷，低垂粉頸，紅上香頰，似有無限柔情。梁國器聽了朱紅英這樣說，卻未便回答什麼，心裡卻又有一些異樣的感覺了。兩人都默然了一下，還是梁國器先開口道：「夜深了，紅英姐穿著單薄的睡衣，不要受冷嗎？請妳回房安睡吧。」朱紅英把手伸過去給梁國器摸道：「你說我冷，我卻不覺得。你摸摸我的手，究竟冷不冷？」梁國器只得又伸手一握朱紅英的柔荑，說道：「我覺得妳有一些冷了，請妳回房去吧。」朱紅英聽梁國器連連催伊回房，粉面上有些微慍，說道：「梁先生，你方才說謝謝我，難道還不曉得我的好意嗎？我在這個時候，穿了睡衣送蓮心湯給你吃，可算是愛你的了。又恐你一人獨宿，未免寂寞，所以來陪伴你的，你怎樣反叫我去睡呢？這裡本是現成的有著炕，難道客人反要拒絕主人，把閉門羹讓主人吃嗎？」

梁國器聽朱紅英這話意思很是明顯，自己心裡不覺有些惝惝然起來。暗想：我是一個光明磊落的丈夫，平日稱不二色的，但是到了這裡，連番豔遇，使自己好像落了迷魂陣一般，身不由己起來。昨夜和小

雲娃一時衝動，雲雨荷塘，這重公案尚沒有解決，此刻卻又來了一個朱紅英，將要把情絲拋到我的身上來，這真是尷尬之至了。我若然不答應伊，也許要遭彼之怒，不利於我；若然糊里糊塗的去接受伊這樣不明不白荒乎其唐的愛，那麼我不但要對不起小雲娃，而且恐怕一夕之歡，將要引起以後的許多禍患。我還是謹慎的好，萬萬不可再陷入了難解難分的愛河裡面，發生絕大的情波，以致斷送了我自己的有用之身，被他人窺笑呢。所以他就向朱紅英正色說道：「紅英姐，妳這樣的好意待我，人非草木，孰能無情？我當然是深深地感謝妳，喜歡妳的。但我是小雲娃把我送來的，我不願意因此而使你們兩人中間發生不歡的事，也使我辜負了小雲娃，同時也辜負了妳。紅英姐，妳既然是一個多情之人，這個也許顧慮得到，請妳依舊愛小雲娃，因此而原諒我的苦衷吧。妳的深情美意我已心領了，謝謝妳，同時我也覺得對妳非常抱歉，只得等待日後圖報吧。」

梁國器這話說得十分婉轉，朱紅英聽了，低倒了頭，倒覺得有些進退維谷。伊此時也恍然，覺得自己若然要強逼梁國器，那就未免太對不起小雲娃了，所以默默無語。忽聽此時隔壁房裡有人喊起來道：「紅兒，妳為什麼在這時還不睡覺？和誰在客室裡講話呀？」梁國器聽了這喚聲，又不由一怔。朱紅英立刻雙目一皺，對梁國器說道：「我母親在那邊房裡喚我了！我母親的雙目早已失明，瞧不出什麼來，年紀也老，步履維艱。只是伊的一雙耳朵卻十分靈敏，任何聲音都聽得出的。」梁國器本來經小雲娃告訴，也知道朱紅英的母親是個瞎子，所以他的膽子較大，又說道：「大概妳和我講話，卻被妳母親聽得了，所以她要喚妳。妳將怎樣對付伊呢？」朱紅英道：「你請放心，我自有對付的方法，不用你發急。但你要明白我的好意，明天在雲妹妹面前切不可提起半句話。」梁國器笑了一笑道：「我理會得，謝謝紅英姐姐美意。」於是朱紅英只得

立起身來，拿了蓮子湯的空碗，走出房去。當伊轉身帶上房門的時候，口裡輕輕地說了兩聲，梁國器也聽不出什麼，只聽得「好意」兩個字，大概朱紅英的心裡一定有些不快活了。

朱紅英雖然離去，自己把頭睡到枕頭上，依舊不得安眠。想想方才的情景，危險極了！幸虧被紅英母親聽得了聲音，喚起伊的女兒來，方才解了這個胭脂粉的重圍。唉！紅英雖然對我多情，但我自己卻不能不謹慎一些，免得陷入愛情的陷阱，而自己做了他人的情俘。現在自己只希望小雲娃明天早早前來，而且伊能夠得到伊母親的允許，和我同赴太原，這是最好的事了。梁國器想了好多時候，心裡仍不免有些惴惴然，恐防朱紅英再要前來纏繞，那麼便叫自己窮於應付了。

梁國器腦海裡的思潮過多，因此仍不能安睡，幸而朱紅英也沒有再來，睡到四更後，方才勉強入夢。但是睡得不多時候又醒了，看看紙窗上已透著晨光，天色已明，自己也不想再睡了，馬上披衣起來，但也不敢外走，只得坐在房中，見沿窗桌子上有著筆硯紙張，他就提了墨，鋪開了素紙，握著筆，寫起大楷來。不多時朱紅英托了一面盆洗臉水走進房來，請梁國器洗臉。見梁國器伏案揮寫了許多大字，自己雖然對於此道是門外漢，但瞧他寫的字鐵畫銀鉤，氣派雄厚，不由向梁國器嘖嘖讚道：「梁先生寫得好大字！我也歡喜寫字的，只苦沒有人指點哩。」梁國器笑笑道：「我也不會寫字的，只不過藉此消遣罷了。」遂捲開紙頭去洗面了。梁國器盥洗畢，朱紅英又送上一大碗麵來，麵的上面有兩大塊紅燒肉，對他說道：「這裡沒有好吃的東西，請梁先生將就充飢吧。」梁國器謝了一聲，便將一大碗麵吃畢，朱紅英收了碗去。

梁國器一個人沒事做，又寫了兩張字，放下毛筆，走到房門口，向外面視探一些動靜。見外邊是一間客堂，收拾得倒也乾淨，中間供著一個佛堂，有一個白髮老婦正坐在佛堂旁邊，手裡數著念佛珠，在那裡喃

喃地念經，兩目已盲，雙頰瘦削，這就是朱紅英的老母了。但不曉得朱紅英怎麼年紀還輕，大概是這老婦晚年所生的女兒吧。又見客堂裡牆上掛著一把大刀，瞧了那武器，便知道屋子裡的人必然能武了。這時候朱紅英卻在廚下忙著做菜，沒有工夫來陪他講話。他知道這一家人家全賴朱紅英一個人調度的，別瞧伊小小年紀，倒也很會做事呢。他又在房中坐了好多時候，日已中午，朱紅英搬著幾樣菜進來，陪著梁國器吃飯。伊的母親雖然坐在外面，卻像沒有知道這事情的樣子，真有些好笑。下午朱紅英有了空，陪著梁國器坐在房裡低聲而談，這時朱紅英的母親打午睡去了，所以二人敢說話。梁國器盼望小雲娃快快前來報告好消息，一會兒聽得門上剝啄聲，他心中大喜。朱紅英也立起身來說道：「雲妹妹來了，我去開伊進來吧。」立刻走出房去，梁國器忍不住也跟著走到庭中。可是等到朱紅英一開柴扉，走進一個女子來，並不是小雲娃而是飛飛兒秦玉燕，這是梁國器萬萬料不到的了。

第五章
爭丈夫姐妹吃醋　作調人母女為媒

　　朱紅英是並不知道梁國器和飛飛兒前夜有過雙奔的一回事，所以伊馬上招呼道：「秦家妹妹妳從店裡來嗎？這幾天生意好嗎？」飛飛兒叫了一聲「紅英姐姐」，剛要答話，但伊一眼瞧見梁國器立在朱紅英的身後，不由驚喜參半，連忙走上數步，把手指著梁國器問道：「這位不是梁先生嗎？你怎會在紅英姐姐家中的？我找得好苦啊！」此時梁國器萬不能避過飛飛兒的妙目，便向飛飛兒說道：「玉燕，我是逃奔到這裡的，我要問妳怎會逃走的？妳母親在哪裡？我很掛念妳呢。」飛飛兒剛要再說，朱紅英早說道：「原來你們兩個也相識的，使我真是弄不明白了，且請到裡面去坐坐再談吧。」說著話，遂把柴扉關上，陪著她們二人走到裡面室中去坐。

　　飛飛兒重逢梁國器，心中十分歡喜。伊滿臉春風地對梁國器說道：「我先告訴你吧，前天夜裡我和母親交手，明知是鬥不過她的，只因要保護你，所以硬著頭皮勉強和伊鏖戰，後來我實在鬥不過伊了，只得丟了你，自己望林中逃生。我母親不肯饒恕我，在我背後緊追勿釋。我心裡一則以喜，一則以憂。喜的是我母親追了我，你倒可以乘此機會脫身他逸了；憂的是我母親追在後面，倘然被她追及時，我的命也就沒有活了。」飛飛兒說到這裡，朱紅英代她發急，說了一聲：「啊呀！」梁國器忙問道：「那麼妳究竟怎樣逃來的呢？」飛飛兒說道：「當我逃入林子以後，我母親也追進林子。我知道她恨我已深，不肯輕易饒恕我。幸虧我身體輕小，又在黑夜，所以在樹林裡七曲八彎地繞著圈兒避匿。我母親給樹林遮住，不能爽爽快快地上前，她嘴裡就破口大罵。」朱紅英在旁聽了笑笑道：「本來有句老話叫做窮寇莫追，遇林莫入。人家躲在樹林裡，你若追進去，非但不容易擒拿，反而要受人家的虧，要吃人家的暗

算，所以江湖上人大都追到林子邊便不進去了。」飛飛兒道：「是啊，那時候我手裡若有暗器，我母親也許就要吃我的虧了。我和她在林子裡東奔西避地過了好多時候，我看看天色快要亮了，馬上得個空隙，慢慢地溜出了林子。果然我母親沒有追來，幸喜自己逃脫了性命，但是家裡已不能回去了，我沒有辦法，只得先到附近鬧蛾兒那邊去躲避一下，又託鬧蛾兒到我家店裡去探聽消息，方知我母親那夜既追不到我，又得不到梁先生，十分懊喪地回去。自然，伊心裡不肯干休，差了幾個人守在要道口，要得梁先生而甘心，可是守到現在也不見梁先生的影跡。我知道梁先生也沒有遭我母親的毒手，但是這個人到哪裡去了呢？倘然要到太原去，一定要給我母親候著的，難道仍在這裡附近地方嗎？因此我還放心。鬧蛾兒勸我回去向母親請罪，仍為母女如初，但我卻因我母親既不是我生身母，又待我十分嚴屬，強逼我為娼，去侍候客人，代她撈摸錢財，此次我又違背了她的命令，且和她交過手，她怎能饒恕我？我若然再回家去，不是白白地去送死嗎？所以不聽鬧蛾兒的話。又想起紅英姐比我年長，平時很有主意的，遂跑到這裡來商量一下。」她說著話對朱紅英笑了一笑道：「這不是再巧沒有的事情嗎？梁先生正好在妳的府上，奇怪極了！現在我要請梁先生快快告訴我怎麼會跑到這裡來的。」

梁國器剛要回答，朱紅英早奪著說道：「這件事真是撲朔迷離，令人莫名其妙了！梁先生到我這裡來，是紅石村李家小雲娃送來的。我不知道梁先生怎麼在這短短的一日中都會和妳們相遇而認識的？」飛飛兒聽她如此說，臉上當時變色，指著梁國器問道：「怎麼？你怎會和小雲娃相識的呢？嘿！那婢子是有名的小狐狸，你不要著了她的道兒。」梁國器見了飛飛兒，心中已有數分虛怯，他怎敢再把自己如何藏身在李家和小雲娃綢繆為歡的事情老實講出來呢？所以他的臉上露出一副尷尬面孔，覺得自己說出不好，不說也不好，大有進退狼狽之勢。飛飛兒瞧了梁國

器這種神情，她的心裡就大大地疑惑了，連忙向梁國器催逼著問道：「你說你說，你為什麼不說呢？」梁國器的臉上早漲紅了。

正在這個時候，聽得外面柴扉聲音，又有人闖了進來，走進庭中，已在那裡高聲喊著道：「紅英姐，我來了。」梁國器聽得出這是小雲娃的聲音，心裡突然一跳。朱紅英和飛飛兒都聽見了，一齊走出房來。梁國器也跟著走出，他懷著一肚皮的鬼胎，心裡不知怎樣是好。早見小雲娃身上換了一件淡紅衫子，臉上塗著胭脂，特別顯得妍麗，他只得靠在房門口的柱子上，呆呆地不敢開口。小雲娃一眼早瞧見了飛飛兒，不由驚呼一聲：「唉！」她和飛飛兒雖也認識，但平日很少往來，所以兩人並不親熱的。那朱紅英倒是兩面都相好的，也覺得有些難為情了。小雲娃立停腳步，對飛飛兒說道：「妳也在這裡嗎？」飛飛兒此時見了小雲娃，不由醋意勃熾，怒火上衝，對小雲娃冷笑一聲道：「是的。妳能夠到這裡來，我也不好到這裡來的嗎？老實告訴妳說，我是來找尋梁先生的。現在既已被我找著，我要同他去了，只好對不住妳了。」小雲娃一聽飛飛兒這樣說，心裡頓時也不覺醋意勃熾，怒火上沖，立刻柳眉一豎，對飛飛兒說道：「梁先生是妳的什麼人？妳要把他帶走嗎？須知他是我親送到紅英姐府上的，不干妳的事。」飛飛兒口裡哼了一聲道：「怎說不干我的事？梁先生是妳的人嗎？他和妳又有什麼關係？妳說妳說！」小雲娃給伊這麼一問，一時倒也說不出話。朱紅英在旁只得解勸道：「二位妹妹，妳們有話請好好地講，不要大家生氣。」飛飛兒又道：「紅英姐，妳評評理看，那梁先生前夜路過這裡，住在我家店中，我母親曾叫我侍候他，要我乘機殺害他，劫取他的錢財。是我憐愛他這個人，不忍害他，遂背了我母親而和他乘夜私奔的，不料被我的母親發覺，中途追趕上來。我為了要保護他，曾挺身抵擋著，因此我和梁先生分散了。方才我已告訴了妳，可知梁先生是我救出的人了，他是屬於我的。我正在找他，干小

雲娃底事呢？」小雲娃聽了，連忙也對朱紅英說道：「紅英姐，妳休要聽伊的話。前晚梁先生被秦家媽追得急了，沒處躲避，就逃到我家裡來，要我保護他。我生了惻隱之心，且不願使梁先生無辜受害，所以將他藏在家裡。而在秦家媽來搜尋之時，曾一口回絕伊，然後送到這裡來的，於飛飛兒何涉？況且……」

　　飛飛兒聽小雲娃又說與伊無涉，怒火更是上燒，鼻子裡哼了一聲道：「妳還要說與我無涉嗎？妳保護了他一些時候，便自認有功，豈知他若然沒有了我，早已命赴黃泉，還能夠和妳認識嗎？況且我知道妳是一個會迷人的小狐狸，妳打算把他一輩子迷住嗎？真不要臉的！」小雲娃聽飛飛兒將伊痛罵，她就把手一指道：「娼根，妳自己不想一想妳的出身，敢罵人家小狐狸嗎？須知道妳家姓李的姑娘是不好惹的，由不得妳來撒潑。」飛飛兒挺著身子說道：「今日斷頭陷胸，管什麼姓李姓張！梁先生若肯跟我走的說話，萬事全休，否則我飛飛兒今天不認得什麼人了。」伊說著話，又對梁國器說道：「你快快隨我去吧，有我保護你，還不放心嗎？休要受小狐狸的迷惑。」小雲娃道：「娼根，妳休要出口罵人。姓梁的已和我訂夫婦之好，也是我的丈夫了，還肯跟妳走嗎？妳有什麼權力可以喚他走呢……」小雲娃的話沒說完時，飛飛兒把手指在伊自己臉上羞著道：「小狐狸真是不怕羞的，虧妳說得出，妳和梁先生幾時拜過堂結成親，而稱呼他是妳的丈夫的？紅英姐姐可去吃過喜酒？恐怕妳家老太婆也一點沒有知道啊。」小雲娃把小足一蹬說道：「走！妳不要這樣惡說。無論如何，梁君已做定我的丈夫了，也不能跟妳走的，別的事妳休要管它。」

　　她們二人這樣爭論著，朱紅英倒覺得難以左右袒。梁國器既和小雲娃發生過肉體上的戀愛，心中當然愛著伊，但他也未嘗不感激玉燕那夜對於他的一種深情美意，實在覺得難以啟齒。自己竟變成了人家的目

標，一場驚風駭浪，恐怕將要從此發生呢。飛飛兒實在忍不住了，伊從身邊抽出那柄黃金的匕首來指著小雲娃道：「小狐狸，妳定要和我爭奪梁先生嗎？我今天非和妳拚個死活存亡不可。勝的就和梁先生去，否則我飛飛兒寧死不讓妳和人家去一塊兒快活的。」小雲娃道：「很好，妳要和我決鬥嗎？妳雖有高強的本領，但我也不是怕死的人，我就和妳鬥一下也好。」說罷，就從伊身邊拔出一把佩刀來，和飛飛兒便在庭中開始決鬥。

　　飛飛兒和小雲娃的武藝可說是半斤八兩，而小雲娃的雙刀削鐵如泥，本來十分厲害的，但今天伊只帶得一把短短的佩刀，而飛飛兒也只有一把小小的匕首，大家手裡的兵器都不順手，但因為梁國器的緣故，我要你死，你要我亡，各出死力，彼此猛撲。只見刀光劍影，殺作一團。梁國器在旁邊，心中非常躊躇，他既不願小雲娃受傷，也不願飛飛兒有什麼差錯，只恨自己沒有方法去止住她們的相爭。那朱紅英瞧見二人這樣的狠鬥，伊自然也不願哪一個受到傷害，立在旁邊，看看二人鬥至六十合以上，不分勝負，各人殺氣騰騰，絕不肯幹休。於是伊不得已跑到客堂裡去，向牆上摘下那把大刀來，拿在手中，走到二人身邊，將大刀向中間一隔，分開二人的兵器，對二人說道：「都是我的朋友，我也不便說誰的是，誰的非，但妳們斷不可在這裡狠命相鬥的，不論妳們中間那一個受傷，總要使我脫不開干係的。我母親正在裡面午睡，若給伊知道，必要連我也罵在一起呢，妳們萬萬不要再鬥了。」飛飛兒遂收住匕首，對紅英說道：「那麼讓我帶了梁先生去，我就不和這小狐狸再計較。」小雲娃道：「呸！梁先生是妳的嗎？為什麼要給妳帶了去！妳要去就去，休要管他。我早已告訴妳，他是我的丈夫了，沒有妳的份兒。」飛飛兒聽小雲娃這樣說，更是氣憤，將匕首揚起，仍舊要來刺死小雲娃。小雲娃當然不肯讓伊的，又挺著佩刀再要死拼時，朱紅英又將大刀攔住她們。

胭脂盜

這時候只見朱紅英的母親一手撐著鐵拐杖，一手拿著一百粒念佛珠，粒粒都是鋼鐵製成的，從裡面一步步走將出來，說道：「紅兒！紅兒！誰在這裡廝鬧？叮叮噹噹的一片刀劍聲打破了我午睡好夢，所以我走出來問問。紅兒，到底是誰？莫不是有人欺侮妳嗎？」到了這個時候，朱紅英也不能隱瞞了，遂把二人的事情告訴老人家聽。朱紅英的母親是和小雲娃的母親翠娃素來相好的，而對於秦家媽卻不投契，遂說道：「小雲娃、飛飛兒都在這裡嗎？」二人只得個個答應一聲，上前叫應。朱紅英的母親又說道：「妳們的行為都不算正當，但是那個姓梁的既然是小雲娃送來的，那麼應讓小雲娃帶去，與飛飛兒無關，斷不能在這裡交手的。誰不聽我的說話，我的念佛珠就不能容情了。」朱紅英的母親雖然年紀已老，雙目失明，但是以前伊身懷絕技，是個胭脂盜中的老前輩，後來因為伊的丈夫在外慘死，伊朝夕痛哭，所以漸漸地一雙眼睛都壞了。但是伊眼睛雖壞，瞧不見對面的人，而伊的心是十分靜的，不論誰人在伊的四周十五步之內，伊自會感覺得，只要伊把手裡的念佛珠摘下一粒，向外發出去，十九都會命中的，也因為他人見伊是個瞎子，再也不防到伊手裡會用暗器的。至於伊手中的鑌鐵拐杖使開來時，百十人近她不得，飛飛兒平日也知道的。此刻她聽了朱紅英母親的說話，兩頰漲得通紅，心中更是氣憤得不得了。雖然見朱紅英的母親有些忌憚，然而在這個當兒也顧不得了，忍不住說道：「朱老太太，這件事本和妳家紅英姐姐無關的，對於妳是更不相干了。梁先生和我先認識，我為了他而棄家相從，可說一心對於他了。誰料那個姓李的小狐狸偏要在半路搶出來，巧取豪奪，把梁先生藏在妳家府上，湊巧被我撞見，我自然要同他去了。妳若是明白事理的，當叫小雲娃走開，怎麼反說我無關而要讓小雲娃帶去呢？太不公平了！」說罷冷笑一聲。朱紅英的母親聽了飛飛兒說話這樣強硬，伊不由大怒道：「妳這小丫頭膽敢說我的不是嗎？我這

裡斷乎不容妳如此猖獗的。妳快快與我走出去，不要喧吵。」此時朱紅英也對飛飛兒說道：「玉燕妹請妳不要再和我母親吵嘴了，我母親的脾氣妳素來也知道的，請妳就吃虧一些吧。」

飛飛兒暗想朱紅英母女二人明明都在偏袒小雲娃，自己若然不聽她們的說話時，她們三個人，人多力強，自己難免要吃她們的虧。然而自己若讓梁國器跟隨小雲娃去，這又是自己心裡萬萬不願意的事，叫自己怎樣嚥得下這口氣呢？於是她又對朱紅英母親說道：「我母女也是和妳家相熟的，今天妳為什麼要有私心，幫助那李家小狐狸說話？我雖然走了，無論如何這口氣總是要出的，我寧可一死，不願意讓那小狐狸得意。」飛飛兒說到這裡，又向梁國器說道：「姓梁的，你這人真沒良心！為什麼背了我，你又和那小狐狸去勾搭呢？你不跟我走時，我也放不過你的，看你們能夠快樂到幾時？」梁國器臉上露出一團尷尬的面色，卻默默然回答不出什麼話，實在他是左右為難了。飛飛兒又對小雲娃說道：「小狐狸，妳不要快活，我早晚必要取妳的性命。」小雲娃道：「飛飛兒，妳休要誇口，我等候著妳來哩，怕妳的不是人。」飛飛兒又瞧梁國器一眼，咬牙切齒，悻悻然轉身走出朱家的柴扉。走到了門外，隱隱兒還聽得出伊在那裡連罵小狐狸呢。

飛飛兒去了，小雲娃把佩刀藏好，上前去拜見朱母，說道：「今天我很對不起妳老人家，請妳老人家寬恕。」朱母道：「飛飛兒母女的行為，平日我本很不贊成的。我知道伊做了娼了，人盡可夫，何必要來和妳爭奪一個男子呢？況且伊對我說話太挺撞了，我豈容伊在此撒野，我自然一定要叫伊去了。那個姓梁的在哪裡？生得美不美？大概很好的，否則飛飛兒也不至於要和妳這樣的爭奪了。」朱紅英聽伊母親問起梁國器，便叫梁國器上前見伊。國器走上前來，也不管朱母雙目看得出看不出，恭恭敬敬地向朱母一拱道：「朱老太太，子在府上多多驚動，於心不安，

更覺慚愧，還要請妳老人家原諒。」朱母一聽梁國器的聲音，便笑道：「梁先生原來是江南人，我聽得出聲音的，江南的男子一定不錯，無怪飛飛兒要和小雲娃爭奪你了。我倒要問問你，究竟心裡愛哪個呢？」朱母說這一句話時小雲娃和朱紅英都站在旁邊，四道目光齊注射在他的臉上，要看他究竟怎樣回答。梁國器只得答道：「當然我的心裡是愛小雲娃的，請老太太幫忙，恐怕飛飛兒一怒而去，伊絕不肯死心塌地的。」朱母哈哈笑道：「梁先生請你放心，飛飛兒雖然厲害，但伊絕不敢到我家來撒野的，否則方才她為什麼就去呢？」朱紅英也說道：「梁先生，你也是個諳武藝的人，為什麼這樣膽小？倘然我母親肯幫助你，絕不會使你吃虧的，你放心吧。」國器聽了，便說道：「這要謝謝老太太了。」朱母又向小雲娃說道：「小娘子，妳既然鍾情於梁先生，等我來成就妳的好事，做一下撮合山吧。我想此事還是向妳母親老實說了的好，也許飛飛兒回去要在外邊散放謠言的，妳母親和哥哥一定要聽在耳朵裡，到那時向妳盤問起來，反而不妙。所以，待我向妳母親去一說，她瞧在我的臉上，或者可以答應這件婚事。哈哈！我是愛妳的。小雲娃，將來我做成了媒人，妳把什麼來報答我啊？」朱母說時，張著癟嘴笑。小雲娃萬萬料不到朱母肯代她們倆這樣玉成的，心裡又歡喜，又感激，馬上對朱母說道：「老伯母肯這樣的照顧我，我一輩子忘不了妳的大恩的，將來多請妳吃些鹹豬肉飯和紅燒豚蹄，可好嗎？」原來朱母平日最喜歡吃這兩樣東西，所以小雲娃這樣說的。朱母聽了小雲娃的話，不由笑笑道：「俗語說得好，做了媒人，新郎新婦要請吃十八隻豚蹄的。小雲娃，妳將來多送我吃些豚蹄也好。」小雲娃答道：「多謝老伯母，妳能這樣幫助我，感恩不淺，一定要請妳吃的。」朱紅英在旁也帶笑說道：「新娘子先在這裡謝媒人了，母親妳一定要大出其力的。」梁國器聽著，自然非常得意。朱母道：「小雲娃，妳放心。明天早上我同紅英到妳府上去拜望妳的母親，代

妳作媒便了。」小雲娃又謝了一聲。朱母遂撐著拐杖，走回自己房裡去，不管她們的事了。

三個人遂到室中坐定。朱紅英先對小雲娃說道：「天下真有這種巧事！妳把梁先生藏在這裡，偏偏那飛飛兒也會找到我門上來的。而飛飛兒正在責問梁先生的時候，妳恰恰不先不後地跑來，於是妳們二人為了梁先生的緣故，各不退讓，一場驚風駭浪，由此而生，使我左右為難。若不是我母親出來止住妳們的惡鬥，妳們二人中間總難免有一人受傷的了。」小雲娃點點頭道：「可不是嗎？可恨飛飛兒第一個罵人，伊說的話不由人不動氣，我只得和伊拚個死活了。」說到這裡，又回頭把手向梁國器一指道：「冤家，都是為了你啊！你為什麼一句話也不說呢？你到底愛誰？你還不捨得和那個娼根分離嗎？你要跟伊走嗎？你老實對我說吧。」梁國器只得帶著笑臉說道：「我當然是鍾情於妳的，言猶在耳，豈能忘之？我情願一輩子和妳在一起。妳不要為了飛飛兒的緣故而疑心我，因為我起初時候也不知道伊的底細啊。」小雲娃笑笑道：「你這樣說可是從良心裡發出來的嗎？」梁國器道：「當然是從我心坎裡發出來，皇天后土，實鑑我心。」朱紅英笑笑道：「雲妹，妳可以放心了，梁先生已對妳發誓。像妳這樣的美姣娥，豐姿楚楚，我見猶憐，梁先生自然要一輩子傾倒在妳石榴裙下的，他怎會去愛那殺人不霎眼的魔君飛飛兒呢？」梁國器也笑笑道：「紅英姐說的話真對呀，我但望妳母親明天到李家去作伐時，小雲娃的母親和哥哥瞧在妳母親的臉上，就會答應，那是歡天喜地的事了。」小雲娃道：「我母親是大概可以答應，卻不知我哥哥怎樣？還有一件事情要請紅英姐注意，明天妳和老伯母來的時候，我母親倘然問起我是不是要和妳到太原去，請妳只好含糊答應，因為我已在母親面前撒下一個謊了。」朱紅英道：「我理會得，絕不致於壞事的。」於是大家笑談了一回，朱紅英又去燒糕湯，給二人吃點心。

胭脂盜

天色漸暮，小雲娃對朱紅英說道：「我要回去了，我本是來通知妳的，我已在母親面前說過了，明天要到妳家裡來和妳一同到太原去，但是現在也不必這樣說了，且待妳母親來作媒以後再定行止。不過梁先生卻還要在姐姐的府上多耽擱一二天，我也知道這事是很麻煩的，但沒奈何只得有累姐姐了。」朱紅英道：「不妨，我們自己姐妹當然要盡力幫忙的，妳的事就是我的事。梁先生如不嫌簡慢，便請在這裡多住幾天也不妨，雲妹儘管放心好了。」小雲娃謝了一聲，又向二人說道：「你們料料看，飛飛兒這樣走了，究將怎樣辦？要不要再來尋釁？我倒有些不放心。」朱紅英道：「我料飛飛兒絕不會心死的，伊自己嘴裡也說過，不讓你們倆快快活活的，伊一定再要來尋找你們。倘然她自己力量不夠時，說不定也許會去勾結她的朋友一起來的。我知道她的好朋友就是鬧蛾兒，鬧蛾兒的熟人很多，她們自會糾合了人將謀不利於你們的。但是這個地方她們也許不敢來。她們知道我母親也不是好欺之輩啊。最好我母親明天到雲妹府上去說婚成功之後，你們倆立刻先到太原去走一遭，暫避眼前的糾紛，那麼飛飛兒也奈何不得你們了。」小雲娃拍手笑道：「紅英姐說得不錯。梁先生藏在這裡是千穩萬妥的，使我放心得多。將來妳們母女的大德，我們一輩子感謝不忘，再要請梁先生在江南地方代為物色一個如意郎君，包姐姐稱心滿意，我們也就對得起姐姐了。」朱紅英看看梁國器又看看小雲娃微微笑道：「雲妹，妳年紀雖比我輕，話倒比我會說。什麼郎君不郎君？我知道妳眼前已有了個如意郎君，卻不怕害羞，還要來說給我聽嗎？我是不用你們作媒的，像妳所說的，真是俗語所說養媳婦作媒人了。」朱紅英說這話，當然也有些醋意，而昨天伊和梁國器的事，總未免介介於懷呢。小雲娃臉上一紅道：「我因為姐姐是自家人，所以敢如此放膽胡說，請姐姐不要惱我。我們倆無論如何，絕不會忘記妳姐姐的。」一邊說，一邊將她的嬌軀撲到朱紅英的懷裡，和

朱紅英抱著，做出十分親熱的樣子，「好姐姐」不住地亂叫。梁國器也在旁邊說道：「紅英姐這樣的顧全我們，我們絕不敢忘記。我一定要照小雲娃的說話做，謂余不信，有如皎日！」朱紅英哈哈一聲笑道：「梁先生又要發誓了。我自然相信你們的梁先生真是個君子人，我為雲妹恭賀得人。」

　　她們二人擁抱了一會兒，方才分開。小雲娃又回過頭來，走到梁國器身邊，伸出柔荑，握住他的手，對他說道：「你看我對於你可說一片愛心，完全屬於你了。你以後萬一再遇見飛飛兒時，千萬不要再去理會伊，你想她們母開黑店女為娼，哪有好人的？你再在這裡安度一宵。明天總可以有佳音給你知道了。」梁國器點點頭道：「我知道妳是愛我的，我一切都聽妳的說話。況且我住在這裡，紅英姐又待我非常之好，我絕不再去認識飛飛兒了。」說著話，把小雲娃的手重重地握了一下。朱紅英又笑笑道：「梁先生真是江南人，虧你也會武藝的，真像一個馴伏的羔羊。這裡的男子萬萬沒有像你這樣的人，莫怪雲妹要深深地愛你了。」梁國器笑了一笑道：「我也不知道怎樣的，到了這裡會身不由己，一切由人擺布，自己也忘其所以然。北邊地方實在沒有第二處像妳們平陽的特別不同了！妳們這地方很多美女子，又大都身懷絕技，真是令人可敬可愛。像我們江南的女子，怎有妳們這樣的剛健婀娜呢？我起初入境，聽人家說起胭脂盜怎樣的可怖，其實女子們都是有情的，人家故意說得厲害罷了。」朱紅英聽梁國器提到胭脂盜，伊對小雲娃丟了一個眼色，彼此笑笑。小雲娃見天色越發黑下來了，便放開梁國器的手說道：「我們真的要明天會了。」又對朱紅英說道：「再要麻煩妳姐姐一二天，謝謝姐姐，再會吧。」說畢，走出房門去。恰巧朱紅英的母親扶了拐杖出來裝香念經了，小雲娃便向朱母告辭，請伊明天早些前來，朱母帶笑答應。小雲娃走出大門，朱紅英和梁國器又送到門外，看小雲娃走了，二人方才轉

身入內。朱紅英去掌上燈來，自去廚下燒晚飯，請梁國器吃。這天夜裡平平安安地過去，也不見飛飛兒來。

　　到了次日早晨，大家起身，朱紅英的母親吃過早飯，便要和伊女兒一同到紅石村去。朱紅英端整好午飯，叫梁國器到時自己拿來吃，且叫他關上了門，不要出頭露面，外邊如有人來，你也不要去管他。國器諾諾答應，於是朱紅英陪著伊的母親到小雲娃家裡去了。不知道這個媒人做得成不成，這要看小雲娃的母親和伊哥哥的態度如何，以及朱家母女的面子大不大了。

第六章
李德山拒婚責雲妹　秦家媽劫婿贈玉姑

　　當朱紅英母女跑到紅石村小雲娃家裡去做冰上人時，小雲娃的母親翠娃和伊的兒子插翅虎李德山、媳婦神臂弓趙氏以及女兒一堆雪小雲娃，正坐在客堂裡商議什麼事情。小雲娃聽得叩門聲，知是朱家母女到了，連忙去開了門，請她們入內。翠娃一見朱母到來，忙迎上前說道：「朱家大姐來了！這幾天我們事情很忙，也沒有來拜望妳，反勞妳的駕前來，抱歉得很。」朱母也帶著笑答話，李德山等都上前見過。翠娃又對朱紅英說道：「妳不是要同小雲娃去太原嗎？怎麼又說不去了？」朱紅英道：「過幾天也許就要動身的，今天我侍奉我母親到府上來是有一些小事情的。」此時翠娃拉著朱母上坐，趙氏送上茶來，又知道朱母喜歡抽水煙袋，便把水煙袋送到朱母手裡，點著了紙捻給伊。翠娃帶笑問道：「大姐來可有甚事？」朱母吸了兩口水煙說道：「我今天來是作媒的。」翠娃道：「啊呀！大姐莫不是來代我家小雲娃作媒的嗎？不知是哪一家？小雲娃年紀還輕，恐怕伊不懂什麼，不能夠到人家去做媳婦吧，但大姐試說說看。」朱母道：「我說的是一個江南美少年，姓梁名喚國器，是江南常州人。他此番有事到太原去，路過這裡，巧遇妳家小雲娃，所以要我來作媒。姓梁的年少貌美，風流倜儻，妹妹見了一定歡喜有這個女婿的。」翠娃笑道：「是江南人嗎？當然是俊美的。」伊的話還沒有說完，李德山卻在旁插口問道：「咦！那個姓梁的怎樣會和我妹妹遇見的呢？他是陌路之人，老伯母又怎會認識？」朱母不防到小雲娃的哥哥這麼一問，倒覺得難以回答了。

　　小雲娃立在一邊聽著，也不由兩頰飛紅，心裡十分發急。朱紅英情急智生，在旁邊代答道：「李大哥，你不知道其中還有一段事情呢，等我來告訴你吧。」小雲娃聽這話，更加發急，恐怕朱紅英要老實吐出來，那

麼今天的事情便要弄巧成拙了。伊連忙向朱紅英丟幾個眼色，朱紅英卻不去顧伊，喝了一口茶，向李德山說道：「事情是這樣的：那姓梁的前晚投宿在秦家媽的店裡，秦家媽要想害他，奪他的行李，所以叫她女兒飛飛兒去伺候他，不料飛飛兒愛上了姓梁的，反背著秦家媽，和那姓梁的黑夜私奔，卻被秦家媽發覺，追趕前去。那姓梁的乘機兔脫，逃到紅石村來。恰巧雲妹妹聽見了聲音，以為有暴客來臨，所以出來觀察，遇見了姓梁的問明原因，有心相助，只因那時你們都不在家裡，所以引導姓梁的到我家裡來借宿的。我母親知道了這事，聽了我們的話，遂要來代雲妹妹作媒，你們如要見見姓梁的，我也可以去喚他前來拜見。」朱紅英這幾句話說得很是圓滑，把梁國器在李家住宿以及飛飛兒和小雲娃決鬥的事瞞過不提，總算伊口齒伶俐了。小雲娃聽了，心裡寬鬆了許多。翠娃就帶笑說道：「原來如此，多謝大姐來作媒。小雲娃倘然中意，我也無可無不可的。當然最好要見見那個江南梁生，我想江南人是一定很好的。」翠娃說了這幾句話，李德山卻說道：「江南人性弱無能，和我們性情不合，彼此家世都不詳悉，怎能就可訂婚？他是不是會武藝的？」朱紅英道：「他的武藝很好，曾和秦家媽交過一回手，但比較了我們，恐怕有些不及。」李德山冷笑一聲道：「那姓梁的倘有本領，何至於托庇於女子之手呢？他敵不過秦家媽，本領有限得很。況且飛飛兒早已愛上了他。我家若和他聯姻，難免又要使秦家媽母女不歡。我想算了吧，我們妹妹有了一身好本事，將來總要許給出色的英雄豪傑，那些江南人我是最看不起的。還有一件事也應該考慮的，他若然知道了我們的身世，恐怕反而要說壞話呢，所以這件親事我要反對的，只得辜負朱家老伯母的美意了。」李德山這樣一說，朱家母女和小雲娃的臉上都露出尷尬的情形來。翠娃也說道：「小兒說的話也不錯，但我的意思最好要和那姓梁的面

談一番，可惜我們現在正有急要的事情，沒得工夫細細地談這件事情，朱家大姐且請稍緩何如？」

　　朱母抱著一團高興而來，卻不能得到要領，心裡也有些不快，便把水煙袋放下說道：「你們有什麼緊要事呢？允與不允，一言而決。我想小雲娃自己既然有了意思，只要那個姓梁的不是市井無賴之徒，也就可以應允了。」李德山卻板著面孔說道：「無論如何我是不答應的。小雲娃為什麼要背著我們領那個姓梁的到我們家裡來呢？大概那個姓梁的也不是好人吧。我是不能答應的。」朱母聽了，臉上微有不悅之色，向李德山說道：「既然你母親可以許諾，你做哥哥的何苦要堅絕不允呢？」李德山道：「江南人我是不贊成的，況且來歷不明，朱家老伯母妳不要聽了舍妹之言而來作媒，我只得有負妳的美意了。我們現在有要緊的事，沒有心緒幹這事，倘然我妹妹自願要去嫁給姓梁的，那麼請伊不妨離開我們去吧。」小雲娃這時正和梁國器有肌膚之親、嚙臂之盟，一心一意地熱戀著他，寧可和家庭脫離關係而不願捨棄梁國器的。伊聽哥哥如此堅決地反對，不由芳心大為憤懣，也顧不得什麼了，立刻對伊的哥哥說道：「你不要這樣說，倘然不願意和我做兄妹的，我也可以離走，只要母親承認我是女兒便了。我沒有做什麼辱沒李家的事，哥哥為什麼要為了這婚事而不承認同胞，想藉此攆我出去嗎？」李德山的脾氣本來十分壞的，受不起人家一句半句話，況小雲娃一向聽他命令的，今番竟敢公然反抗，出言挺撞，教他怎能忍得住？不顧尚有親長在前了，他就立刻跳起身來，指著小雲娃說道：「妳私通了他方的男子，竟敢連家庭也不要了嗎？我一定不許妳和那個姓梁的成婚。我也不管母親的意思如何。妳聽我的話便罷，如若不能聽從，那麼妳快快離開這裡吧，我沒有妳這個妹妹。」

　　小雲娃此時氣得玉容失色，珠淚下垂，立起身來，向伊母親翠娃道：「母親，妳聽哥哥這樣對我無情，我再不能住在家中，只得離開妳老

人家，請恕女兒的不孝。」小雲娃說到這裡，不住低聲飲泣。朱母因為李德山態度傲慢，不給伊的臉，心裡也覺十分氣惱，忍不住插口說道：「小雲娃，妳哥哥既然不容妳在家裡，那麼妳就不妨住到我家中去，我們卻不多妳一人，妳母親若然想念女兒時，也可到我家裡去探望妳的。妳跟我去罷，別再厚顏挨在此間了。」說著話和朱紅英一齊立起身來。李德山也很憤怒地說道：「既然妳不肯聽我的說話，而朱家伯母要留妳去住在伊家，那麼妳不妨跟她們去罷，我這裡容留妳不得。況且我們還有要事方謀對付，誰有心緒來管妳這種事呢？去去去，我家沒有妳這個人。」小雲娃聽了，眼圈更紅，雙淚簌簌流個不住，對伊的母親哭道：「哥哥不念同胞手足之情，竟不容我在家裡。我只得跟朱家伯母去了。母親是愛我的，絕不會不認我這個女兒，而我也絕不會忘記母親的，請母親在想念我的時候，常來探望，那麼我感激不盡了。」翠娃聽伊女兒這樣說，心中也非常難過，伊一則因知道伊兒子性烈如火，在發怒的時候，隨便什麼人的話都不肯聽的，只有等他怒氣平息時慢慢兒地向他勸解，也許可以有回頭轉意的一天；二則自己為了桃花坡的事，外邊風聲很緊，不得不早想法兒，來防患未然，所以伊含著眼淚，對小雲娃說道：「那麼妳去吧，一切須要謹慎，不要順著妳自己的性胡亂行為，敗壞了李家的家聲。我等到這事有了對付方法後，自會前來看妳的，妳哥哥這兩天心境不好，妳也不必多說了。」翠娃講到這裡，又向朱母說道：「多謝妳們母女一片好意，現在小雲娃跟妳們去後，一切多多仰仗妳們的照顧。這小孩子年紀輕，不懂得什麼事應該做，什麼事應該不做。紅英小妹年紀大一些，也請妳凡事指教伊。那頭婚事最好稍緩再談。妳們知道的，我們為了桃花坡事發生了，心緒十分不寧呢。」朱母道：「妹妹，妳放心，把小雲娃交給我，我對伊是要和自己女兒一樣款待的，本來我也很歡喜小雲娃的呢。」朱紅英也對翠娃說道：「李家伯母請放心，我絕不把雲妹妹

當作外人看待的，希望你們安然度過了桃花坡的事情，再請伯母到舍間去細談吧。」朱家母女說了這話，遂催促小雲娃去收拾了應用的衣服東西，快快跟她們去。那趙氏坐在旁邊，一句話也不說，李德山只是盛氣虎虎地要小雲娃走。小雲娃揩著眼淚走到自己房裡去，把自己的衣服東西收拾了一隻箱子，又帶了伊自己喜用的一對繡鸞雙刀，走到外邊來，對翠娃道：「母親我要去了。願妳老人家自己也要小心，倘然那事情不致有風波而旋告平息的話，請妳老人家就到朱家村去，也使我心寬慰了。」又對趙氏說道：「我去了，你們一切留心吧。」趙氏此時方才開口道：「妹妹，妳自己小心，我希望妳能夠再來。」李德山卻走到房裡去，不和她們多說話了。於是小雲娃跟著朱家母女走出門去，翠娃和趙氏送到門外，母女倆各灑了幾點眼淚，方才分別。

朱家母女真是有興而來敗興而回，陪著小雲娃走回朱家村。到了自己門前，卻見兩扇柴扉開得很直，沒有閉上。朱紅英忍不住對小雲娃說道：「咦！梁先生怎麼門也不關上，自己卻躲在裡面呢？」小雲娃點點頭道：「這是他的疏忽吧。」朱紅英挾著伊母親，三個人一齊走進門去。朱紅英第一個先向那邊室中呼喚道：「梁先生，我們回來了，你在哪裡？」但是一連叫了兩聲，卻不見梁國器走出來招呼，朱紅英和小雲娃都覺得有些疑訝。

朱紅英丟了老母，跑到那邊室中去一看，靜悄悄的一個人影也沒有哪裡有什麼梁國器？此時小雲娃走進室來，二人不約而同地都喊了一聲：「啊呀」！朱母在後面撐著拐杖也走到了客堂裡，坐定身子問道：「怎麼？梁先生不見在室裡嗎？」朱紅英轉身走出來道：「是的，梁先生不見了！」朱母道：「哎喲！他到哪裡去了呢？」朱紅英在屋子裡四周都去找到，仍不見國器，可知梁國器十分之十的不在她們家裡了，伊就對小雲娃頓足說道：「梁先生怎麼不見了？他在這裡客地生疏，是沒有走處的，況且我們再三叮囑他，叫他千萬不要走開的，他如何背了我們偷偷地走

到別的地方去呢？萬一遇見了秦家媽手下的爪牙，他還有命活嗎？」小雲娃也瞪目說道：「照我的猜想，他是不會走開的，他正要等候你們的回音，怎肯走開呢？昨天晚上我走了以後，他又怎麼樣？」紅英道：「他仍舊是一個樣子，快快活活聽我的說話，早睡早起，沒有什麼變動。我們臨行的時候，曾端整了午飯給他吃的，叫他不要走開，他怎麼不聽話呢？」

朱紅英說到這裡，連忙跑到後面廚下去一看，自己端正的飯和菜一些兒也沒有動，便又走出來說道：「奇了奇了！他午飯也沒有吃，就離開這裡的。大約在我們動身之後，他就走的，莫非他獨自一個兒逃走了？」朱母說道：「倘然梁先生真是這樣的，那麼小雲娃哥哥的說話也不錯了，到底江南人比我們北方人來得狡點。我們救了他，一片真心的對他，他卻忘恩負義的溜之大吉了。這種人真不易對付，幸虧小雲娃沒有嫁給他，否則更要吃他的虧哩。」朱紅英道：「照情理講是絕不會的。我瞧他是一個誠實的君子，如何會這樣的沒有交代呢？」朱紅英說到這裡，就想起前天晚上自己走到梁國器的臥榻前送他吃蓮子湯的一幕情景。伊認定梁國器是好人，不相信他會逃走的。

此時小雲娃心裡十分痛苦，大失所望。自己為了要委身於梁國器而在家裡被伊的哥哥攆出來，誰知梁國器竟不別而行，杳無影蹤，那麼他前晚對自己的恩愛完全是一種虛偽了。始亂終棄，這是極不應該的事，懊悔自己沒有眼睛，錯認了人，受了他的誘惑，以致白璧有玷，那麼到底我哥哥的說話不錯了。小雲娃自己抱怨自己，心裡充滿著驚愕惶惑怨恨悔恨，玉容慘淡，幾乎要哭出來。伊對朱紅英說道：「完了完了！我受了人家的騙了！那姓梁的到底不是好人，現在我弄得進退狼狽，如何是好，叫我到哪裡去尋找他呢？我曾聽他說要到太原去尋找他的姐姐的仇人，除非已去太原，再不能見他的面了。」朱母道：「姓梁的既然沒有良

心，要丟開妳，那麼妳就是追蹤而去，也是無用的，我勸妳死了心吧。」朱紅英沉吟片刻，又對小雲娃說道：「無論如何，我想梁先生絕不會馬上背著我們而離開的，其中必有別的原因，莫不是在我們到妳家裡去的時候，那飛飛兒再趕來乘間把他劫去的，也未可知啊！」小雲娃吸口氣說道：「梁國器這個人枉自稱一個男子漢，也太不中用了！他也會武藝的，為什麼一些不抵抗而竟會跟著人家跑呢？這也顯見得他的心很不堅定了。」小雲娃說時，露出非常懊喪的神情。

　　朱紅英對壁上相了一相說道：「啊喲，我們的大刀不見了！」說著話，走到外面庭心中去，東瞧西看，卻發現那柄大刀竟丟在西邊牆角裡草中。伊走過去拾起大刀看了一下，轉身走進來說道：「這大刀正是被梁先生用過了，大約他一定是和飛飛兒等交過手的，並沒有不抵抗，也不是存心逃亡，我們倒不要錯怪了他。這大刀是一個很好的證物，但是這刀上絲毫沒有血跡，可見他抵抗得沒有勝利，也許被飛飛兒擒去的，所以將這大刀丟在草間。」說著話，把大刀仍掛到壁上去。小雲娃聽朱紅英這樣講，只是點頭，伊說道：「紅英姐的料想，卻是不錯的，一定是那個娼根心裡不死，再來尋釁，恰逢我們不在這裡，倒便宜了伊，被伊把梁國器劫去了。不知伊可糾合了什麼人來做伊的助手？料伊一個人也沒有這般膽量。」朱母道：「倘然這事是飛飛兒做的，我一定不肯干休。伊太輕視我們母女倆，我必要代小雲娃把梁先生奪回來的，否則我們也沒有面目再住在這朱家村了。」朱紅英道：「待我去向隔壁張家探問一下，她們可瞧見什麼？免得我們胡亂猜想。」朱紅英說了這話，立刻跑出門了。

　　小雲娃在家裡受了伊哥哥的氣，到了這裡，卻又不見了伊心愛的人，不幸的事雙方俱全，此時伊的一顆心覺得空虛極了，頹然嗒然，坐在椅子裡瞠目結舌，一句話也說不出了。一會兒朱紅英回來，對伊母親和小雲娃報告道：「今天真是不巧，隔壁張家的家人都出去了，只有一個

十歲的童子在家看門。據他說他曾在門口瞧見有一個老嫗和飛飛兒到我們家裡來，來了一會兒，把一個陌生的男子縛縛手，推推擁擁而去的。因為童子是認得飛飛兒的，所以一定是伊來把梁先生劫去的了。但是那個老嫗是什麼人呢？童子卻不認得了。」小雲娃道：「一定是那娼根請來的助手了。不知是哪一個？當然有很好的武藝。」朱母道：「飛飛兒到哪裡去請幫手呢？莫不是秦家媽媽？」小雲娃道：「我想不會的，伊和秦家媽已鬧翻了臉，母女倆無異仇敵，秦家媽怎肯幫伊，把梁國器劫去呢？」朱母道：「現在此地精通武藝的老嫗除了我和秦家媽以及妳母親翠娃，可以說沒有他人了，就是妳母親還沒有我們老呢。」朱紅英道：「我想此事鬧蛾兒一定知道的，我和伊也相識，不如待我先到伊家裡去窺探一下，只要我們能夠知道梁先生現在被飛飛兒劫藏在何處，我們也可以合著力量再把他去奪回來的。此事我必要幫雲妹妹的忙，斷不讓飛飛兒僥倖的，我真氣不過呢。」朱母點點頭道：「很好，那麼妳就到鬧蛾兒家裡去探聽一下吧。我們在這裡聽妳的回音。」小雲娃也對朱紅英說道：「為了我的事，大費姐姐的心，我很感謝妳的。請妳就去走一遭，我一定和那娼根拚個死活呢。」

朱紅英遂辭別了她們，又跑出門去訪問鬧蛾兒了。可是去了一刻時候，卻又慌慌張張地跑了回來。小雲娃正在十分心焦地等待著，心裡盤算探聽得真實消息以後，怎樣去把梁先生奪回來。又想想梁國器雖會武藝，究竟是江南人，怎麼會被她們劫去的？他這個人總太怯弱一些，怎樣能夠去復仇呢？可笑之至。伊正在焦思苦慮，朱母卻在一邊坐著念經，此時伊見朱紅英忽然又跑回來，就立起來問道：「姐姐回來了嗎？為什麼這樣快？可曾瞧見鬧蛾兒嗎？」朱紅英搖搖頭道：「我沒有到伊家中去。」小雲娃聽了這話倒不由一怔，暗想奇了，正要再問時，朱母早搶問道：「咦！紅兒，妳剛才不是說要到鬧蛾兒家裡去嗎？何以又沒有去？

究竟為了何事啊？」朱紅英道：「雲妹妹家裡出了很大的亂子了，我特地回來報一個訊的。」小雲娃聽了，不由大吃一驚，連忙問：「紅英姐，我們家裡出了什麼亂子？莫不是官府裡有人來捉拿我哥哥嗎？」紅英點點頭道：「被妳猜中了。從我這裡到鬧蛾兒那邊，一定要經過你們紅石村口的，我剛才走到村口，瞧見村中人十分驚慌，紛紛亂奔，村口有一隊捕役守在那邊。我向人一探聽，方知平陽縣派來大批捕役到妳家裡去拿人的。我聽了不由發急，便問人可有拿著，才知道一個也沒有捉到，捕役們正在村中大肆搜尋，所以村裡的人非常驚慌。」小雲娃聽了朱紅英這個報告，便說道：「啊喲！我母親和哥哥嫂嫂不知究竟怎樣了？待我回去援救吧。」小雲娃說著話，就要取了伊帶來的繡鸞雙刀，要想奔回家去幫家人抵抗捕役。朱紅英早把伊攔住道：「妳一個人回去恐怕也是眾寡不敵的，況且妳母親和哥哥嫂嫂本領都不錯，不至於遭捕役們的毒手的。我又聽說一個人也沒有捉到，可知妳母親等都已聞風遠颺了，妳跑回去做什麼呢？不是自去投入羅網嗎？」

　　二人正說著話，忽聽門外柴扉聲響，有人走了進來。二人回頭看時，只見小雲娃的母親又立在她們的面前，臉上濺著幾點血，手裡還拿著一把寶劍，像是剛才廝殺過了的樣子。小雲娃連忙撲上去，叫了一聲：「母親，家裡怎樣了？」翠娃道：「桃花坡的案件發了，我和妳哥哥不是正在籌思如何避免的方法嗎？不料他們竟先發制人了！此番來的捕役真厲害，不知平陽縣哪裡請來的能人，我們險些兒遭她們毒手呢。」翠娃說時，聲容很是嚴肅，小雲娃和朱紅英母女都急欲聽伊講一個明白。

第七章
破劫案胭脂盜避禍　退強敵鐵臂弓施威

　　當梁國器初投迎賓旅店在喝酒的時候，店夥胡二不是曾告訴梁國器在桃花坡地方最近發生了一件很大的劫案，就是胭脂盜做的嗎？原來做此案的不是別人，就是小雲娃的母親和伊的兒子李德山。她們把鏢師雙刀將艾霸一箭射死，把貨財完全搶劫到手。但是那位客人是京中某大吏的兄弟，很有勢力的，此番運送貨物金銀到太原去，特地請了鏢師運送，誰知這裡的胭脂盜非常猖狂，竟敢白天行劫，射死鏢師，殺傷了許多鏢夥。那客人受了這重大的損失和驚恐，豈肯干休，他就到平陽城裡去見平陽縣令，責備縣令治盜不嚴，以致地方上崔苻不靖，而行旅之人也蒙受著莫大的禍害。此番他損失了數十萬貨財，又被胭脂盜射死鏢師，案情可以說很嚴重的了，所以要求平陽縣從速捕盜，追回失物，限期破案。他要住在平陽，坐等這案情弄明白了才肯回去，否則他就要一面到省裡大吏那邊去控訴，一面還要飛報京師裡他的哥哥知道，恐怕小小的平陽縣也擔當不起這事情的。平陽縣府向來是裝聾作啞，不問民間疾苦的，現在卻遇到了這天大的權力，便使他不得不大動腦筋了。他就答應在十天之內可以破案，招待那客人住在客館，把大魚大肉請他吃，暫時安住了人家的心，一面連忙召集衙中全體捕役，開個緊急會議，商量如何去捉拿胭脂盜，早日破案的事。

　　這些捕役本來都是酒囊飯袋，沒有什麼本領的，平日只會赫詐小民，狐假虎威，對於地方上的胭脂盜，卻是素來聞風畏避，不敢碰一根汗毛的，凡是胭脂盜鬧出的案件，只要沒有苦主盯緊，他們就含糊過去了。此番事情既是鬧得這樣的嚴重，縣令要限期破案，大家聞訊之下，面面相覷，作聲不得。其中有一個捕頭，姓包名喚定六，比較有些膽量，且是個老江湖，年紀已有四十多歲，他對縣令說道：「此次桃花坡劫

案果然是很重大，那些胭脂盜也太鬧得厲害了。平常時候縣太爺寬容她們，她們也不探聽明白，胡亂行劫，以致鬧成棘手的事情，縣太爺若不認真緝拿，當然要受革職處罰的罪。我們吃了公事飯的人，理當盡心竭力，幫助縣太爺早破此案，無奈胭脂盜的本領十分厲害，我們這輩兄弟決非她們的對手。小人以前倒也自恃略有武藝，而不怕什麼人的，近來年紀大了一些，碰過了幾個能人，卻要三思而行，不敢妄動了。自從桃花坡的劫案做出後，小人已在外邊暗中探聽，知道有幾人都有重大的嫌疑，只要費一日的心力，不難水落石出，探聽出此事的底細了。不過小人已說過，此地沒有人能夠去捉拿她們的，非別想良計不可。」平陽縣令道：「那麼你可有什麼好的方法把胭脂盜捉拿到案呢？」包定六答道：「小人有一位師叔，姓譚名飛虎，年紀已有六旬，以前在山東歷城等縣也當過多年的捕頭，江湖上很有名氣，大家稱他『花刀老譚』的，現在早已辭職不幹了，隱居在太行山的盤谷中。若要捉拿胭脂盜，除非請他老人家來相助，否則，便沒有把握。」平陽縣令聽了包定六的話，便欣然說道：「既有這位老英雄在那地方，你可以代我端整了車馬幣帛，星夜趕到太行山去請他出來。只要此案得破，便是我們的天大幸事了。他既是你的師叔，大約不至於拒絕的吧？」包定六道：「小人前去走一遭，一方面動以私誼，一方面可以說縣太爺怎樣好賢如渴，愛民如子，要為地方上肅清盜賊，安定閭閻，務要請他親自出馬，這樣說，他不至於拒絕了。」平陽縣令道：「很好，事不宜遲，我代你預備一切，你就快快動身去吧。」於是平陽縣令代包定六端整了鞍車駿馬，金銀幣帛，馬上到太行山去聘請譚飛虎出山。

　　包定六銜命而往，過了幾天，他果然請到了花刀老譚，還有老譚的朋友鐵掌柳熊，也一同前來。包定六去的時候，恰逢柳熊從南方前來會見他的老友，住在老譚家裡。包定六拜見師叔之後，奉上幣帛，把自己的來意向他師叔陳述一遍，要求他老人家一定要出去相助一下。起先老

譚不肯答應，後經包定六再三懇求，且說為平陽地方百姓請命，要他破例出山，而那位朋友鐵掌柳熊在旁邊聽了包定六的話，也慫恿老譚出去捉拿胭脂盜，為地方除害，且願跟隨同往，以壯聲勢。花刀老譚方才答應了包定六的請求，便和鐵掌柳熊跟了他的師姪，坐了車馬，星夜趕至平陽來。

包定六一路小心侍奉，祕密到衙。

平陽縣聽說包定六已把他的師叔請來，不勝大喜，遂在後花廳接見。當包定六引導他的師叔花刀老譚和老譚的朋友鐵掌柳熊來謁見時，平陽縣瞧見那花刀老譚年紀雖老，而精神矍鑠，身材魁梧，一望而知是個有功夫的人，頷下鬚髯很長，更見威武。而老譚的朋友柳熊，年紀卻不到五十歲，生得短小精悍，雙目炯炯有光，果然不錯。於是各道寒暄之後，平陽縣吩咐在花廳上設筵款待譚柳二人，為他們洗塵，盡賓主之歡，且留二人在衙內下榻，相機而動。那時候，包定六手下的捕役們有幾個幹練的已探知底細，知道這案件是紅石村李家母子做下的，將情況報告於包定六知道。包定六素聞插翅虎李德山的厲害，又知李德山的母親翠娃是胭脂盜中的前輩，素有「閃電光」之稱，而李家還有一女一媳，就是「一堆雪」小雲娃和「神臂弓」趙氏，都是了不起的人物。他師叔雖然本領高強，還不知道可否擒獲她們。於是他在眾捕役中選了八個善射的健兒，歸他自己率領，成一小隊，倘然他師叔交手不利時，可用弓箭向李家的人攢射。一共挑選三十一名捕役，請他師叔和柳熊明天午時出馬，到紅石村去捉拿胭脂盜。她們為什麼不在夜間動手而要在白晝呢？這也因為包定六知道胭脂盜飛行功夫都是很好的，地理又熟，夜間容易脫逃，且恐李家有什麼埋伏，自己方面反要吃虧，還不如白日前往的好。

到了出發的時候，花刀老譚和鐵掌柳熊都脫去長衣，紮束定當，外面再披上大氅。老譚帶著一柄生平使用慣的金背刀，腰間掛上鏢囊，那

柳熊卻帶著一對李公拐，雜在眾捕役裡面，向紅石村跑去。包定六也拿著朴刀，佩著弓箭，和幾個捕役打前走。到了紅石村口，包定六吩咐十名捕役帶著鐵尺長槍和撓鉤繩索，埋伏在村口，等李家有人逃出來時，上前捉拿，不要被她們漏網。他自己就陪著花刀老譚鐵掌柳熊，趕到李家門前，一聲吶喊，將前門後門團團圍住，八個弓箭手很迅速地爬登短垣之上，張弓待射。包定六舉起朴刀，和譚柳二人率領十名比較雄壯些的捕投，打開李家大門，衝進室去。

　　翠娃和伊的兒子媳婦都在裡面。她們做了這件事，自知案情鬧得很大，未嘗不防備官中有人要來拘捕。這幾天風聲很緊，也微聞平陽縣要捉胭脂盜，包捕頭到別地方去請能人前來相助破案。她們知道早晚要有一場風波，所以預先幾天大家忙著籌劃對付的方法。先把劫來的贓物運送到數十里外天保村一姓徐的朋友家裡去祕密暗藏，一方面正要商量是否要作遷地為良之計。據翠娃的意思，最好要去避躲些時，待到事過境遷後方才回家，而李德山和趙氏素恃自己本領高妙，不把官中的人放在心上，主張只要隨時防備，不必避匿。當朱紅英母女上午跑來代小雲娃作媒的時候，她們一家人就是在商量這件事情，自然沒有心緒談什麼婚事。小雲娃卻只知道戀愛著梁國器，只想到伊自己的事，而不顧到伊家所犯的案情正在緊張之中，所以李德山要特別發怒，不顧兄妹之情，也不顧得罪朱家母女了。自小雲娃跟隨朱家母女一走以後，翠娃的心裡當然十分不快活，而李德山也覺得餘怒未已，當由趙氏去燒好了午飯，大家剛才吃飯，一邊吃，一邊二人商量著。倘然官中有人來捕的時候，翠娃可以避到朱家屯去，而李德山夫婦可至天保村徐大章家裡去躲避。翠娃為了女兒的問題，心頭總覺悶悶地不能和伊的兒媳講，勉強吃了一碗飯，擱住筷子不吃了。李德山和趙氏還沒有吃畢，忽聽門外一聲吶喊，知是事發了，李德山連忙將飯碗一丟，跳起身來，立刻跑到房中去，取出他平生常使用的一對虎頭鉤，脫了長衣，跳至庭中。翠娃也去取過一

柄寶劍，趙氏拿了一柄單刀，又佩上弓矢，也一同走出屋子來。

　　早見牆上已有了捕役。大門外那個捕頭包定六已同花刀老譚鐵掌柳熊，舞著兵刃，衝了進來。李德山雖然認得包定六，而不認識譚柳二人。但瞧見中間有一位長髯的老翁，狀貌魁梧，知是官中請來的能人了。他也並不害怕，挺著雙鉤，等待廝殺。包定六見李德山兀立庭中，他是認得此人的厲害的，便把朴刀向李德山一指道：「姓李的，你同你母親在桃花坡所犯的案件已被我們探得了！平日之間，我知道你所犯血案累累，而你的母親和你的妻子妹妹都是此地的胭脂盜，只因你們劫奪的地方還遠，不在本縣管轄之內，也就罷了。豈知你們膽子越做越大，竟在距城不遠的桃花坡行劫鏢車，把鏢師射死，案情鬧得這樣大，湊巧被劫的客人又是來頭大，你不是要我們沒飯吃嗎？所以今天前來捕你了，快快就縛罷。」李德山睜圓了一雙怪眼，對包定六說道：「案是我們犯的，人是我們殺的，你休要多說廢話！今日帶了許多人來，要想捕我們到衙嗎？只要我手中的傢伙答應，便可隨你到官認罪，但想你也不是個聾子，須知我手中的夥伴不知有許多人敗在它們的下面了，你如不怕做雙刀將艾霸第二的，快快滾上來罷，你家老子早知你們這夥人都是不中用的東西！」李德山盛氣虎虎地說著話，花刀老譚回顧包定六道：「這就是李家小子嗎？如此猖獗，還當了得！你不必和他多說話，有老夫在此，快快上前捉拿。」包定六雖有老譚壯他的膽，但他也不敢獨自上去，抖擻精神，大喊一聲：「眾弟兄快快上前捉人！」說了這話，方和捕役們奔上去。李德山依舊立著不動，等到捕役近身時，他就大喝一聲，如山中虎吼一般，嚇得眾捕役又倒退下來了。

　　花刀老譚見了這種情景，知道非先讓自己動手不可了，他就一擺手中的金背刀，跳過去對李德山罵道：「狗盜休要逞能！你可認得花刀老譚嗎？」李德山以前似乎也曾在江湖上聽人說起過老譚的大名，現在一見花刀老譚這個樣子，便知道是包定六等請來的助手了，他也沒有說什麼

話，就和老譚交起手來。老譚的金背刀使開來，果然出色，上下左右一片刀光，閃閃霍霍的只望李德山頭上身上掃去。而李德山的一對虎頭鉤也是非常厲害，滾來滾去，宛如兩團黃雲，呼呼地有風雨之聲。二人鬥了七十合，不分勝負。老譚暗想今天遇到了勁敵，這小子的虎頭鉤使得一點兒也沒有破綻，若不是自己花刀的刀法精銳，恐怕早已敗在他的手裡了，所以他抖擻精神，定要戰勝劇盜。那李德山心裡暗忖：自己的虎頭鉤近他不得，不能不狠命猛撲了。

那時候李德山的妻子趙氏在旁見丈夫戰那老頭兒不下，她就一擺手中單刀，跳過來助戰。這時鐵掌柳熊一個箭步，跳至趙氏面前，喝一聲：「胭脂盜，今天你們的末日到了，你家柳爺在此。」舞動他手中的李公拐，便向趙氏頭上打來。趙氏便把單刀架住，捉對兒的在庭中廝殺。那李公拐也是短兵器中的最厲害的傢伙，和虎頭鉤不相上下，而鐵掌柳熊的李公拐已到了出神入化的境界，所以趙氏便覺得有些吃力，戰到二十合，額上的香汗已是浸淫。翠娃見兒媳都逢到了強有力的對手，深恐她們吃虧，所以伊揮動寶劍，來助趙氏。

此時包定六和眾捕役見譚柳二人力戰劇盜，武藝高強，他們的膽子也頓時壯了不少，又大呼：「拿人啦！拿人啦！」一齊圍攏來。李德山要顧到他的母親和妻子，稍一分心，已被老譚得個間隙，一刀劈向他的腰裡來，喝一聲：「著！」李德山連忙一邊收轉左手虎頭鉤去架老譚的金背刀，一邊將他的身子作一個霸王卸甲，一彎腰避開這一刀。然而左手掌已被老譚的刀鋒掠著，幸虧那護手鉤把他的手指護住，所以手指沒有削去，但被老譚趁勢向上一送，卻削去了他的腕上一片皮，便有鮮血流將下來。李德山既然傷了手臂，左手運轉不靈，遂覺得敵不過老譚猛烈的攻勢了，暗想三十六著走為上策，今天自己難以取勝，不如趁早走避吧。遂向翠娃、趙氏說了一聲：「別鬥了，我們走啦！」就把自己的虎頭鉤向老譚下三路掃去。老譚望後一跳約退數尺，李德山乘勢躍出圈外，

望門外衝去。門口等著的許多捕役各把鐵器撓鉤去攔住他。李德山怒吼一聲，將手中的雙鉤向兩下猛力一掃，早已跌倒了三四個捕役，被他沖出門去。趙氏見伊的丈夫已走，也就丟了柳熊，拔腳便跑。譚柳兩人怎肯放她們逃走？立刻跟在後面追去。包定六見三人逃去了兩人，他怎肯再放翠娃走呢？退後數步，一聲吹哨，那牆上立著的八個弓箭手便一齊向翠娃放箭。翠娃慌忙將寶劍使開，護住自己的要害，許多箭射到伊的近身時，都被伊的寶劍擊落。可是這一來，翠娃就不能跟著伊的兒媳同逃了，伊只得退到屋子裡去，從後門出走。誰知後門邊也有捕役守住，一見翠娃跑出來時，一齊高聲大呼，把伊攔住去路。惹得翠娃性起，將劍左右刺劈，便有兩個捕役被伊劈倒地上。包定六從室中追出來，大喊：「不要放走了胭脂盜！」翠娃一時無路可奔，左邊恰巧有一株大榆樹，伊就縱身一躍，跳到了樹上，包定六不敢上去，又叫放箭。這可使翠娃沒有辦法，瞧見左邊鄰家的樓房，仗著自己的飛行功夫，立刻就從榆樹上跳到鄰家的樓房上。包定六等都不會輕身術的，一邊亂喊，一邊放箭，可是翠娃的人影在樓房上閃了二三下便不見了。所以包定六等只得在村子裡向人家四處搜尋，這就是朱紅英路過紅石村的當兒了。

當時老譚柳熊追趕李德山和趙氏，雖然也有數名捕役一同跟去，可是譚柳二人跑得快，捕役們哪裡追得上呢？早落在後面一大段路了。李德山出村的時候，捕役們攔他不住，有兩個跌落在河中，唯有譚柳二人緊追在後。李德山傷了手腕，不敢轉身再戰。趙氏也急切要保護伊的丈夫，緊跟在他的身後。這樣跑了二三里路，回頭見花刀老譚和鐵掌柳熊仍在背後緊追，看看漸追漸近了，突然有一鏢從後面飛來。這是老譚放出的飛鏢，趙氏一邊側身避讓，一邊喊伊的丈夫注意。李德山也是眼觀四處耳聽八方的人，當然及時跟著閃避，所以老譚的一支鏢早飛過了二人，落在草地上去了。老譚的一支鏢沒有擊中二人，卻引起了趙氏退敵的心思，因為趙氏素有「神臂弓」的別名，伊發出的聯珠箭，可說百發百

中，不愧女中的飛將軍。此刻伊身邊本來帶著弓箭，忘記了它的用處，經老譚發了一鏢，伊就從背上卸下弓，把單刀插好了，又從腰際箭袋裡抽出三支雕翎來，轉身立定了身子，將箭搭在弓上，拉得如一輪明月般十分飽滿，對準後面的譚柳二人，「颼」的射出一枝箭去。老譚見自己的一鏢不中，暗暗佩服前面的胭脂盜男女都不錯，非常靈敏，巧於避讓。正要想再放第二支鏢時，忽見前面的少婦突然轉身立定，弓弦響處，早有一箭閃電般的向自己面前飛來。他立刻向柳熊打了一個招呼，閃身避過這一箭，不防趙氏射的是聯珠箭法，一箭不中，便有第二枝第三枝首尾銜接而來，神速無比。老譚說聲「不好」，和柳熊一齊左跳右閃，避過了第二枝箭，但是第三枝箭卻已在老譚的耳旁拂過，擦去了一些苦皮，而柳熊也險些兒著了一箭。兩人因此頓了一下，不敢再追上去。李德山便和趙氏乘機竄進了一座林子，轉了幾個彎，就逃走了。譚柳二人鎮定了心神，正要再追上去，早已不見了李德山和趙氏。他們是新到此地的人，不認路徑，包定六等眾捕役又沒有一個在身邊，因此被李德山逃去了。而包定六等在紅石村中搜尋多時，也不能發現翠娃的影子。鴻飛冥冥，求之不得，大家都覺沒趣，只得回去稟知平陽縣，把李家四人畫影圖形，行文四處，一體緝拿。譚柳二人暫留在城中，等到哪裡有風聲時再去擒拿。包定六又派出眾捕役到各處去探訪消息，這也是沒辦法中的一個辦法了。

那翠娃仗著本領高，地理熟，當眾捕役亂嚷嚷的時候，伊早覓得一條幽僻的間道，祕密逃出了紅石村。伊也料想伊的兒子和媳婦倘然能夠兔脫的話，那麼一定到天保村徐家去了。自己倘至彼處，當能見面，但一想到愛女小雲娃，伊在朱家恐怕還不知道家裡的禍事，不如就到朱家村去走一遭。一則母女可以重逢，二則也通個信給伊知曉，免得被官中搜捕緝訪時連累了朱家母女。翠娃這樣一想，所以就趕到朱家村來了。

　　當時母女見面後，翠娃將經過的情形講給小雲娃聽，且說花刀老譚和鐵掌柳熊的武藝高強，此番平陽縣特地請到了能人前來破案，可見對於此事是劍及履及，十分嚴重了；深恐他們捉拿不到我們，再要瓜蔓株連的到各鄉村搜尋，所以小雲娃也不可不嚴密深藏，以避耳目。小雲娃聽了伊母親報告的一番話，就恨恨地說道：「可惡的捕役！到哪裡去請來的助手？倘然我在家中，一家要相助我哥哥把那老頭兒擊退的。現在不知我哥哥和嫂嫂的行蹤如何？哥哥雖然無情於我，而我卻仍繫念他呢。」翠娃道：「妳放心罷，他們一定走到天保村徐家去，只要我們也上那裡，不難重逢。」朱母在旁開口說道：「妹妹妳辛苦了！且請在此休息一刻再行。」朱紅英也指著翠娃臉上的血跡說道：「李家伯母，妳還有血汗，讓我拿一盆水來給妳洗拭去罷。」翠娃點點頭道：「很好，謝謝妳，姑娘。」朱紅英便去取了一盆熱水和手巾來，請翠娃洗臉。翠娃在說話時早將手中劍掛在牆上，此時空著手，便來撿著手巾，揩拭自己臉上的血跡。朱紅英又去拿過一面鏡子來給伊照著，翠娃就將自己臉上的血跡揩個乾淨。朱紅英托著盆走出去了，轉身入室，又對翠娃說道：「李家伯母諒必肚子餓了，我們也沒有吃飯，且待我去端整午飯，吃了再商議吧。」翠娃道：「我也吃不下，妳不用忙。」小雲娃道：「有現成的飯菜，大家吃些算了。」朱紅英聽說，對小雲娃看了一眼，便走到廚下去了。

　　此刻翠娃坐定了，忽然想起一件事來，伊就向小雲娃道：「我還有一句話要問妳，就是朱家姐姐說起來的江南人梁國器，不是也在這裡嗎？怎麼不見呢？我倒要瞧瞧此人到底如何，妳為什麼要愛上他。」小雲娃聽伊母親問起來國器，不由微微嘆了一口氣，黯淡的面色，暴露出伊心裡的憂愁，默默無言。朱母早忍不住在旁邊道：「妹妹，我告訴妳吧，這事情也很奇怪的，當我們母女二人跑到你們府上來作媒時，那位梁國器先生還好好兒的守在我家，我們曾叮囑他不要走開的，誰知我們回來時

卻沒有了他的影蹤，豈非奇事嗎？我們正在這裡發怔呢。」翠娃聽了，也很覺奇異。朱母又把訪問鄰舍，孩童報告的經過，告訴伊聽。翠娃道：「如此說來，那個姓梁的一定被飛飛兒劫去了。那個老嫗莫不是秦家媽？」小雲娃道：「我想不會的。飛飛兒和秦家媽母女之間的感情已發生了裂痕，如同冤家一樣，她們怎會和好呢？大約是伊到別處去請來的助手了。飛飛兒這人真是狠毒啊！」翠娃又勸伊女兒道：「這頭親事本來妳哥哥也劇烈反對的，既然姓梁的跟了他人而去，妳也讓他去罷，不必再戀戀於他。此人也許是薄情者流，妳不如跟著我同去隱避吧。我到這裡來，本想要和妳一起離去的，免得連累了朱家姐姐。」小雲娃聽了伊母親的話，一時不知怎樣說才好，暗想母親輕描淡寫地說這些話，哪裡知道我已在家中瞞了家人，失身於梁國器的了，此事又怎能率直地去告訴母親知曉呢？朱母卻微笑道：「妹妹，妳不知妳家小雲娃深深地愛上了那個姓梁的，情願把性命去和飛飛兒相拚，現在梁先生又被飛飛兒奪去，教小雲娃怎樣嚥得下這口氣呢？」朱母說話時，朱紅英已從廚下走出來，說道：「母親這話對了！我也幫著雲妹妹嘔氣，總要把梁先生復奪回來才是。方才我本到鬧蛾兒家裡去探聽消息的，只因走過紅石村，見捕役拿人，探聽明白是到李家去的，所以跑回來告知雲妹妹，恰巧李家伯母也來了。現在我們且吃了飯再做道理。」於是朱家母女請翠娃小雲娃母女倆到客堂裡坐著同用午膳。

吃罷了飯，大家商議一遍，必要得到了梁國器，然後讓小雲娃母女倆離開此地。小雲娃代朱紅英收拾廚下，洗滌碗盞，而讓朱紅英再到鬧蛾兒家中去探聽消息。李家母女暫時藏在這裡，諒捕役在短時期內也難尋到的，於是朱紅英又別了伊母親和李家母女而去了。翠娃等把雜事料理訖，遂陪著朱母坐在房中談桃花坡的劫案，等候朱紅英回來。朱母今天午睡也不能打了，經也沒有念，只叫小雲娃代伊點了三支香。

　　直到傍晚時，朱紅英方才回來。小雲娃迎著便問道：「有勞姐姐跋涉，使我心裡真是不安。姐姐可曾見過鬧蛾兒？有什麼消息探得？」朱紅英見小雲娃這般發急，便笑了一笑說道：「我們自己姐妹，妳又何必客氣，妳的事跟我自己的事一樣的。我要告訴妳，梁先生有了著落哩。」小雲娃一聽梁國器已有下落，心中頓覺快慰不少，又說道：「真的嗎？他在哪裡？可是鬧蛾兒告訴妳的？」朱紅英道：「鬧蛾兒和我還算不錯，我到了伊家裡和伊相見後，把此事的頭末詳細告訴伊聽，要求伊持公正的態度，不要偏袒飛飛兒，而將飛飛兒劫奪梁先生的經過告訴我聽。鬧蛾兒聽了我的說話，方才明白，起初伊也誤怪雲妹妹奪人所愛呢。後來伊就說，既然梁先生自願和雲妹妹相愛而不愛飛飛兒，那麼飛飛兒何必定要和人家強奪呢？所以伊告訴我說，飛飛兒是和伊母親秦家媽，到我家來劫奪梁先生的。她們母女倆曾下決心，要和我們廝鬥一下，恰巧我們不在家裡，因此沒有交手而將梁先生劫去的。」朱紅英說到這裡，朱母摩挲著伊的瞎眼，說道：「呵呀！果然是秦媽媽來的嗎？伊倒為了養女得婿的緣故，居然要來犯我們朱家了。嘿！伊欺我雙目不明，大膽跑到我家門上來尋釁嗎？豈有此理！」朱母說著話，氣上心胸，臉色也變了。小雲娃道：「奇了！秦家媽不是已和飛飛兒鬧翻了嗎？這是梁國器親口明明白白告訴我的，她們怎會又和好起來呢？」朱紅英點點頭道：「不錯，此事似乎也出人意外。我已問過鬧蛾兒，據鬧蛾兒說，都是伊想出的主意，為了要奪回梁先生的緣故，非得請秦家媽出來相助。所以鬧蛾兒說動了飛飛兒的心，且願包伊沒有危險，由鬧蛾兒去說情，勸她們和好如初。二人遂到迎賓旅館去見秦家媽，飛飛兒伏地請罪，鬧蛾兒代為乞恕，且說梁國器在我們家裡被小雲娃和我二人匿藏著，不放他走，要請秦家媽出頭去奪。秦家媽因有鬧蛾兒說情，便不責怪飛飛兒，而願幫飛飛兒來我家奪回梁先生。鬧蛾兒因和我家也是素識，故伊不願出面而讓她們母

女來的，現在鬧蛾兒既已明白真相，伊也不直飛飛兒的行為了。伊又告訴我說，梁先生現在正藏在她們店內，飛飛兒將於日內要和梁先生動身到太原去哩。」

小雲娃聽了朱紅英的話，一則以喜，一則以憂。喜的是梁國器已有了下落，憂的是萬一梁國器果然跟了飛飛兒一造成太原去時，那麼自己的前途完全絕望了，臉上充滿著懊恨的神情，對朱紅英說道：「多謝紅英姐代我探聽明白，飛飛兒果然可惡！但我要怪梁國器太沒有自主力，倘然他要和飛飛兒去太原的話，可以知道他的為人了！」朱紅英道：「我料梁先生被她們劫去，恐怕他自己也失去了自由，做不得主了。」翠娃道：「男子漢如此行為，太沒有剛強了！」朱母道：「這個別要管他，我們最要緊去到秦家媽店內把梁先生仍舊奪回來，詳細問問他就是了。」朱紅英道：「母親的話對咧，我們今天晚上就去。」朱母道：「秦家媽敢來我家劫人，我倒也要去和伊見個高低哩！」朱紅英道：「這倒不必了，母親一則年高，二則目盲，夜間去究屬不便，不比她們送上門來，可以逸待勞的。現在我們有李家伯母相助，一共三個人，難道還敵不過她們兩人嗎？母親毋庸前去。」翠娃也說道：「姐姐放心，秦家媽雖然厲害，我自問也敵得過伊的。紅英小姐和我女兒都非弱者，絕不至於敗在她們手裡了。」朱母道：「這樣也好，有了妹妹同去也不怕秦家媽逞強，我雙目喪明，自知無能了。」翠娃道：「我們並不是敢說姐姐無能，為的我們三人足夠對付，不必再有勞姐姐了。」朱母道：「願妳們勝利而歸，我才歡喜呢。」她們商議既定，於是提早吃了晚餐。天色剛黑時，翠娃和小雲娃、朱紅英三個人結束停當，各持兵刃和暗器，別了朱母，一同悄悄地趕到迎賓旅店裡去復奪梁國器，和飛飛兒母女一較身手。

第八章
奪佳婿大鬧迎賓館　締良緣雙奔太原城

　　一間小室裡燭影搖紅，映出兩個人影在壁上，廝並在一起，就是沿窗桌子邊並肩而坐的一男一女。那個體態妖嬈，姿色美麗的女子，把一手鉤住那男子的肩膀，笑嘻嘻地說道：「現在你是我的了！前兩天你被那個小狐狸迷得昏了，早把我丟在九霄雲外，全不想我對你的一番真心美意，使我真是氣不過。我冒了絕大的危險而和你黑夜雙奔，誰料到你這個就口饅頭，反被那小狐狸現現成成地吞了去，豈不令人氣死？當我到朱家村看朱紅英的時候，又誰知那個小狐狸竟會把你藏在那邊呢？天有眼睛，恰巧給我撞見，當然我要同你一起走的了，偏偏那個小狐狸又來了！朱家母女又存心袒護伊，我一人眾寡不敵，只得熬著一肚皮的悶氣回去，和我的小姐妹鬧蛾兒商議。是伊勸我到我的母親那邊去認了一個罪，要求我母親代我出來做主，一解這口悶氣。我母親雖然和我不同親骨血，究竟多年的母女，情感不淺，雖恨我違背伊的意思，而因我向伊負荊請罪之故，所以伊到底肯饒恕我的前咎，肯幫助我一同到朱家村去把你奪回。可惜朱紅英母女都不在家，否則我母女倆也很想和她們見個高低的。好在你知道我們這樣做，所為何事？豈非為了你這個人嗎？現在你可以認識我秦玉燕這人和我的一顆心了。你們江南人很是狡猾的，我要你對我說，究竟愛我不愛我？你和那個小狐狸可曾發生過肉體上的關係？你老老實實地說，不要騙人。」飛飛兒一邊說，一邊把伊的香頰貼到梁國器的臉上。

　　梁國器卻只是低著頭不語，他此番被飛飛兒母女把他重行劫到這裡是起先萬萬料想不到的，心裡也很有些不情願，因為他已和小雲娃有了愛情，並且他覺得小雲娃這個人雖然也是胭脂盜的一流，然而比較飛飛兒溫和嫵媚得多了。只因自己知道秦家媽和飛飛兒的武藝比較他高強得

多，一個人斷乎敵不過她們母女倆的，所以只得束手受縛，而被飛飛兒重又帶回迎賓旅館。飛飛兒恐防他要乘機兔脫，竟把他幽閉在這間小室裡，要使他回心轉意，不愛小雲娃而愛伊。其實他自己的心裡已被整個的小雲娃占據著，和他初來投店，子夜聞歌情景又不同了，只希望自己虛與委蛇，僥倖苟全，而小雲娃能夠想法來把他救出去，這是他馨香禱祝的事了，所以他不多說話。而飛飛兒卻偏偏百般逗引他，香頰在梁國器臉上不住的摩擦，又嬌聲說道：「你為什麼不開口？我和你第一回遇見的時候，你不是很愛我的嗎？你不要中了那小狐狸的毒，以為我飛飛兒不是好人。老實說了吧，我和小雲娃、朱紅英、鬧蛾兒都是此地有名的胭脂盜。而我母親和小雲娃、朱紅英的母親都是個中前輩，做過了許多殺人越貨的案件，也不能說誰好誰壞的。你千萬不要聽那小狐狸背後說的什麼話，我既然一心對你，那麼對於你是有利而無害的。你前番不是說要到太原去復仇嗎？我也情願陪你一起去的。憑著我這本領，務要幫助你成功。你相信我的話嗎？好人！你快說吧！」

飛飛兒說到這裡，又把梁國器推了數下，伊自己的身子竟作飛燕投懷般坐在梁國器的身上去。梁國器只得說道：「我知道妳的美意的，但是……」他說到這裡，卻又頓住。飛飛兒問道：「但是什麼？我今夜願意侍奉你一同快樂，好不好？」飛飛兒正說到這裡，忽聽窗外有人冷笑一聲道：「恬不知恥的娼根！妳在室中幹什麼？真不要臉的！快快出來和妳家姑娘鬥一百合。」飛飛兒一聽這聲音，臉上突然變色，從梁國器的身上直跳起來，摘下壁上的寶劍，立刻走出室去。梁國器卻聽得出外邊說話的人正是小雲娃，頓時心中又大喜起來，連忙也跟著出去看看。

前面是一個小小的天井，只見飛飛兒已和小雲娃在天井裡狠鬥起來。飛飛兒的一口劍妖嬈非常，而小雲娃的雙刀如銀龍出水，只見刀光飛舞，幾乎分辨不出人影來，對面屋上正立著朱紅英和小雲娃的母親翠

娃。朱紅英瞧見梁國器從室中走出，室裡的燭光正斜射在梁國器的身上，伊就指與翠娃看，可惜在黑夜中也只能見到一個依稀的輪廓，而不能盡識廬山真面。這個時候忽聽後邊屋內猛喝一聲：「哪一個吃了豹子的膽，敢到老娘店裡來尋釁？須吃老娘一鞭！」跟著跳出一個人來，宛如羅剎魔女，手裡橫著一支竹節鋼鞭，正是秦家媽來了。伊在後邊聽得前面有金鐵相擊之聲，知道出了亂子，也許是朱紅英母女和小雲娃等來興問罪之師了，果然被伊料著。屋上的翠娃見秦家媽趕了出來，素來知道伊的厲害，恐怕自己女兒要吃伊的虧，馬上使一個飛燕穿簾，從屋上輕輕地一躍而下，正落在秦家媽的面前，把手裡的寶劍指著秦家媽說道：「秦家媽，妳不該幫著妳的養女到朱家來奪人，妳以為我的女兒好欺嗎？」此時秦家媽早已知道平陽縣全體捕役為了桃花坡的案件而到紅石村去捉拿李家眾人的事了，遂對翠娃說道：「妳說得出那個姓梁的是妳女兒的人嗎？我卻沒有知道妳女兒幾時嫁給他的。妳自己的女兒奪了我女兒的人，卻偏不識羞，反說我們來奪人，這豈非大大的笑話嗎？現在官中正在捉拿妳母子，妳不去逃命，卻到這裡來尋釁，難道真是活得不耐煩嗎？我們以前雖也是同道相識的，而我知道妳常常在人家面前背著我說我的壞話。種種毀謗，我平時總是耐著，今天我倒要問問妳了。」

翠娃聽秦家媽一連串說出這許多話來，遂冷笑一聲道：「誰教妳開著黑店害人？妳自己想想吧！妳的行為何以如此？妳自恃本領高強，目中無人，以為人家都不是妳敵手嗎？我卻不怕的。妳能夠好好交出那姓梁的人，讓我們帶回去，萬事全休，否則我不得不和妳見個高低。」秦家媽道：「妳要我交出姓梁的嗎？妳去問我的女兒吧，只要伊能夠答應！妳方才既然說不怕我，那麼我手裡的竹節鋼鞭也要不認得妳了，我且和妳鬥一百合再說。」秦家媽說罷，把鋼鞭舉起，照著翠娃的頭上狠命地一鞭打來。翠娃豈肯饒讓？也就將寶劍架住，使開伊平生所有的梅花劍來，

和秦家媽狠鬥。兩方面都是母女倆，四個人各施身手，在天井裡叮叮噹噹的一場惡戰。

梁國器在旁看得呆了，無論他自己的本領遠不及人家，即使他要上前去動手時，也不知幫哪一個好。朱紅英卻立在屋上作壁上觀，伊見下面兩對人正是棋逢敵手，一樣的高強，殺得難解難分，在這個時候還用不著伊去加入，只是伊很想早些贏了，可以把梁國器重行奪回，解決了這事，也好讓小雲娃母女早早遠避，逃免官中的刑網。所以，伊從腰邊鏢囊裡摸出一支毒藥鏢來，拈在手掌裡，要想乘機待發，早奏奇功。但伊見秦家媽的一條竹節鋼鞭舞得實在緊密，沒有一點兒破綻，幸虧翠娃的武藝也是十分了不得，所以還能夠抵敵得住，若是換了別人，恐怕早已要敗下來了，不由心裡暗暗佩服秦家媽的勇悍像一頭雌獅子，人家要戰勝伊很不容易。伊又看到小雲娃和飛飛兒已鬥有七十合以上，兩人為了爭奪梁國器的緣故，各懷死心，各發怒氣，恐怕連在娘胎裡的氣力也用了出來，鬥得真是厲害，連外面的店夥和店裡的客人都驚醒起來。

那晚店裡恰住著兩三個客人，幸而都是沒有錢的旅客，所以秦家媽也不去覬覦她們，而讓她們平安睡眠。況且，官中正在捉拿胭脂盜，伊也不得不暫時斂跡一下。那幾個旅客，全是安分守己的小商人，日間做買賣辛苦，一到夜，上床便睡。正在呼呼地熟睡時，卻被那叮叮噹噹的兵器聲驚醒了好夢，驚慌地從床上直跳起來。聽得殺聲盈耳，不由下了床，開了房門，出來觀看，果然見有幾個人，在天井內廝殺，只是昏黑中，看不出人面。只見幾個店夥計，手裡拿著燈火，一路照了出來，照得天井通明，便認得是本店的女掌櫃秦家媽，手拿一條鋼鞭，惡狠狠地和一個老婦人殺得難解難分。又見本店的小姑娘兒，也拿了一口寶劍，和一個美貌女子性命相撲。一對老、一對小，在天井裡廝鬥，端的半斤八兩，一時間怎能分得勝負！一方天井裡，哪禁得四個人廝殺！小雲娃

兩口繡刀和飛飛兒一口寶劍，施展得三條白光，籠罩了半個天井。翠娃一口劍和秦家媽一條鞭，猶如兩條怪蟒，滾來滾去，攪翻了天井。看不出這四個沒腳蟹，都有這等本領。戰到深處，滿天井的兵器生了風，呼呼地撲進客堂，那幾個客人覺得冷颼颼的，不禁打起幾個寒噤。那幾個燈火，也被刀風吹得搖搖欲滅，直看得眾人眼花撩亂，心驚肉跳，禁不住喝一聲暴雷大彩。

秦家媽聽見自己人喝采助威，不由精神陡振，把手中鞭緊一緊，閃電般向翠娃頭上磕將下來。翠娃也不禁暗暗吃驚，忙避過這一鞭；誰知第二鞭更疾，翠娃肩上已吃著一下，急得屋頂的朱紅英，忙把一支毒藥鏢，覷準了秦家媽，把手一揚，颼一聲，飛入天井，恰好中在秦家媽的右腿。秦家媽大叫一聲，撲地便倒，翠娃見秦家媽倒地，一翻身，把寶劍向飛飛兒便刺，飛飛兒嚇得魂不附體，忙撇了小雲娃，逃進房去。小雲娃大喜，瞥見梁國器立在門旁，好似得了一件活寶，一個箭步，拉了梁國器，向翠娃施個眼色，朝屋頂呼哨一聲，翠娃和梁國器二人，如飛地出了迎賓旅館，約會了朱紅英，齊回朱家村去了。

朱母自女兒紅英同了翠娃母女去後，兀自十分記念，一個人坐在炕上，只等女兒得勝回來。看看二更早過，快到三更，卻不見紅英等返家，心中好生焦躁，不免怨恨自己兩目失明，不然，便趕了去，會會秦家媽的鋼鞭也好。正在胡思亂想，忽聽得叩門聲，恰是女兒聲口，不由心中大喜，忙下了炕，摸出房去，到門口拔去了門閂，笑道：「可是我兒回來了？」紅英道：「媽！我回來了。」朱母道：「幾個人回來？」紅英道：「全回來了。」翠娃接著道：「好教姐姐歡喜，連得梁先生也接回來了。」朱母大喜道：「好，妳們得彩，真個教我歡喜不迭！快請進來！」朱母聽得幾個腳步聲全數走進屋內，隨手關上了門，轉身摸著進去。

翠娃等各人安放了兵器，朱紅英喜孜孜地剔亮了燈，掛了寶劍，請母親、翠娃、梁國器、小雲娃一齊坐了道：「梁先生，伯母，妹妹，想是

肚皮餓了？待我去燒些點心來充飢。」翠娃忙道：「賢姪女妳不要客氣，我心事重重，哪裡吃得下點心。」紅英道：「伯母這等說，我便不客氣了，梁先生餓嗎？」梁國器道：「姐姐，我也不餓。」朱母道：「我兒，妳們到了迎賓館可曾與秦家母女交過手嗎？」翠娃接著道：「怎的不交手，我們娘對娘，女對女，直廝殺了半夜。那個老娼婦，端的好武藝，我險些兒敗在她手。虧得紅英姪女，在屋頂暗助一鏢，鏢著老娼婦的右腿，受了傷，倒了下去，我便幫小雲娃，雙戰飛飛兒。那小娼根慌了，沒命價逃了進去，我們便把梁先生搶了回來。今天夜裡的得彩，全仗姪女的金鏢，真使我母女感激不盡。」朱母道：「姐姐休要客氣，自己人拔刀相助，義不容辭。且喜梁先生也來了，我又要舊事重提，請妳面對面，看一看他的人品，讓我面對面，做一個月老人，好事成功，也完了妳一件心事。」

幾句話提醒了翠娃，忙把梁國器細細地一打量。果見他生得劍眉星目，鼻直方口，面白神清，英姿出眾，不由心中大喜道：「梁先生你府上還有何人？為什麼到這裡來？」梁國器恭身道：「我父母生我姐弟二人。父親亡故，姐姐被人所害，只剩我母子二人。我姐姐的仇人在太原，我就奉了母親之命，往太原去找仇人，為我姐姐報仇。誰知行到這平陽，卻惹出這等事來，真個連做夢也想不到的。」翠娃道：「你要給你姐姐報仇，一個人特地趕到太原去，可見你一身武藝，必然出眾，我們同秦家母女廝鬥時，你怎的袖手旁觀？不來助我一臂，卻是何故？」梁國器紅著臉道：「伯母責備的是。姪兒生長常州，自幼也喜諸般武藝，曾經投拜武師，練習數年，一劍在手，自以為天下無敵。誰知行到這裡，接連遇見秦家母女，朱家姐姐，和妳伯母同令愛小姐，施展出來，竟有一個勝似一個的驚人武藝，嚇得我魂飛魄舞，怎敢班門弄斧，自獻其醜？說來真覺慚愧，敢請伯母原諒則個。」翠娃道：「既然如此，你卻怎可單身

尋仇？豈不是飛蛾撲火，自焚其身？」梁國器道：「我今日也為這身起碼本領，暗暗地著急。只是奉了母命，千里迢迢，已抵這裡，怎可空手回去，吃人笑話？」朱母閉著雙眼，側著耳朵，聽到這裡，忍不住道：「你們休說這個。姐姐，這件親事，妳究竟答應不答應？請爽氣一點！天快要亮了，我們還要睡一忽養養神哩！」朱紅英道：「是嚇，我媽一番好意，請伯母休要辜負了。」翠娃點頭道：「看梁先生與我小雲娃，真是天生一對！蒙姐姐和姪女為媒，我就答應這頭親事。一言為定，願他倆白首偕老。」朱母、紅英、國器、小雲娃四個聽了，一齊大喜。好個梁國器，恭恭敬敬地向翠娃叫了一聲「岳母」，又謝了朱家母女，喜得翠娃哈哈價笑個不住。朱紅英也向翠娃、小雲娃賀了喜。

忽然見翠娃叫聲苦，朱母道：「姐姐怎的？」翠娃道：「我深悔當初不該在桃花坡做翻了雙刀將艾霸，如今案發了，迫得我一家兒離了紅石村。兒子同媳婦，諒必投奔天保村，眼巴巴地在等著我和小雲娃。我們索性坐到天亮，一齊奔到徐家去，先會著了妳的兄嫂，再做去處，妳看可好？」小雲娃道：「母親，妳要去，妳去。我去，惹哥哥討厭，我不去！」翠娃道：「該死，家中出了這等禍事，妳還要嘔我的氣。妳不去，妳難道長住在這裡？這裡離紅石村這等近，倘有風吹草動，連累了朱家伯母和紅英妹妹，看妳怎對得起她們？」朱母道：「姐姐，小雲娃也說的是，妳那位少爺，端的是個鐵打心，我見了他，也覺討厭。小雲娃若去，我可保證兩兄妹一見面便即舞劍弄刀，鬥個你死我活。依我想，小雲娃萬萬去不得！」翠娃嘆口氣道：「真是家門不幸，出了這一對怪男女。不瞞姐姐說，兒子和女兒都是我生出來的，手背是肉，手掌也是肉，我既捨不得兒子，我也捨不了女兒。」說著，流下淚來。紅英道：「伯母休要傷心，大哥有了大嫂做伴，夫妻倆又有這身好武藝，妳還愁她們怎的？倒是雲妹妹前天說，要跟了梁先生到太原去，助梁先生訪尋

仇人，伯母妳怎不也同了她們一齊去？一來避避風，二來也好做一個幫手，三則母女子婿，一路同行，親親熱熱，卻不是好！」朱母道：「我兒說的是，姐姐妳且聽了她的話，安安心心地同了小雲娃、梁先生，去往太原去一遭。我候一個便，帶一個信給德山哥，說不定他夫妻倆，也會上太原來找妳母親。」這翠娃實在捨不了愛女，聽朱家母女說話，卻也十分有理，不由點頭道：「好，我便同去。」小雲娃大喜。梁國器如夢方醒，才知那天在迎賓館喝酒，店小二說起的桃花坡劫奪案，便是他岳母和舅兄舅嫂，愛妻小雲娃等做的勾當，暗暗地說聲慚愧，清清白白的身子，卻做了強盜的女婿！聽得母女倆肯伴了他同走，卻也十分快活。當下商量定當，天也亮了，紅英早已備好了早飯，端了出來，請三人先吃了，翠娃再三稱謝。那天，三人辭了朱家母女，一齊投向太原去了。

迎賓旅館幾個客人和幾個夥計，正在伸長了頭頸，看天井裡廝殺。看到精采處，不禁拍手叫好，冷不防秦家媽忽地倒下，飛飛兒逃進內室，驚得目瞪口呆。眼睜睜地看著翠娃等三人出門而去，急得夥計奔到天井，忙把秦家媽扶入室內。飛飛兒殺得香汗盈盈，逃入後邊。卻幸小雲娃不追進來，定了定神，躡手躡腳地，走到前邊一望，才知兩人已走，方始放大了膽，跑了出來。只見眾人圍著秦家媽，七張八嘴地說話，飛飛兒上去一看，但見秦家媽，面似白紙，唇如墨塗，閉目無言，橫臥在一隻炕上。飛飛兒一見大驚，忙把秦家媽周身檢視，發現右腿上流出黑血，沾了一大片在褲腳管上面，班班滴滴流個不住。飛飛兒曉得中了暗器，急忙跑到房中，取了一包解毒藥，喚店小二拿一杯開水，撬開了秦家媽的嘴，把藥和水灌了下去。好靈驗的妙藥，不一刻，便見秦家媽甦醒過來。飛飛兒道：「母親怎的？著了暗器了嗎？」秦家媽睜開雙目，見飛飛兒立在面前，道：「啊喲，我正在和強盜婆廝殺，怎的臥在炕上？」飛飛兒道：「媽！妳老人家著了暗器，妳看腿上，還在流血哩！」

秦家媽聽了，忙向腿上一看，果見右腿上，滿褲腳管是汙血，不覺吃了一驚。霍地坐了起來，要想走下炕去，誰知右腿疼痛，不能移動分毫，怒道：「可恨李家的強盜婆，竟敢下這毒手！玉燕，如今她們人呢？」飛飛兒道：「她們得了手，早已跑了。」秦家媽道：「那個姓梁的呢？」一句話卻提醒了飛飛兒。飛飛兒叫聲：「啊喲！他恐怕還在外房？」店小二道：「在外面哩！他早給那個小狐狸拖去了。」飛飛兒聽了，只急得玉容失色，渾身顫抖，暗暗叫苦不迭。秦家媽道：「好！由他去。玉燕，待我將腿醫好了，妳看我的。」飛飛兒道：「媽！妳可記得，是什麼暗器傷了妳的腿兒？」秦家媽想了想道：「嚇，好似一枝金鏢。腿上不曾帶著嗎？想是落在天井裡了。玉燕，妳快去尋了來我看。」飛飛兒聽了，拿了一隻燈，走到天井裡，團團地尋了好一息，果見一枝金鏢，橫在門檻外面，俯身拾了起來，鏢尖上兀自有鮮紅的血，掛著彩兒。

　　飛飛兒拿了鏢，跑進內室，放了燈，把那枝血鏢送將過去。秦家媽接來一看，不覺叫聲：「啊喲！」飛飛兒道：「媽！怎的？」秦家媽道：「妳看這枝鏢是哪一個放的？」飛飛兒道：「我可不知道。」秦家媽怒道：「妳的魂靈兒飛到姓梁的身上去了，連這枝鏢都不認識！妳再仔細看看，這不是朱家小丫頭用的金鏢嗎？」一句話提醒了飛飛兒，忙道：「不錯，真是紅英姐的。好奇怪，她的鏢怎的會到這裡來？」秦家媽道：「虧妳平日稱讚朱紅英怎樣地和妳要好，如今出了事，她轉幫了別人，來欺侮我們！妳交的好朋友！」飛飛兒聽了，氣得柳眉倒豎，杏眼圓睜道：「可恨紅英這等沒義氣。媽且休養著，讓我一個人和她拚命去！」說著就要跳了出去。秦家媽忙止住道：「半夜三更，去什麼！紅英不打緊，這個老瞎子，卻是十分厲害，妳一人怎能敵得她過？好孩子，急事緩辦，待我腿兒復原後，再同妳前去與她算帳。妳快去拿止痛藥來，和了麻油，敷在我的傷處，我這時痛得緊。」飛飛兒便去拿藥調油，給秦家媽敷創包紮。這時秦家媽痛也少止，覺得倦了，不覺呼呼地睡著。

胭脂盜

　　那幾個旅客，起初以為強盜光臨，到了這時，才知不是劫取財物的強盜，卻是來搶奪少年的美人，真個弄得莫名其妙。問問夥計，夥計怎肯說真心話？幾個客人，半夜三更，把個悶葫蘆當點心吃，真也可笑。她們打探不出，各回房上床安睡。那般夥計，收拾好了燈火門戶，也便各自去安睡了。只是飛飛兒，懶洋洋地回轉房去，關了房門，脫了衣服，去了弓鞋，呆呆地上了炕，卻怎地睡得著？

第九章
秦玉燕訴冤鬧蛾兒　包定六求計鑽地鼠

　　飛飛兒睡在炕上，想起一身的心事，怎叫她睡得著？可憐她孤零零的一個美人兒，橫抱了錦被，細細地想那梁國器：烏雲一般的髮辮，覆著粉紅細白的臉兒；兩道眉毛，神采飛揚，一雙俊目，流盼生姿；筆直的一條鼻頭，配著方方的一張嘴兒，長得不長不短，不瘦不肥，風流瀟灑，出塵絕俗。這等美男子，我從出娘胎，卻是第一次遇見。天幸他會到這平陽縣，天幸他又會落在我們的迎賓館，他又偏會巧巧地叫我侑酒，他又會巧巧地叫我唱歌，他更會巧巧地叫我侍夜，可見他也十分愛我。那一夜，我同他逃出去，要是我的媽不來追趕，我們早已一雙兩好，成了夫妻了。怎地天不作美？我的媽生生地把一對鴛鴦，棒打分飛，害得我到口的饅頭，平白地被人家搶了去。這時已是四更天氣了，唉！這小狐狸準同梁國器二人，正在這時交頸取樂，欲仙欲死。梁國器，梁國器，你也太沒情義了！我跟你私奔的時候，擔了血海的干係；媽追上來，我為你捨死忘生，力戰強敵；險些兒這條性命，也為你丟了。你那時沒有我，試問你還有性命？我是你救命的恩人，你怎的受恩即忘？轉了背，就把我忍心丟了，天下哪有你這等負心人的！我懊悔當時瞎了眼，錯救了你，轉教小狐狸占了便宜去。唉！這真是哪裡說起！飛飛兒想到這裡，不覺氣滿胸膛，淚流粉臉，嗚嗚咽咽，哭個不住。哭了半個時辰，又想起朱紅英來了。好奇怪！紅英與我，素來要好，這次怎的會幫了李家母女，傷我的媽？難道她也看上了梁國器？要是這樣，小狐狸醋性極大，說不定二犬又要爭食，互相火拚，準有笑話在後頭，我且瞧著她們。只是這口氣，卻怎地按得下？明天我還是看鬧蛾兒去，把今天的事，告訴一番，出了這口冤氣也好。飛飛兒想到這裡，卻也安閒了些，便也呼呼地睡著了。

胭脂盜

　　鬧蛾兒與飛飛兒和朱紅英、小雲娃原都是好友。前幾天飛飛兒告訴鬧蛾兒，說小雲娃強占梁國器，奪人所愛，鬧蛾兒聽了，深代飛飛兒抱不平。及至朱紅英前去一解釋，鬧蛾兒又怪飛飛兒器量太小，轉奪小雲娃的愛人，又深以飛飛兒為非。飛飛兒氣了一夜，第二天一早，便去看鬧蛾兒。鬧蛾兒見飛飛兒兩眼紅紅地，鎖著雙眉，滿面孔顯著不快活，問道：「玉妹，妳和誰鬥了氣，臉上顯得怎地不快活？」飛飛兒嘆口氣道：「蛾姐，我這次做人做完了，這一肚皮的委屈，只有和妳姐姐好說一說。」鬧蛾兒道：「什麼委屈？」飛飛兒道：「可恨李家的強盜婆，夥同了小雲娃、朱紅英，昨天夜裡，奔到我家來搶人，我的媽還給朱紅英放了一鏢，兀自臥在炕上。」鬧蛾兒道：「她們搶什麼人？」飛飛兒道：「還有什麼人，便是那個姓梁的，又給她們搶去了。」鬧蛾兒道：「搶已搶去了，妳便怎麼樣？」飛飛兒睜著星眼道：「咦！姐姐說得好笑，是我的人，怎肯容她們搶了去？」鬧蛾兒笑道：「好妹子，休要怎地！妳可曉得姓梁的心愛小雲娃，他倆已是山盟海誓，訂為夫妻。妳是一個風塵中的過來人，見多識廣，為什麼這等不明白，跟人家爭風吃醋？天下好男子多哩，這一個姓梁的，稀罕甚麼？憑妳這身本領，這副面首，妳休要性急，比了姓梁的好的，還在後頭，機緣一到，好事就成。好妹妹，妳聽我的話，休要怎地。」飛飛兒道：「姐姐雖說得是，只是我和小雲娃吃醋，卻干朱紅英甚事，要她加進來做幫凶，平白地來欺侮我？她還是個人嗎？」鬧蛾兒道：「這卻難怪妳。只是紅英為人深明世故，她怎的會平白地來欺侮妳？其中恐有別情。」飛飛兒道：「她就是有別情，也不該下這毒手，平白地竟要我媽的性命！」鬧蛾兒道：「妹妹妳且回去，待我到朱家村去見她一面，便知端詳，妳明天來聽我的回信。」飛飛兒道：「也好，卻是有勞姐姐了。」鬧蛾兒道：「自己姐妹，客氣什麼了！趁辰光早，妳快回店去，安安心心地服侍妳的媽，我便即去看朱紅英。妳明天來！我還有一件事和妳說。」飛飛兒諾諾連聲，自回家去。

　　鬧蛾兒換了一身衣服，把門關了，徑往朱家村而來。到了朱家，但見雙門緊閉。鬧蛾兒用手去推，卻是閂住了，推不開，只得叫道：「紅英妹，我來了，快開門嚇。」紅英辛苦了一夜，正在好睡，夢中聽得叩門聲，不由驚醒過來。定一定神，聽出是鬧蛾兒來了，忙下了炕，出了房，把門拉開，即迎鬧蛾兒進了裡面，仍把門兒關了，請鬧蛾兒坐地，道：「姐姐，妳來得恰好，我正要和妳談心。」鬧蛾兒道：「妳且說說看。」朱紅英道：「姐姐，妳可曉得桃花坡的案子發作了嗎？」鬧蛾兒道：「我曾經聽妳約略說過了。」紅英道：「我雖對妳說過，卻還有下文哩。那李家伯母奔入我家，才曉得梁國器被秦家媽劫奪了去。禁不住雲妹妹求她母親連夜趕往迎賓館去搶人，李家伯母一口答應了。我的媽恐怕她們失手，便命我一路同去，做個幫手。誰知秦家媽武藝了得，李家伯母非他敵手，我在屋頂上觀看，李家伯母肩上吃了一記鞭梢兒，就見她手慌腳亂起來。我心中一急，不由一金鏢隨手放去，恰中在秦家媽腿上。秦家媽倒在地上，小雲娃便把梁國器搶了回來。」

　　鬧蛾兒道：「妳這一鏢打將去，雖救了李家伯母的性命，卻不是轉害了秦家媽？飛飛兒面上，妳可說得過去嗎？」紅英道：「我暗伏在屋頂上面，她們怎能瞧得見是我？」鬧蛾兒咄了一聲道：「若要人不知，除非己莫為。妳怎的這等糊塗，她們雖然瞧不見妳，可是妳有金鏢留在那裡，難道飛飛兒是個瞎子，她會看不出是妳朱紅英的金鏢？」朱紅英聽了，不由「啊呀」一聲，自覺對不起飛飛兒了，便道：「姐姐，是我一時大意，想不到此。這卻怎麼好？」鬧蛾兒道：「事已幹了，悔也不及，只是李家母女和姓梁的三人，往哪裡去了？」朱紅英道：「她們齊往太原去了。」鬧蛾兒道：「去得好。這幾天風聲緊得很，她們遠走他鄉，卻也免去危險。妹子，我有一件事，妳可跟我去嗎？」紅英道：「什麼事？」鬧蛾兒附著紅英耳朵，詳細說了一遍。只見紅英搖搖頭道：「我卻不能去，一

來，我的媽要我服侍；二來，就是我要去，我的媽也不許我去。」鬧蛾兒點頭稱是。二人談談說說，不覺已是未牌時分，鬧蛾兒要回家去，紅英留不住，只得由她走了。

朱母這時醒了，聽得有人和紅英說話，忙道：「紅兒，是誰和妳談話？」紅英道：「是蛾姐。」朱母道：「人呢？」紅英道：「她已走了。」朱母道：「有什麼事？」紅英走進了房，輕輕地道：「媽，她約女兒去做一次買賣，我不願去幹，已經回覆她了。」朱母道：「這蛾姐兒真個吃了豹子膽，大蟲心，這等風聲緊急，她還要去幹買賣！紅兒，妳正該回覆了她。這幾天，且在家中坐地，休出門去，吃幾天太平飯吧。」紅英稱是。

鬧蛾兒回轉家去，第二天，果見飛飛兒到來。鬧蛾兒說道：「妹妹妳來了。」飛飛兒道：「我怎肯失信，託妳的事，怎麼樣？」鬧蛾兒道：「我昨天去過了。據紅英說，她媽和李翠娃十分要好，因恐李家母女吃虧，命紅英同去做一個幫手。紅英礙著妳的交情，不願拋頭露面，在暗地裡觀妳們交戰，怎知妳的媽武藝了得，她看看李翠娃要輸下來，心中一急，便放一枝鏢，射妳媽的腿兒，解救了翠娃的危急。又據她說，她還是看在妳的交情上，把鏢鏢在妳媽的腿上，不則，放高一點，妳的媽還有命嗎？」飛飛兒怒道：「妳可曉得，她放的是一枝毒藥鏢。嘿，我的媽受了鏢，即便人事不知，要是沒有解毒藥，豈不送了命嗎？虧她說得出這等話來。」鬧蛾兒道：「我們哪一家不置備著解毒藥兒？紅英明知妳家有解毒藥，所以下這一手。妳要原諒她是一個孝女，她是奉了母命行事，妳怎可怪她？好妹妹，算了吧，休要這等小量。」飛飛兒道：「便是我不與她計較，我的媽可是氣得什麼似的。」鬧蛾兒道：「妳的媽生氣，干妳甚事？又不是妳親生的媽。我們還是商量正事。」飛飛兒道：「什麼事？」鬧蛾兒道：「有一件好買賣，我想同妳合夥兒去做了來，妳答應嗎？」飛飛兒一愕道：「姐姐，妳好大膽！李家剛出了事，聽得縣太爺尚在懸賞追拿，火雜雜的，好似風聲鶴唳，我們怎可冒這險兒。」鬧蛾兒

道：「妳還在做夢，我們在這裡，是住不長久的了。自古道：人怕出名豬怕壯。自從李家鬧了桃花坡一案，這裡的胭脂盜，在這平陽幾縣之間，早已家喻戶曉，我料遲早終要來一個措手不及，身落法網。我橫算豎算，只有三十六著，走為上著，只是臨走之前，卻要幹一件驚天動地的買賣，博個名揚四海，天下皆知。得手以後我們便遠走高飛，圖一個下半世快活，也不枉生一世。妹妹，妳看怎樣？」飛飛兒道：「姐姐也說得是，卻是一件怎麼的買賣？」鬧蛾兒道：「這件買賣，還須等候幾天，方可下手。這時，妳且休問，臨時我來關照妳。妳但藏在肚裡，休要露絲毫口風。」飛飛兒大喜。

平陽縣的縣太爺，為了桃花坡一案，受盡了上司的責難。那位被劫的客人，更其盯住了縣太爺，一步不肯放鬆。包定六介紹了花刀譚飛虎，鐵掌柳熊，前往紅石村，捉拿李德山母子，滿想甕中捉鱉，到手擒來，誰知依然讓他們走了，幾個人空手回來。縣太爺沒奈何。懸了重賞，圖了盜形，密囑包定六等到處緝訪，休要懈怠。迫得包定六走投無路，明知李德山一家，早已離了紅石村，遠避他鄉，茫茫四海，叫我哪裡去緝訪？有一天，包定六正在平陽縣衙前街風月樓茶店喫茶，默默地想心事，忽見鑽地鼠馮九也在喫茶，不覺靈心一動，忙叫道：「老九！這裡來。」馮九見是包定六叫他，忙不迭地立起了身走了過去，作個揖道：「包大叔，你好？」包定六道：「老九，你且坐了，我們談談心。」馮九忙去把泡好了的一壺茶拿了過來，安在包定六坐的桌子上，隨手端過一隻椅子坐了，道：「包大叔，你這幾天忙嗎？」包定六道：「說什麼忙不忙，這幾天真累得我走投無路。」馮九道：「什麼事，累得你這個樣兒？」包定六道：「便是那夥劫桃花坡的幾個強盜，上面催拿得緊，叫我怎地應付？」馮九道：「做公人的，真的也有做公人的難處。上面這等緊急，大叔便怎麼樣呢？」包定六道：「老九你是紅石村人，這幾個強盜，這幾

胭脂盜

天到哪裡去避風頭，你可曾聽見有甚麼風聲嗎？」馮九道：「我聽人家傳說，李翠娃同了兒子、媳婦、女兒，全家逃往太原去了。」包定六叫聲「啊喲」道：「這便怎麼好？」馮九道：「你要拿他母子，你除非也趕到太原去，但她們武藝高強，路又這麼遠，我看大叔還是收了這條心吧。」包定六道：「我與李家，沒什麼仇恨，只是縣太爺迫了我務要拿住幾個胭脂盜歸案，他好對上司交代。」馮九道：「除了李翠娃母子，其他的胭脂盜，捉一兩個，搪塞搪塞，可好的嗎？」包定六笑道：「要是有，也是好的。老九，你我是老兄弟，你幫我一次忙，我怎肯叫你白幫。」馮九道：「胭脂盜，在我袋裡，不過……」包定六道：「老九，你休要恁地，我們靠山吃山靠水吃水。」說時，摸出十兩一錠銀子，道：「這個，你先收了，去買碗酒吃，事成功了，再當重謝。」馮九大喜，收了銀子道：「大叔，我不客氣，只是有個計較。」包定六道：「什麼計較？」馮九道：「第一，這幾個胭脂盜，都是出色的本領，去拿她的人，要具天字第一號身手的好漢，方可出手。」包定六道：「有，有。第二件呢？」馮九道：「第二件，上門去拿她，防她們聞風先逃，必須要勾引得她自己上鉤，方始萬無一失。古人說的，飛蛾撲火，自焚其身，叫她們做一雙飛蛾，自己飛來送死。」包定六道：「你話雖說的是，卻是怎樣的好叫她們自來送死呢？」馮九笑了笑，附在包定六耳上，說了錦囊妙計，喜得包定六直跳起來道：「老九，虧你想得出這條妙計，我就照你的辦，你便與我快去。」

　　馮九立起身辭了包定六，出了茶店，飛也似地回到紅石村家中，換了一身衣，便到鬧蛾兒家中。鬧蛾兒接著道：「哥，哪陣風吹得來了。」馮九道：「我有一件好買賣，送妳去幹。」鬧蛾兒道：「什麼買賣？」馮九道：「還有什麼買賣呢，便是鏢字兒。妳先約好幾個幫手，等她們來時，我來通知妳。」鬧蛾兒道：「還有幾天？」馮九道：「至多十頭八天，我打探得他們已經在動身了。」鬧蛾兒道：「打哪條路上來？」馮九道：「這且到那時再通知妳。」鬧蛾兒道：「好，我便約人去。」馮九辭了鬧蛾兒去

後，接著，便是飛飛兒到來，哭訴鬧蛾兒。第二天，便是鬧蛾兒約飛飛兒合夥的話。

　　原來馮九慣與鬧蛾兒做跑腿，從中分點太平銀子。有一次，是馮九的客戶，跑給鬧蛾兒，不料鬧蛾兒，卻遲一步，撲了個空，空手回來。馮九心疑鬧蛾兒起黑心，獨吞財物，口中雖是不露聲色，心裡早已懷著不快。所以他見了包定六，就獻這條惡計，他所說的飛蛾撲火，便是暗指鬧蛾兒。包定六回轉家去，尋思這個好漢，想了半夜，想起一個人來，除非去請他，方可拿得住胭脂盜。只是一件，這好漢可惜天性好色，見了美貌的女子，他便骨軟筋酥色星高照。我聞胭脂盜全是花容玉貌的年輕姑娘，他一見動心，萬一誤了公事，怎麼好？且再想想別人。想來想去，只有他有這能耐，除了他只有老譚和柳熊，而老譚和柳熊因在李家失了面子，再也不肯來了。包定六想到這裡，抱定主意去請這個好漢。

　　這好漢姓呂，單名一個芳字，諢名「花花豹」。生得堂堂儀表，一身武藝，不論馬上步下，長槍短刀，揮拳飛腿，軟功硬功，莫不高人一等，橫行太行山，名震山西省。只是他做了幾件大案，錢也有了，洗手不幹沒本錢勾當，帶一個徒弟，隱居在平陽縣的楊柳村裡。他深恨自己是個武人，胸無點墨，趁年齡還輕，重新讀起書來，可憐他一本三字經，還只讀熟了半本，卻覺得其味無窮。他更孜孜不倦地嗜書若命，終日裡閉戶焚香，讀書養性。包定六是他的表兄弟，平陽縣的房子就是包定六代他買的，兩表兄弟感情很好。上一次捉拿李翠娃，他曉得這位表弟近來厭棄武事，潛心文學，所以不曾驚動他，轉去請了譚柳二人。

　　這一天，包定六走到楊柳村呂芳的門外，瞥見呂芳的徒弟林中兒，正在打掃門外的殘枝落葉。包定六叫道：「好孩子，你師父在家嗎？」林中兒抬頭一看，道：「師伯，俺師父正在讀書哩。」包定六點點頭道：「你休要忙，我自會進去。」說時，走進大門，直向裡走，果然聽得呂芳讀書聲：「人之初，性本善。性相近，習相遠。苟不教，性乃遷。」包定六

立定了身，聽他念到這句，忽聽呂芳拍著桌子道：「不錯，真不錯，人難道一出世，便歡喜做強盜的嗎？終怪不受教育，漸漸地走到邪路上去，把這個本來的善性兒，變做了惡性兒。要是俺早讀了書，早已改為好人了。」包定六不覺哈哈大笑。呂芳聽得笑聲立起身道：「是誰笑俺？」一抬頭，已見包定六立在面前。定六道：「賢弟，你真用功，我見了你，真覺歡喜不迭。」呂芳道：「原來是大哥。好幾天不來了，忙得怎麼樣？」包定六道：「這幾天，忙得我離不開身。」呂芳道：「你既然離不開身，你怎的又到了這楊柳村來？」包定六道：「今天這個楊柳村，已變了名色了。」呂芳道：「變了什麼名色？」包定六道：「變了南陽的臥龍崗。」呂芳道：「這是什麼話？」包定六道：「非但平陽的楊柳村，變了南陽的臥龍崗，便是你我兩表兄弟，也各高升了幾級。」呂芳道：「你我高升點什麼？」包定六道：「我今天變了一個劉皇叔，你今天好比一個諸葛亮，豈非高升了幾級？」呂芳道：「大哥你瘋了，怎的在青天白日裡，說這夢話？」包定六道：「我身為平陽縣捕役頭目，不能為上司捕盜捉賊，真個有愧職守。今天特地齋戒沐浴，上楊柳村請花花豹，丟卻《三字經》，拿起大環刀，跟我去，幫忙捉幾個賊人。」呂芳道：「俺是強盜出身，卻叫俺去捉強盜？江湖上義氣第一，吃人笑罵的事，俺不幹。」包定六道：「我恐怕你不肯去幹，所以先升你幾級。讀《三字經》的小學生，抬舉你做到諸葛亮，你還不滿足嗎？」呂芳笑道：「你既然當俺是諸葛亮，你至少要請俺三次。這第一次來請俺，俺豈肯輕易出山？」包定六道：「好兄弟，我是看得起你，比你一個諸葛亮，你休要恁地做作。不瞞賢弟說，我為了這幾個強盜，吃縣太爺催迫住了，真是度日如年！賢弟做做好事，幫我一次忙兒吧！」呂芳道：「你真的叫俺去捉強盜？」包定六道：「急死人的事，難道來尋你開心！」呂芳道：「兄長，請你去請別人，兄弟絕不做這勾當。」

　　包定六見呂芳回得決絕，不覺靈機一動，計上心來，道：「賢弟，你也不問一問是什麼強盜，直回答的這等決絕？唉！這一番好心，卻是白用了。」呂芳道：「這又是什麼話？」包定六道：「想我舅父只生你一個兒子，你到這等年齡，還不娶房妻小？我這次名為請你去捉強盜，其實是，挑你去搶一個如花如玉千嬌百媚的好老婆，使我也對得起我的舅父。唉！你既然不肯去，我只好去請別人了，賢弟再會。」說著轉身欲去，急得呂芳一把拖住了包定六道：「兄長慢走，有話好談。」包定六道：「你不肯去，還談什麼？」呂芳道：「好兄長，你說得明白一點，俺便去幹。」包定六道：「你曉得這平陽縣裡出了幾個胭脂盜嗎？」呂芳道：「俺初到這裡，耳中雖然聽人說起，卻是不十分仔細。這胭脂盜究竟是什麼人？」包定六道：「這胭脂盜，全是天仙化人的美人兒，只是武藝出眾，捉拿她真不容易。我今天雖然來請你出馬，還恐怕你的本領敵不過她，使你一世威名，顛倒價跌翻在幾個小姑娘手裡，我卻對你不起。兄弟，你索性讓我去請別人吧。」說著，這包定六像是又要走了。呂芳忙把包定六一拖道：「兄長你忙什麼？俺給你看一件兵器。」說時向壁上摘下一口大環刀來，全身用紅綢包著，只露出了柄兒。呂芳把紅綢解了開來，把刀一揚道：「兄長你看。」包定六接刀看時，只見是柄水磨精鋼厚背薄刃四巧八環殺人不留血的寶刀，全身磨得雪亮，連得人面毛髮都照得出來，不由得失聲叫好。呂芳道：「憑俺這口寶刀，休說幾個小姑娘兒，到手可以拿來，便是哪吒三太子出世，俺也要和他拚個三百回合。」包定六大喜道：「賢弟，你休要誇口，我看你的。」呂芳道：「幾時去拿？」包定六道：「請你扮作鏢客，待我預備幾車假貨物派幾個捕役，跟你同去殺虎嶺等候。我再差朋友，去騙她們來搶你的鏢，這時你可振起精神，捉拿嬌娘好了。」呂芳大喜道：「好兄長你快去端整，俺在家候你回信。」包定六辭了呂芳，如飛便去。找著了馮九，約好了日期，叫馮九送信給鬧蛾兒到殺虎嶺去搶鏢銀。

胭脂盜

　　鬧蛾兒的父母，原是著名大盜，只生了鬧蛾兒一個，把一身武藝傳授了她。父母二人去世多年，鬧蛾兒孤零零一個人，仗著一身本領，專做沒本錢買賣。做著買賣便把銀錢散沙也似地救濟貧困，隨處化用。物以類聚，前二年，她便來這平陽縣落花村，借了房子，作了安身，加入了胭脂盜。她和朱紅英、飛飛兒很說得來，往往合夥兒去搶劫財物。自從馮九送信以後，她便眼巴巴地，等馮九的確信。忽一天，馮九來了，鬧蛾兒大喜，忙道：「九哥，那活兒來了麼？」馮九道：「來了，約明天經過殺虎嶺，妳約好了人沒有？快往殺虎嶺那邊去等候。休要同上次一樣，再撲一個空兒。」鬧蛾兒道：「是誰保的鏢？」馮九道：「是一個無名小卒，喚做什麼花花豹呂芳。」鬧蛾兒吃了一驚道：「啊喲，這個鏢，搶不得。這花花豹，我聽說十分了得。」馮九「噗哧」一笑道：「我騙騙妳，妳便慌了。這個花花豹，不是那個花花豹。那個花花豹，幾時給人家保過鏢的？老實說，憑妳這副身手，便是遇了真的，妳也不會輸在他的手裡。妳怎的這等膽小？吃人家知道了，非但給人笑話，便是胭脂盜三個字的大名兒，也給妳坍盡了，真是笑話！妳既然這等沒用，我便約別人去。」說著，回頭就跑。鬧蛾兒一把拖住了道：「你去約哪個？我已約好人了。我說說笑話，你道我當真怕那個花花豹？越是厲害的朋友，我越是要會會他。你便與我快到迎賓旅館，叫飛飛兒帶了武器，速來會我。我們便在今夜動身，上殺虎嶺去。」馮九大喜，如飛出門，往迎賓旅館去了。

　　鬧蛾兒等馮九走後，暗暗道地：「不好，這花花豹，天字第一號，橫行山西省也不曾有過敵手。我如跌翻在他的手裡，此後怎能做人。聽馮九的口氣，準是呂芳，絕不是假的。我要是不去，又吃馮九笑我沒用，看來只得去走一遭。」想到這裡，她就拿起寶劍，掂掂分量道：「這傢伙欠重，還是換一柄父親慣用的大王刀吧。」她便把寶劍掛了，尋出那柄大王刀來。看了看，覺得刀鋒有些鏽了，她便將出磨刀石，又將一大碗

水把刀用力地磨，直磨了一個時辰，把那口大王刀磨得鋒利無比。又去揀了十枝好鏢，放在一隻錦繡鏢囊裡面。再換一身緊小俐落的衣褲，揀一雙薄底輕快的跑山弓鞋，也換在腳上。一切整備停當，吃過了夜飯，只等飛飛兒到來。

飛飛兒一天到晚服侍秦家媽的鏢傷，卻幸秦家媽一天天的好了起來，只是還須好好地調養。飛飛兒稍覺閒空，便記起鬧蛾兒所約的事，恨不得立刻就去，卻是左等也不來，右等也不來，等得她把心也冷了。這一天，飛飛兒正在門口散步，忽見馮九到來，向飛飛兒使了一個眼色。飛飛兒上去，馮九悄悄地道：「鬧蛾兒約妳的事，今夜就要去幹，請妳結束好了，快去落花村會她，休要誤事！」說著回頭便去。

飛飛兒大喜，候到黃昏，悄悄地端整了寶劍鏢囊，緊一緊身上衣服，換雙夜行弓鞋，覷得店夥不見，便鑽出後門飛一般跑到落花村，時已二更天氣。鬧蛾兒接著大喜。飛飛兒道：「姐姐我們往哪裡去？」鬧蛾兒道：「妹妹，我們往殺虎嶺去。」飛飛兒叫聲「啊喲」：「我這一雙繡鞋，卻跑不來山路。」說時，伸出了左腳，給鬧蛾兒看了看。鬧蛾兒道：「妳的腳比我怎麼樣？」飛飛兒伸了腳，並著鬧蛾兒的腳比了比，卻是一樣的窄窄三寸，瘦不盈握。鬧蛾兒大喜，忙去撿出一雙跑山鞋，叫飛飛兒接了，鬧蛾兒又去收拾了一包茶食、幾隻蜜橘兒，藏在鏢囊裡，背起鏢囊，提了刀，「噗」一口把燈吹滅了，同飛飛兒走出門外，把門上了鎖，二人廝並著走將去，已是快近三更了。時正深秋，一輪明月，照澈大地，蟲聲唧唧，風鳴蕭蕭，兩個美人兒撲奔殺虎嶺而來。自落花村到殺虎嶺，足有四十里路，飛飛兒身輕如燕，鬧蛾兒腳步如飛，四十里路，行起來不到一個時辰，早已到了殺虎嶺。

那殺虎嶺，兩山合抱，離開桃花坡，約有七八里，也是通行太原的要道。山腳下有只山神廟，廟內供著虎神，廟門口便是山腳路。沿山朝

西，曲曲折折的，便是上山的路。那山上，萬木參天，鬱鬱蔥蔥，斜照著一輪明月，映得滿山風景如畫。鬧蛾兒飛飛兒兩人對此好景，不由心花怒放。兩人廝趕著跑山路耍子，直遊到月落西山，方始回到山神廟裡，養息精神。似睡非睡地到天亮，聽得山上百鳥齊鳴，二人精神為之一振，分吃了茶食，又吃了兩只蜜橘，端整了兵器，探頭探腦地，在廟門口張望，只等鏢車到來。好容易等到巳牌時分，果見西邊山腳下，轉出三輛車兒，車上插著黃色繡旗。鬧蛾兒眼快，果見旗上寫著「花花豹」三字，忙把飛飛兒一拉道：「妹妹，那活兒來了。這是個勁敵，妹妹千萬休要大意。」飛飛兒點點頭，二人托地跳出廟門，又見那車兒後面，跟著十幾個大漢，手中執著雪亮的兵器，吆吆喝喝地過來，眨眨眼將近廟門口。好個鬧蛾兒，把胸口一拍，一個箭步躍前一步，嬌聲喝道：「哪一個是花花豹，快滾出來，見見你的祖姑太太。」

這呂芳雜在人群裡，自上了殺虎嶺，便目不旁眨地留心胭脂盜。轉出西山腳下，便遠遠地看見兩個女子，玉立亭亭地立在廟門口，由不得心中暗喜。這時將近廟門，果然鬧蛾兒開起口來。他不慌不忙，叫車兒停了，再細細地一打量時，喜得他心花怒放，果然是個美貌女子，不由跳將出來，直上直下地看鬧蛾兒，看得鬧蛾兒飛紅了臉罵道：「你可是花花豹？識相的快把車兒留下，乖乖地奔了回去。你口中要是迸出半個不字，哼哼，叫你看你祖姑太太的手段。」呂芳哈哈大笑道：「好個祖姑太太，只配做俺的小老婆。來來來，俺們不打不成相識，俺叫妳認得俺的寶刀。」說著，呂芳一口刀剛剛挺起，鬧蛾兒的大王刀飛到面前。那時呂芳只一刀，隔開了鬧蛾兒的大王刀，飛飛兒的寶劍，早又刺了過來。呂芳見了飛飛兒，果然又是一個美人，不覺心中喜上加喜，展開了那柄大環刀，敵住了一刀一劍。鬧蛾兒早聞大名，怎敢怠慢，把口大王刀施展得出神入化，一刀一刀，只向呂芳飛去。飛飛兒見鬧蛾兒這等出力，她也施出渾身本

領，把口寶劍，霍霍地鑽刺呂芳。呂芳萬不料小小女子施出這等本領，他權把色星喝走，提足精神，對付二人。你看他把那柄大環刀施展開來，直如游龍戲水，猛虎離山，左揮右擺，神定氣閒，盡敵得住兩般兵器。三個人攢作一團，奮勇廝殺，刀光劍影，好如白銀飛舞，閃電盤旋。眾捕役眼也看花了。看看鬥到百合上下，兀自不分勝負。

鬧蛾兒同飛飛兒用盡了吃奶的氣力，也休想占得半點便宜。這呂芳卻是廝殺奮勇，精神倍長，挺著那口大環刀，恰如宜僚弄丸，得心應手。三人又鬥了四十多合，直殺得鬧蛾兒飛飛兒兩人，香汗盈盈，手軟足疲。飛飛兒其實吃不住了，殺聲叢中，急忙抽出劍，跳出圈子，飛跑了去。鬧蛾兒心中一慌，一低頭，避脫了呂芳刀鋒，往西邊腳下逃了去。呂芳大喝一聲，隨後追去。鬧蛾兒咬一咬牙，從鏢囊裡一連拿出三枝金鏢，一揚手，颼颼颼地接連著向呂芳身上飛來。好得呂芳的大環刀，把三枝金鏢接連撥落在山腳下面，一伸手取出十枝弩箭，叫一聲：「祖姑太太，看法寶！」飛蝗般射將去，嚇得鬧蛾兒魂不附體，急把身體睡下。任妳鬧蛾兒身手活潑，在左腿上早已中了兩箭。十幾個捕役一齊上，把鬧蛾兒按住，用繩捆住。呂芳回頭尋飛飛兒時，已被她逃得不知去向。當時包定六大喜，豎起大拇指道：「賢弟，你真有本領。」

第十章
殺虎林力擒胭脂盜　黑柳林巧遇紅鬍子

　　鬧蛾兒被捕役繩捆索綁，左腿上兀自帶著弩箭，痛入心肺，咬緊牙關，閉了兩目，只不作聲。呂芳忙向弩袋裡取一包止血定痛藥粉，走上去，蹲下了身，捲起鬧蛾兒的褲腳管，露出雪白也似的一雙玉腿，流著鮮紅的血，益發襯出鮮豔奪目。呂芳輕輕地拔出了兩枝弩箭，把那藥粉敷了上去，隨手撫摩了幾下，一霎時血止了，鬧蛾兒覺得痛也止了許多。呂芳把這枝弩箭，拭去了血跡，藏在箭袋裡，把鬧蛾兒抱了起來，抱進預備好了的空車裡面。包定六吩咐下來，眾捕役一聲吆喝，簇擁著押了鬧蛾兒，紛紛下了山坡，齊往平陽縣進發。曲曲折折地行了六七里路，便見一帶松林，穿過了這松林，便是進平陽縣城的大道。眾人剛剛行近松林，忽聽得「颼」一聲，一枝鏢飛了出來，恰好打著第一輛空車。眾人大驚，齊停了腳步，呂芳挺了大環刀，向松林裡望時，遠遠地是一個女子，藏在松樹下面。呂芳一個箭步，跑進林去，大喝一聲，舞刀而前，嚇得那女子沒命奔逃，可是腳步真快，如飛一般，眨眨眼，已不知去向。呂芳見那女子，便是交戰逃走的一個，見她逃得不知去向，只得罷了，招呼眾人，穿林而去。

　　原來飛飛兒雖然逃了性命，卻是記掛鬧蛾兒，怎肯輕易回家。她逃下了山坡，遠遠地見鬧蛾兒中箭被捕，急得她幾乎哭了出來，又不敢上前去營救。呆呆地望著眾人一齊下山而來，她又拔腳飛逃，逃入松林裡面，息一息力。不一刻，已聽得人聲嘈雜，那批冤家，已紛紛地行到松林外面。她忙抽出一枝金鏢，暗暗地祝告道：「鏢兒有眼，打著那個花花豹，救出我的蛾姐來，回去買豬頭肉祭你。」她右手拿了鏢，覷得呂芳較切，一鏢打將去，偏偏鏢兒沒眼，打不著呂芳，卻打著了不知痛癢的車子，倒引得呂芳追了進來，嚇得她飛也似地逃回家去。經過落花村，

走到鬧蛾兒家門口，把鎖扭斷，將身飄入內室，把門關了，一個人如痴如醉，呆呆地想了半天，把個身都沒有安處，坐也不是，立也不是，只是團團地轉。看看天，已是暗了下來，飛飛兒嘆口氣，方知那口寶劍，還拿在手裡。把劍放在桌上，解下了鏢囊，走到廚房裡，尋得了火種油燈，把燈點得亮了，覺著肚皮裡咕咕地響，曉得肚皮餓了。忙把鍋蓋揭起一看，卻喜鍋子裡還有小半鍋子的白飯，隨把蓋兒蓋上，轉到灶下，拿起了柴，點著了火，塞進鍋洞裡去。一霎時把飯燒得火熱，又把小菜櫥裡一搜，卻見一盤牛肉兒，一尾魚，一碗菜，她全數拿了出來，安在桌上，盛了一碗飯，拿雙筷，端過一隻凳子，一個人坐了吃飯。肚裡十分餓，吃起飯來，特別有味，吃了一碗又一碗，共吃了四五碗方始吃飽，那三碗小菜，也給她吃去十分之七。自己也不覺笑了起來，暗道：「怎的今天吃得這等粗腔！給人曉得了，真要笑痛牙兒，說這個人準是丐兒出身，一生一世不曾吃過魚肉，見了好菜飯就這等會吃！」自己想想，真也可笑。

　　她吃好了飯，拿了燈兒，走出廚房，尋鬧蛾兒的睡室。經過客堂，轉入西房，便見西房後面，就是鬧蛾兒的閨房，只見房門開著，放下了一張斑竹簾兒。飛飛兒走將去，掀起竹簾，步入房內，早聞得一股奇香，撲入鼻孔。見房內安著一張精精緻致的炕床，外面圍著飾帷。炕前一雙四仙桌，桌上安著一盆菊花。桌對面是一口衣櫥，櫥上兩口箱兒。櫥前安著一隻春凳，桌旁兩把椅子。炕床面對紙窗，窗下安著一張梳妝臺，梳妝臺上排著鏡箱、花粉盒、胭脂碟、香油瓶、刨花缸、牙籤兒、肥皂碗、小茶壺、茶杯兒、野花兒、紙衣兒、蜜糖兒、香水兒，以及玩具兒等，密麻也似的排著，看得飛飛兒眼也花了。正在看哩，覺得窗上一亮，飛飛兒推開了紙窗兒，只見窗外是方小小的菜園，種著幾枝楊柳，風兒吹動柳葉兒，搖擺得裊裊生姿，襯著剛掛上柳梢的一輪明月，益顯得那柳兒青青可愛。

　　飛飛兒見了明月，才知道已近二更天氣了。今天夜裡索性不回去了，且在蛾姐姐的床上，睡一夜再說。隨手把窗門關好了。開了鏡箱，照了照鏡子，拿一方手帕把青絲包了，轉身走到炕沿，揭起了繡帷，但見炕上鋪著雪也似白的一條被單，橫上一條火紅繡花錦緞的薄棉被兒，襯著一對繡花鴛鴦枕，由枕上飛出一縷縷的粉花香味。飛飛兒暗暗地想道：「可憐一個花也似的美人兒，吃人家拿去了。今夜我不來此，卻不辜負了這對香枕兒？」飛飛兒脫了衣履，軟綿綿地睡到炕上去，把個身子鑽入錦被，覺得適意非凡。跑了一夜，戰了半天，顯得疲倦，且閉上目睡一覺。哪知思潮起伏，卻怎地睡得熟？心裡念著鬧蛾兒，尋思：今天的鏢客，真也作怪，這等好的武藝，休說是我和鬧蛾兒，就是我媽的竹節鞭也是戰他不過，氣力大，腿勁足，身手活潑，刀又好，解數施出來，更是出神入化，令人捉摸不定，端的是個好漢。鬧蛾兒跌在他的手裡，就是死也瞑目，只是他不把蛾姐當場殺死，卻把她帶了去，不知是什麼意思。飛飛兒想到這裡，定了心，忖了又忖，忽道地：「啊喲，不好，怎的車子上沒有貨物？把蛾姐兒裝到車裡去，車子上沒有貨物，他保的是什麼鏢？是了，這好漢不是鏢客，像是官家喬裝了的，多分把蛾姐兒解到平陽縣去，怕不是把蛾姐兒判一個殺頭之罪！」飛飛兒想到這裡，不由心驚肉跳，再也睡不著了。霍地坐了起來道：「怎好怎好！難道見死不救，由她死在縣裡！這裡到平陽縣城，約有五十里路程。由殺虎嶺動身，要多上三十幾里，八十幾里路，大約她們在黃昏時候，可以進城。這是盜案，算縣太爺今天當夜提審，明天行文書，等回文轉，綁出法場斬首，至多還可活得十頭八天。我與她結識一場，怎可視而不救！我決待明天混進城去，等個機會，隨機應變，務必救她出來。得能如願以償，我也不回來了，和蛾姐二人，遠走高飛，別尋生路。我的媽迫我為娼，害我把清白的身子玷汙了，想起了時，氣滿胸膛，還講什麼撫養

之恩！好，朋友重義氣，就是龍潭虎穴，我也要去闖他一闖。」飛飛兒打定主意，頓時神定心安，重新鑽入錦被，瞬息步入睡鄉。

一覺醒來已是日滿紙窗，起了床，往灶下燒了洗臉水，梳洗好了，去了包髮的手帕，照了照鏡子。日光照得房中雪亮，便是自己前天換下的一雙弓鞋，擺在春凳上面，飛飛兒見了大喜，急忙脫下了跑山鞋，換上了那雙弓鞋。又見菊花盆背後，安著兩盆茶食，一盆是雞蛋糕，一盆是月餅兒。飛飛兒最歡喜吃雞蛋糕，一見了面，說也奇怪，這個肚子，忽又覺得餓了起來。她也不客氣了，一伸玉指，抓了來就吃，吃得味兒好，再來一隻兒蛋糕，吃了兩塊蛋糕，這肚子方始太平。她又想了一息，爬到春凳上去，把廚上的箱子托了下來。打開了鎖，開了蓋兒看時，只見箱內放著紅頭髮、紅鬍子、假面具、假男腳、武生巾、武生衣、剌刀、金鏢、彈弓、朴刀、雙刀、寶劍。飛飛兒看得呆了，尋思鬧蛾兒藏這許多東西做什麼？想了想，又忽地悟了過來，嗄，原來她用許多東西，扮了男強盜去嚇人的。飛飛兒蓋好了箱子仍把來鎖了，只一腳，又跨上了春凳，又把櫥上的第二隻箱兒托了下來。照樣打開看時，卻換了花樣，但見箱內安著幾身老太婆衣服，幾件告化婆衫褲，幾身買解女衣，女衣內裹著繩索、鐵撐、飛抓、流星，在箱底裡，卻安著一個花鼓兒，一支花鼓打。飛飛兒不覺伸出舌頭道：「好個胭脂盜，竟是一個老江湖，吃他三十六行，行行都學會了。」飛飛兒又想了想，把個花鼓和花鼓打拿了出來，仍把箱兒關鎖好了。把兩隻箱子依舊排在衣櫥上面，跳下了春凳，拿起花鼓，把手指彈了幾下，那花鼓「咚咚」地響了幾聲。飛飛兒靈心一動：且扮一個打花鼓兒的，混進平陽城去看我蛾姐！看辰光還早，不如就此動身。她就背了花鼓，拿了鼓打，興沖沖地走出房去，走了幾步，叫聲「啊喲」道：「身邊不帶銀子，怎好走得！」她一時呆住了，立了好一息，重又回進房裡，東摸摸，西看看，被她在房桌

抽屜內，尋出一包散碎銀子，約莫有八九兩。飛飛兒大喜，把來揣在懷內，出了房，走出大門，轉身把門鎖好了，一口氣奔往平陽縣去。

花花豹呂芳和包定六二人，領了十幾名平陽縣的捕役，推著車輛，押著鬧蛾兒，齊回縣城。看看黃昏左右，已近平陽縣城，呂芳要回家去，向著包定六道：「兄長，小弟回去了，請你明天到俺家裡來談天。」包定六道：「賢弟，且進城去，喝一杯酒，晚上陪你見太爺，討個賞兒，就在我家過夜。」呂芳笑道：「誰稀罕這幾個賞。你千萬休要提起兄弟兩字，這件小功勞兒，就讓兄長和眾位兄弟分受著。小弟是逢場作戲，值得什麼，兄長，各位仁兄，再會了。」說著，轉身便去。眾捕役見呂芳走了，齊向包定六道：「這英雄真個了得，又生得這等豪爽，真也難得。」包定六道：「他是我的表兄弟，一身能耐。在這平陽縣裡，只有我知道他，他天生是這爽快性兒。」

眾人談談說說，已進了平陽城，恰好天也暗了。眾人把鬧蛾兒押到簽押房裡。包定六進去，報告了師爺；師爺進去報告了縣太爺，喜得縣太爺立刻吩咐把強盜帶進後花廳，親自審問。師爺一聲吩咐，忙壞了合衙的胥吏、衙役、三班、六房，朗朗的鐵鏈聲，拍拍的竹板聲，落落的夾棍聲，噹噹的單刀聲，響得一天星鬥。自簽押房裡起，一路點起明燈，接連點到後花廳，照得合衙明如白晝。

縣太爺由內室裡踱到後花廳，後面跟了師爺、書記。縣太爺高高地坐了，在公案上拍一記驚堂木道：「帶強盜。」下面一聲吆喝，便見幾個捕役押了鬧蛾兒，一步一步地挨了上來，把兩隻手用銬銬了，繩索已經解去。鬧蛾兒低了頭立在公案下面，下面唱一聲：「強盜到！」縣太爺抬頭一看，像是一個女子。原來師爺的報告，但說捉著了劫桃花坡一案的一個強盜，不曾說明是一個女強盜。縣太爺仔細一看，果然是個女子，不覺心中大怒，拍案罵道：「叫你們去捉殺人不眨眼的強盜，這拿一個

小女子來做什麼？」包定六走上一步，作個揖道：「太爺，這便是住在落花村裡的胭脂盜，名字喚作鬧蛾兒，她與插翅虎李德山同黨，桃花坡一案，請太爺問她，便知端的。」縣太爺不信道：「怎地女人會做強盜？」包定六道：「為了女人做強盜，所以喚作胭脂盜。太爺但拷問她，她自會招供出來！」縣太爺大怒道：「這還了得，連得女人家也做起強盜來了，我太爺還好坐這平陽縣嗎！」說時，把驚堂木一拍道：「與我出力地打，打死了她，我再來問她口供。」堂下眾衙役吆喝一聲，就要動手，來揪鬧蛾兒。鬧蛾兒哈哈大笑，抬起了頭，向著縣太爺道：「太爺何必動怒。拿也拿來了，殺也由你，剮也由你，生也由你，死也由你。我是胭脂盜，名叫鬧蛾兒，桃花坡搶鏢銀，打死雙刀將艾霸的，便是我。我便是殺了一百個人，也只有這條命，太爺，辦個把女強盜，何必這等動怒呢！」縣太爺見鬧蛾兒抬起頭來，不覺眼前一亮，細細一打量，只見她生得柳眉星眸，貌豔如花，開起口來，好似黃鶯出谷，嬌啼婉轉。縣太爺眼中看著一朵奇花，耳中聽到一種妙音，直撩得他三魂渺渺，七魄悠悠，幾乎要跌落公座。眾衙役正要打鬧蛾兒，縣太爺忙搖手道：「且饒她一頓。牽下去囚了，好好地看顧她。休要叫她餓了，解到上面去不好看。」說完話，退堂便去。眾衙役把鬧蛾兒關到一間女牢房裡，真是銅牆鐵壁，便是插翅也難飛了出去。縣太爺同師爺一商量，當夜做了一個公文，第二天，差了人，騎了一匹八百里快馬，投文到府裡去，只等回文下來，便要處決鬧蛾兒，一面賞了包定六和眾捕役。

呂芳回到家裡，林中兒正在吃夜飯，見師父來了，忙立起身，給呂芳接了刀去，用紅綢包好，掛在壁上。呂芳解了箭袋，叫林中兒取一盆洗臉水。洗過了面，林中兒已把酒菜擺設好了。呂芳一面飲酒，一面心中想：「這胭脂盜生得真美麗，俺跑過關東、關西、河南、河北，卻不曾遇見過這等女子。要是俺娶得了這個老婆，卻不是心滿意足，可惜是個強盜，野心難馴。」想到這裡，一團高興冷了一半。又飲了幾杯酒，忽地

拍著桌子道：「呂芳，你自己不也是一個強盜麼？自從聽見張先生一番教訓，才把個野心收了起來。俺不好把張先生一番話，轉勸這個胭脂盜，教她也改做一個好人，與俺一雙兩好，豈不是好！」他想到這裡，一顆心忽又熱了起來。他料得這個時候，那美人兒正在三拷六問，這身細皮白肉，看那般衙役，怎生打得下手。他想到這裡，這顆心忽又覺得怪肉痛的，且由她吃點苦，俺終須設法救她出來。

　　第二天，包定六來了，一見呂芳，拖了就走，說是請呂芳到城裡去喝酒。呂芳記念鬧蛾兒，也便情情願願地跟他去了，當下關照了林中兒，即與包定六二人，往平陽縣而來。進了城恰好午牌時分，包定六引呂芳走進一條大街，走進一座大酒店。酒保接著迎笑道：「包大叔，菜已預備好了，客人來否？」包定六道：「客人來了，你代安兩副杯箸，揀付好座頭。」酒保引二人進了內室，請二人坐地，先泡了一壺好茶，接著便把雞魚、鮮肉各菜端了上來，排了半桌子，把酒斟了道：「大叔，還要什麼，只管吩咐。」包定六道：「你且退去，有事我會叫你。」酒保出去了。呂芳道：「兄長，怎的燒了這許多菜？」包定六道：「便是費了賢弟的心，幫我拿住了那個胭脂盜，縣太爺賞我銀子，我怎不拿來請你。」呂芳道：「自己兄弟，客氣什麼？這胭脂盜，她叫什麼名字？俺昨天卻是不曾問她一聲。」包定六道：「她叫鬧蛾兒，就住在本縣東鄉的落花村。據她的口供，真個同李德山一黨。她還說，桃花坡一案，也是她做的，雙刀將艾霸也是她打死的。」呂芳道：「縣太爺，可曾拷打她？」包定六道：「可笑太爺，糊塗透頂，見了她，前言不搭後語，一息兒叫衙役們道：『與我出力地打死她，我再來問她口供。』試問人已經打死了，還好問她的口供麼？」呂芳聽了，哈哈大笑道：「以後呢？」包定六道：「以後，衙役們正要動手打人，我們的糊塗太爺，卻又叫不要打了。臨退堂時候，又說，『好好地看顧好，休要叫她餓了，解到上面去不好看。』你看可笑

不可笑？」呂芳道：「真是一位風流太爺，卻怎地惜玉憐香。但不知何日起解？」包定六道：「快的，等文書回轉，約四天之後。」呂芳道：「解到哪裡去？」包定六道：「解到京城去。」呂芳道：「為什麼一個小小強盜，又不搶皇糧，解到京城去做什麼？」包定六道：「你不知桃花坡一案的失主，是京城裡的大來頭，所以非解往京城不可。」呂芳道：「由哪條路上去？不怕中途遭打劫嗎？」包定六道：「出東門，由官道上去。人關在囚車裡，差幾個好漢，押了去。」呂芳道：「你去嗎？」包定六道：「我不去。聞太爺又請了老譚和柳熊二人押解去，這二人也是我的朋友，上次捉拿李德山的，便是他二人。」呂芳道：「老譚和柳熊，能耐好嗎？」包定六道：「十分了得，卻是不及你的身手。」兩弟兄說得高興，把酒一杯一杯地灌下肚去。

卻不料，急壞了隔壁房間裡一個客人。那客人一邊吃飯，一邊側著耳朵，聽呂芳兩人講話，一句一句，打進他的心田裡去；聽到後來，不敢再吃飯了，立起了身，向板縫裡張了過去。果見一個冤家對頭花花豹，與一個捕役對坐飲酒，直嚇得他魂不附體，忙立起身，走出房間，付了飯錢，出了店門，心慌意亂地把個花鼓也丟在飯店裡，急急地出了城門，飛逃回去。諸君，這便是飛飛兒。她扮了個打花鼓的，混進了平陽城，路又不熟，東闖闖，西闖闖，闖到中午，肚裡餓了，便走進那座大飯店去吃飯。恐被人打了眼去，便揀了一間內室，坐了下來。點了兩隻菜，也喝了兩杯酒，剛吃過飯，便聽得隔壁有人談話，她側耳細聽，正在談論鬧蛾兒。從板縫中看是花花豹，真驚得玉容失色。她即回到落花村，驚魂甫定，走進鬧蛾兒家裡，方始覺得將花鼓兒丟了。她靜了靜心，且喜捕役和花花豹兩人說的話，句句聽在肚裡；又喜蛾姐不曾三拷六問，只是四天之後要解往京城去，卻是怎地救她？聽得押解的人，便是捉拿李家的好漢，生得十分了得，我一個人，萬萬敵不過的。事已急

到萬分，萬一解到京城，準是千刀萬剮，把個活生生的人，斬做十頭八塊，好不痛心。我不去救她，卻有誰去救她？只是我孤掌難鳴，怎處？怎處？飛飛兒急得搓手頓足，沒做道理。忽地想起朱紅英，和鬧蛾兒也十分要好，我不如拖了她去，做個幫手。只是她與我有了仇恨，叫我怎地見她？真也是個難事。飛飛兒千難萬難，難到結果，還是覺得只有請教朱紅英去，才是正理。以前之事，是她得罪我；我不責備她，她難道顛倒償還在氣我？主意打定，立即出門，把門鎖了，便投朱家村而去。

　　到了朱家，紅英接見，不覺臉兒一紅。飛飛兒忍不住道：「紅英姐姐，鬧蛾兒闖了禍了。」紅英聽了，吃了一驚道：「闖了什麼禍？」飛飛兒便將怎樣的劫鏢，怎樣地交戰，怎樣地被捕，怎樣怎樣地就要解往京城，詳詳細細地說了一遍。嚇得紅英花容失色道：「啊呀！這便怎地好？」飛飛兒道：「便是恁地，我特地跑了來，想和妳同去攔路劫人，把蛾姐劫了回來，也全了朋友義氣。」朱母耳朵真亮，飛飛兒說的話，她已聽入耳去，說道：「紅兒，怎的，鬧蛾兒出了事了？飛飛兒說得是，朋友義氣要緊，妳便同她去走一遭。」紅英道：「鬧蛾兒的事，和我自己的一般，我怎肯袖手旁觀。好，妹妹，我們幾時動身，往哪條路上去等候？」飛飛兒道：「聽說出東門，解到京城去。大約等過三天，我們就要趕去等候。」紅英道：「好，妳大後天來，我在家裡等妳。」飛飛兒大喜，辭了紅英便走。紅英送飛飛兒走後，朱母道：「飛飛兒去了嗎？」紅英道：「去了。」朱母道：「妳看，她一定和蛾姐一同去幹的，她所以曉得這等詳細。」紅英道：「她也說是鬧蛾兒約她同去的，不幸遇到一個什麼花花豹，兩個人敵一個，還吃他拿了去。」朱母道：「她倒不提起那夜秦家媽中鏢的事？」紅英道：「我伏在屋頂，她又不會看見我，怎曉得是我打的？」朱母道：「她又不是像我一樣的瞎子，會看不出是妳的鏢？她今天事急了，來求妳，她哪好提起這事？妳們年紀輕，為人終欠精明，處處

託大。」紅英諾諾連聲：「母親說得是。」朱母道：「妳這次同飛飛兒去得甚好，多少解脫點胸中芥蒂。只是秦家媽腿傷痊癒後，她一準要來報仇的。」紅英道：「等她來了再說。」

　　光陰真快，三四天工夫，眨眨眼便到。平陽縣果然接到上司回文，教把女盜速即解往京城去。縣太爺忙不迭地請譚飛虎、柳熊等吃了一桌酒，講了幾句好話，便教押解起行。譚柳二人，綽了兵器，帶了四個解差，背了公文行囊，拿了水火棍，押著囚車，出了東門，上了官道，一路向東走去。約行了三十餘里，卻是一座靈官殿。柳熊渴了，叫把囚車停下來，走進殿去，討了一碗茶吃，引得眾人也各吃了一碗。走過了靈官殿，便是一帶黑鬱鬱的柳林。老譚究竟是老江湖，向著柳熊道：「賢弟端整好了傢伙，這一帶林裡，當心有賊人。」柳熊便把李公拐挺了起來，吃吃喝喝地向前走。又行了一里多，果見柳林裡竄出兩個女子，手提寶劍攔住去路。只聽得嬌聲喝道：「曉事的，快留下囚車，饒你性命。」老譚哈哈大笑說：「好一個黃毛未褪的小姑娘，膽敢太歲頭上來動土，不要多說，吃俺一刀。」只一刀，向朱紅英兜頭劈去。朱紅英掄起寶劍，把金背刀一隔，趁勢一劍向老譚拂腰揮去。老譚一扭腰身，順勢又送一刀，紅英避開了。二人一交手，一刀一劍，鬥了起來。那邊柳熊揮著李公拐，敵住了飛飛兒那口寶劍，也在拚命狠鬥。四個解差，立住了身，護著車子，瞪著八隻眼，看四個人廝殺。四個人直戰了五六十合，不分勝負，鬧得老譚性起，把口金背刀緊一緊，忽地換了解數，揮揮霍霍地，好似天花亂墜，耀得紅英兩眼昏花，忙把劍抽出，拔腿飛逃。老譚喝一聲，隨後趕了上來。

　　紅英大驚，只跑了百多步路，猛聽得林子內大喝道：「這老兒，休要欺侮小女子，俺來也。」譚飛虎收住了腳步，抬頭看時，但見跳出一個好漢，紅髮紅顏，相貌古怪，手提寶刀，早向老譚一刀飛將來。老譚避

過了這一刀，急把寶刀一刀還去，兩個人搭上手，便見刀來刀去，上下飛翻，只見兩片刀光，盤旋如電，霍霍地戰個不已。飛飛兒正同柳熊狠鬥，忽見朱紅英戰敗，不由得心中一急，捨了柳熊，也跟逃上來。柳熊喝聲道：「哪裡走！」如飛地趕上，飛飛兒避不過，只得掄劍又戰。紅英瞧見飛飛兒戰柳熊不下，忙挺寶劍趕回來，雙戰柳熊。老譚和那個紅鬍子，已鬥到百合上下，不由得叫苦不分高低，漸漸有點敵不住了。老譚心中一急，便把一路花刀施了出來，好似萬條閃電在敵人眼前揮霍。誰知那個紅鬍子理也不理，把手中的寶刀撥開了花刀，只一刀背，「噗」一聲，把老譚打在地下，再也爬不起來。飛飛兒遠遠看見，心中大喜，不由得精神陡增，向紅英使個眼色，紅英也看見了，兩人立時使兩柄劍變了兩條神龍，齊向柳熊攢刺，嚇得柳熊如飛逃入林中。朱紅英和飛飛兒哪裡肯捨，也挺劍追入林去。

第十一章
鬧蛾兒傾心花花豹　朱紅英投奔楊柳村

　　鬧蛾兒關在囚車裡，屈作一團，行到柳林那邊，驀聽得叮叮噹噹的兵器聲，急在車洞裡張了出去，已見朱紅英與老譚動手，接著又見飛飛兒和柳熊力鬥，鬧蛾兒心中暗喜，只望兩人戰勝，便可脫離囚車。鬧蛾兒屈著身眼睜睜地看著，戰到深處，忽見朱紅英敗走，又見飛飛兒心慌意亂，看看也將敗將下來，又見老譚緊迫朱紅英，急得鬧蛾兒像黃豆般大的汗珠都流了出來。正在急哩，在柳林中忽地跳出一個紅鬍子，攔住老譚大戰，接著便見朱紅英奔了回來雙戰柳熊，又見老譚被紅鬍子一刀背打在地上，柳熊撇了兩人，逃入林去，兩人跟蹤追進。紅鬍子手提寶刀，如飛地奔將來，嚇得眾解差四散逃命，喜得鬧蛾兒把一身冷汗樂了回去，眼睜睜看紅鬍子趕走了解差，轉身便來打開囚車。鬧蛾兒非常納罕，且由他擺飾，閉了雙目，不吱一聲。誰知紅鬍子把鬧蛾兒一把抱起，背上肩頭，拔步就跑。

　　朱紅英和飛飛兒追入林中，已不見柳熊，二人轉身出林去劫車輛，只見那車子，已經橫倒在地，鬧蛾兒也不知去向。飛飛兒眼快，瞥見前面一個人，背上背著一個女子，正在飛跑。飛飛兒用手一指道：「姐姐！前面跑的不是紅鬍子背了蛾姐姐嗎？」紅英也看見了，二人把腳步一緊，射箭般追了上去。飛飛兒如燕子一般，款款地兩隻金蓮著地，一似蜻蜓點水，輕捷無比，眨眨眼追到紅鬍子後面，一伸手想把鬧蛾兒搶了來。豈知紅鬍子竟是一個人物，覺得背後有人，他便提起一雙飛毛腿，騰雲駕霧地向前飛去，快得和閃電一般。飛飛兒大驚，拚命地趕將去，只是趕不上。後面朱紅英也施展神行術，奔得香汗一身，兀自差得很遠。

　　三個人廝趕著，七轉八彎地，已奔了二十多里，奔得飛飛兒氣急呼呼，瞥見前面一帶山林，林間露出紅牆一角，紅鬍子背了人奔入山林

子，眼看他奔入紅牆裡去了。飛飛兒見了，不覺透了一口大氣，回頭看紅英也上來了，索性等著了紅英，兩個人奔入林去。一抬頭見是一隻土地廟，廟門開著，果見土地堂裡，坐著一個紅鬍子的土地公公，一個戴了手銬的土地婆婆。二人大喜，一齊走入廟內，大叫道：「姐姐！我們來了。」鬧蛾兒到了這時，方始睜開兩目道：「兩位妹妹，真個義膽包天，為我的事，帶累妳兩個人奔走辛苦，真的感激萬分。」紅鬍子哈哈大笑道：「妳只知感激兩位妹妹，卻忘了俺救妳出了囚車，並救了妳兩位妹妹。妳也不問一聲俺的尊姓大名，仙鄉何處？單是背了妳走這幾十里路，出了俺多少臭汗！妳卻是像啞子一般，不吱一聲，兀的不氣殺了俺。」鬧蛾兒到這時，真覺過意不去，立起了身作揖道：「請伯伯原諒，我在你背上，顛得昏頭昏腦，又且男女有別，一時間叫我怎能說得出口？敢問老伯，我和你面不相識，卻蒙你出力相救，真使我感激於心，又教我糊糊塗塗。不知你貴姓大名，請你詳細見教，待我報答洪恩。」紅鬍子聽了，不慌不忙地丟了刀，把手向頭上一抹，摘了假髮假鬚，現出本來面目，嚇得飛飛兒拔腳就跑，口中大叫：「姐姐快逃，是冤家呀！」呂芳早已一個箭步，跳在門口，把手一拂，笑道：「妹妹，休要怕俺，俺是來救妳的，怎肯害妳！直是妳們的親家，怎說是冤家呀？」說得飛飛兒滿面飛紅，無言可答。鬧蛾兒見是呂芳，弄得目瞪口呆，啼笑皆非。紅英走上去，把鬧蛾兒的手銬用力打了開來。鬧蛾兒對呂芳拜了下去，呂芳一把扶起道：「休要恁地，妳三人快跟我走，到我家去，商量一個辦法。」呂芳藏了假鬚髮，提了寶刀，向前引路，三姐妹只得跟了他走出了廟門，曲曲折折地又穿過了山林，便見是平陽大道。

　　約莫又走了二十里路，便見前面一帶楊柳，柳林裡面，又夾種著許多果木，中間露出一條小路。呂芳用手一指道：「這柳林裡面，便是舍下。」三人仔細看去，果見柳林內，露出一宅房子。三人跟呂芳走了進

去，走進大門，已見林中兒迎了出來。林中兒看見三個女子，心裡非常奇怪。呂芳道：「林中兒，有客來人，快去端整茶酒飯菜。」林中兒應聲去了。呂芳引三人走進書房，只見那書房布置得十分清雅，上面一張炕床，炕床上鋪著一床錦被；床面前擺著一口書櫥，櫥內盡是書本；櫥旁設著茶几椅子，中間一張小圓桌，桌上鋪著一方雪白的薄布，布上擺著一盆芙蓉花，桌沿安著四支圓凳兒；四扇碧紗窗，窗下便是書桌，桌上安著文房四寶，幾本書，一卷白紙，滿室的顯著書香氣兒。三個女強盜從出娘胎，不曾到秀才家去過。今天到了這裡，好似換了一個世界，把剛才血戰時的刀鋒劍影，忘得一乾二淨。只見呂芳掛了刀，飛飛兒和紅英也把雙劍掛了，又見呂芳把手一恭道：「請三位坐了好談。」三人也便沿了圓桌坐將下去。呂芳坐了主位道：「先要請教三位的高姓芳名？」三人依次報了姓名。鬧蛾兒立起了道：「我也要請教先生？」呂芳道：「俺姓呂，單名芳字。」飛飛兒道：「先生還有一個名字，不是喚作『花花豹』嗎？」呂芳道：「不錯，妳是在殺虎嶺鏢旗上看見的嗎？俺們已交過了手，一相打，便成相識。那天妳幸而逃得快，否則和這位蛾姐兒湊成一個雙兒，今天也屈妳在囚車裡坐一坐。」紅英笑道：「呂先生端的好武藝。我被那個老兒施一路花刀，迫得我兩目昏花，敗陣而逃。可是你見了花刀，反而殺敗老兒，這身本領，真教人佩服不已。」呂芳道：「練習武藝，第一要練眼光，要練得兩隻眼睛當午注視日光若無其事，方始不畏花刀。」紅英道：「怎樣地練習法呢？」呂芳道：「小姑娘家練了這個做什麼，難道妳一輩子做強盜，做到頭髮白？俺是個過來人，走過半天下，遇見了多少英雄好漢，可是他們的結果，不是陣上失風，死在刀下，便是被官軍捉去，身罹法網。俺便透底看破，做強盜決沒有好收成，因此俺便洗去盜心，隱在這裡，重新讀書。妳三人生得這等美麗，文文雅雅，真同大家閨秀一樣，卻負了『胭脂盜』三字的汙名，俺真個替妳們萬分可

惜。俺便是為了這個，前幾天拿了妳，今天又來救妳，希望妳們改過為人，重新做一個好女子，平平穩穩地過日子，卻不是好？」三人聽了，直感激得流下淚來。

　　說到這裡，林中兒把酒飯拿了出來，拿過了芙蓉花，把酒菜擺在圓桌上面。飛飛兒見是四小碟，四大碗，一盆湯，盡是魚肉雞蝦等可口菜兒。呂芳敬過了酒，請三人隨便喝吃，休要客氣。三人肚也餓了，真如風掃殘雪，吃得十分飽。吃好了飯，紅英向著鬧蛾兒道：「我與玉妹妹要回去了，蛾姐，妳怎麼樣？」鬧蛾兒蛾眉雙鎖，暗想：「走到哪裡去？本已存心離開落花村的，這時犯了這身劫囚大罪，更是不好回去了。」當下看著紅英，一時作聲不得。飛飛兒也替鬧蛾兒想不出辦法，三個人幾乎呆住了。呂芳道：「蛾姐兒，端的沒有穩妥的去處時，且在舍下避幾時再說。」飛飛兒和紅英聽了大喜道：「只是打擾呂先生了。」呂芳道：「休要客氣，妳二位隨便哪天到舍下來看看她好了。」二人點頭稱是，當下辭了呂芳、鬧蛾兒二人，拿了兵器，回朱家村去了。

　　這呂芳心中好不歡喜，送了飛飛兒兩人，回進書房道：「蛾姐，妳的腿還痛嗎？」鬧蛾兒道：「謝謝你，我已不痛了。」呂芳道：「妳且捲起褲腳兒，讓我看看。」鬧蛾兒不覺臉兒一紅，沒奈何低了頭，彎下身去把左腳褲捲了起來。呂芳蹲下身去一看，果見創口已癒，不覺甚喜道：「這兩支弩箭兒，幸俺不把毒藥塗上。要是塗上了毒藥，妳這腿便成了殘廢。」鬧蛾兒把褲腳放下了，呂芳叫鬧蛾兒坐地，自己也坐了道：「蛾姐，妳我既已結識了朋友，請妳便將妳的身世告訴了俺，待俺也來告訴妳聽。」鬧蛾兒道：「我原是河南人，姓錢名喚月蛾。父親錢大海，母親王氏，只生我一個。父親原是一員武官，為了解糧被劫，沒奈何逃走在江湖上面，做了強盜。不幸在三年前雙親病亡，我便仗著父親所教的武藝，做單身買賣。前二年，投到這平陽縣的落花村，借了房子，合了幾個姐妹，暗

進暗出，做這勾當。不料這一次，卻跌翻在你手裡。」呂芳笑道：「跌翻在俺的手裡，妳服氣嗎？」鬧蛾兒道：「怎不服氣？你是一個天字第一號好漢，這身本領，端的使我佩服。但不知你為什麼喬裝保鏢，給官家出力？」呂芳道：「便是俺的表兄，名喚包定六，他在縣裡充捕頭，為了桃花坡一案，被縣太爺催不過，他聽了一個什麼姓馮的妙計，把妳騙往殺虎嶺，約俺前來捕妳。」鬧蛾兒才知這件事是馮九搗鬼，不由得暗暗地恨那馮九道：「原來恁地，但不知你的身世怎樣？」呂芳道：「俺原是江南人，卻自幼生長在北方。父親是個商人，故世多年，母親還在江南。自幼喜歡武藝，投拜名師，苦心習練，練得這身武藝。本來和兩個師弟合夥兒的，現在他二人往山東去了。俺如今已是厭棄武藝，從事文學，絕不再幹犯法的勾當了。」鬧蛾兒道：「你怎的會改變過來？」呂芳道：「不瞞妳說，俺平生愛一個『色』字，這心中只想娶一個美貌女子，但恨這北地胭脂，不是粗頭粗腦，便是俗不可耐，害得俺孤零零的，到了今日，還是一個鰥夫。」鬧蛾兒聽了，不由得飛紅了臉，低下頭去。

呂芳接著說道：「約莫半年以前，俺在太原遊玩，在觀音殿裡，驀見一個燒香女子，生得像嫦娥一般，把俺看得魂靈出竅。她燒了香，步出觀音殿，騎上馬匆匆而去。俺便跟定了走，一直跟到她的家門口，俺認清了門戶，一到三更時分，俺前去採花。飛進了高牆，見是一宅大戶，俺便走到內牆門，門口有一株合抱不交的桂花樹，俺便跳上了樹去，一腳跨上了牆頭，把身一縱，跳了下去。誰知撲通一聲，把俺跌入陷坑，伸出幾把撓鉤，把俺活捉了去。一霎時堂上燈火齊明，顫巍巍的，上面坐著一位白鬚白髮的老先生。他叫家人把俺帶在一邊，顯著滿面和氣，對俺說道：『朋友，你半夜三更，來做什麼？』俺怎能說是來採花的？俺只得說是要往外省去，路過貴處，缺少盤川，今天晚上特來貴府借點銀錢。他道：『朋友，你錯了。你要借盤川，應當白天來借，半夜三更翻

高頭的便是賊。看你輕輕年紀，何苦做這勾當！你豈不知做盜做賊，要犯國法的嗎？士農工商件件可做，你為什麼要做萬人唾罵的賊？你說你說！』他這幾句話，說得俺天良發現，慚愧萬分，只得低下了頭，不吱一聲。他又道：『朋友！看你似已悔悟。古人說得好，放下屠刀，立地成佛。兩條路由你揀——你要是仍舊要做強盜的，由你一輩子去做強盜，將來你到了結果的時候，包你記得老夫今夜對你說的幾句良言，但是那時你悔也來不及了。你要是肯改過為人，請你表示一下，我再教你幾句做人的道理。那一條是死路，這一條是生路，你歡喜哪一條？由你揀。』俺聽到這裡，不由得雙膝落地，放聲大哭。他又笑道：『朋友起來，休要哭，再聽我說。』俺便收住了淚，立了起來，恭恭敬敬聽他又說道：『好朋友，孺子真可教也。我問你，你可讀過書嗎？』俺道：『不曾讀過。』他道：『怪不得呢！我看你年紀還輕，你真能立志為人，要用功也來得及。』說著，他又把俺的面孔端詳了一下，道：『你相貌生得不錯，可惜你目帶桃花，你如聽我的話，快收住了這顆色心。佛經上說的好，色即是空，空即是色。你能守身如玉，正正經經的，將來自有好女子來配你成雙。你要是見色動淫，心懷叵測，仗著小小本領，半夜三更，攀木跨牆，想到人家閨房中去採花兒，哼哼，朋友，人雖然被你騙了，這天地鬼神，恐怕也要教你跌落陷坑裡去。』他這幾句話，俺好似五雷擊頂，驚得兩只耳朵裡只是轟轟地響。他說到這裡，叫家人取出十兩銀子，一本《三字經》，一本《心經》，又叫家人把俺解了背花，親自下座，拿了銀子書本，塞在俺的手中。俺不由向他拜了幾拜道：『蒙老先生見教，真個像生我的父母一般。俺此番回去，誓不為非作歹。只是老先生的高姓大名，萬望指示，讓俺回去，供個長生祿位，報答你今夜一番美意。』他又道：『我姓張。你快回去讀書，先讀熟了《三字經》，再去研究《心經》，包你一生受用。』俺就當夜出門，從此像夢醒一般，住在這裡，終日裡讀兩本經書，真如神仙一般，覺得魂夢都安。」

　　呂芳這一席話，聽得鬧蛾兒好似服了一劑清涼散，宛如黑暗之中，現出萬盞燈光，不由喜滋滋地笑道：「呂先生你真好幸運，遇見這位好人，指示人的迷途。我蒙你救了性命，又蒙你把這好人的話轉來教示了我，我從此也要跟你讀書念經，學做一個好人了。」呂芳聽了大喜。談談說說，不覺已是黃昏。林中兒把飯端了出來，二人吃過了飯，林中兒點起了燈。呂芳握住鬧蛾兒的玉手道：「好妹妹，俺有一句心腹話兒問妳，妳可曾配過婚嗎？」鬧蛾兒粉紅了臉搖搖頭。呂芳道：「妹妹！妳如看得起俺，配俺做對夫妻。」鬧蛾兒微啟秋波，對了呂芳微微一笑，真個千嬌百媚，傾國傾城。呂芳大喜，忙叫林中兒在堂上焚起一爐好香，點起兩枝紅燭。呂芳穿上一件大衫，拉了鬧蛾兒走到堂上，恭恭敬敬地拜了祖先，又和鬧蛾兒並拜了八拜，算是做成了夫妻。這一夜呂芳和鬧蛾兒做了一對交頸鴛鴦，如魚得水，恩愛百出。

　　朱紅英和飛飛兒一口氣奔回家去，紅英把救鬧蛾兒的事報知了朱母，朱母大喜。飛飛兒拜見了朱母道：「不瞞伯母說，我自那天和鬧蛾兒合了夥以後，一直住在落花村鬧蛾兒家裡，我的媽性如烈火，我從此也不想回去了。從今天起，想在這裡住幾天，再去投奔他方，不知伯母答應嗎？」朱母道：「好的，自己人休要客氣，妳不願回去，便住在我家，和我紅英做個伴兒甚好。」飛飛兒謝了，從這天起，便住在朱家，約住了十一二天。

　　這一夜已是睡了，忽聽得有人叩門。紅英起來開門一看，在月光底下，認出便是小雲娃的哥哥李德山。看他走得滿頭是汗，紅英迎了進來，把門關了，剔亮了燈道：「李大哥，你和嫂嫂兩人都好？我們好生記念。」李德山吃了一杯冷茶，透了一口氣道：「紅妹妹，我的媽和我的小雲娃呢？」紅英道：「她們到太原去了。」李德山道：「那個姓梁的呢？」紅英道：「姓梁的已與你妹子成了夫妻，也到太原去了。」李德山道：「去

得好！紅妹，妳們也是快走的好。」紅英道：「怎的？」李德山道：「徐大哥今天由城裡回來，他說：『鬧蛾兒搶劫殺虎嶺鏢銀，被官軍拿去，不料在解往京城去時，剛出東門幾十里路，又被胭脂盜劫去了。柳熊戰敗，花刀老譚背部受傷，縣太爺暴跳如雷，迫了包定六要這做眼線的馮九，馮九便把這裡全數胭脂盜說了出來。縣太爺把馮九留住了，親自上府裡去，府裡要派大批人馬，掃蕩各村，捉拿我們。』我一聽急了，連夜來報告你們。你們快預備走路，休要臨時不能脫身。我預備明天帶了妻子趙氏，即離了天保村，逃往太原會我的媽去。」說完辭了紅英，出門便去。紅英聽得驚出一身冷汗，進去叫醒了朱母和飛飛兒兩人。朱母問半夜三更什麼事，紅英道：「剛才李德山到來，說官軍就要大批來掃蕩各村捉拿胭脂盜，叫我們預備走路。他特地連夜來送信，好似十分緊急。」朱母道：「紅兒休慌，我早已料到有這一天，卻是逃到哪裡去？」飛飛兒道：「我卻有個去處。」紅英道：「什麼地方？」飛飛兒道：「楊柳村花花豹家，一來那邊是個出名的太平地方，從來沒有匪徒；二來花花豹力敵萬夫，我們有個靠山；三來鬧蛾兒住在那裡，我們要死也死在一處。」朱母聽了道：「好的，準到楊柳村去。紅兒妳明天把應用的收拾收拾，後天一早，動身走路。」紅英稱是，三人各自睡了。

　　到了第二天，紅英和飛飛兒忙了一日，方始收拾完畢。吃過了夜飯，飛飛兒把菜碗端進灶下，紅英在外室點燈。驀見走進一個人來，手持竹節鋼鞭，向紅英一鞭打將下來。紅英大驚，把身一扭，見是秦家媽，惡狠狠地第二鞭又打了過來。紅英逃進內室，忙摘下一把單刀，跳出外室，與秦家媽二人鬥了起來。朱母已進臥室，聽得爭鬥聲，忙道：「紅兒，和誰廝殺？」紅英道：「是秦家媽，拿鞭打我。」朱母大驚，忙叫道：「秦家媽，自己人休要動手動腳！快住手，有話好講的。」秦家媽收住了鞭道：「好！妳出來，我們評評理。」紅英收了刀，忙避入灶下，

早見飛飛兒嚇得縮在一邊，兩人默默地聽朱母怎地應付。朱母摸到外室道：「秦家媽，難得妳過來，快請坐了。紅兒送杯茶來。」秦家媽只得坐了。紅英拿了茶，放在桌上道：「秦家媽請用茶。」秦家媽見朱母這等客氣，又見紅英敬茶，這口氣先已消了一半。朱母道：「秦家媽，妳為什麼拿鞭打我的女兒？」秦家媽道：「老姐姐！妳知道嗎，那一夜李翠娃母女來我家搶姓梁的少年，我與老娼婦交戰時，妳家紅英不該在暗地裡把金鏢打我。我與妳家無冤無仇，她竟下這毒手，要我的命。」朱母道：「啊呀！秦家媽，妳弄錯了，我家紅兒哪一夜出過門？」紅英接著道：「罪過罪過！秦家媽，我幾時用鏢打妳？李家的事關我紅英什麼？風也沒有的事，秦家媽，妳休要冤枉我。」說著紅了眼睛，像是要哭了出來。秦家媽道：「真的不是妳打的麼？」紅英道：「我與妳在幾時積過仇恨？我平白地拿鏢打妳做什麼？敢是瘋了。」秦家媽拿出鏢來道：「這不是妳的鏢嗎？」紅英看了看道：「啊呀！真是我的鏢。」說時抬了頭想了想道：「秦家媽，是了，半月之前小雲娃曾向我借去兩枝鏢，要麼那一夜你們動手時，她就暗放一鏢。」秦家媽似信不信道：「既然恁地，我也不追究了。紅妹妹！妳可看見我家玉燕兒嗎？」紅英道：「我不曾看見。」秦家媽嘆口氣道：「唉！這小孩想是有了情人，給人家騙走了。自從那夜出門以後，已經有半個月了，不見她回家來。唉！算我晦氣，白養她一場，不知她這時到哪裡去了！」紅英道：「慢慢地訪尋，終有相會的日子的。」秦家媽立起身，拿了鋼鞭，說聲「打擾」，辭出門去。

不到兩盅茶時，猛聽得人聲鼎沸，由遠而近。接著忽見秦家媽跑了回來，大叫道：「紅妹妹不好了，有無數官兵，圍住了村子，到這裡來捕人了。」紅英大驚，忙叫飛飛兒出來，秦家媽一見，叫聲：「啊呀！」紅英道：「秦家媽！妳休要問玉妹妹，我們一起，投奔一處好地方去！」說著跑進房裡，取出兩個包裹，一個叫秦家媽背了，一個叫飛飛兒背了，

一面叫道：「母親，那話兒來了，且商量一個辦法，怎樣地殺出去？」朱母道：「妳休要怕，我帶了佛珠，教那廝們排頭也似地倒下了幾個去。秦大媽煩妳開路，紅兒背了我，飛飛兒斷後。」秦家媽拍拍胸脯道：「好，有我！姐姐但聽我的鋼鞭聲，把佛珠朝聲裡揮將去。」飛飛兒把弓鞋緊一緊，拿了劍掛了鏢囊，紅英腰橫寶劍，背了娘，兩隻手翻轉去，握緊了娘的兩條腿，四個人衝出門去。早見十幾個漢子，手提傢伙，撲了過來。秦家媽怒吼一聲，舞動竹節鋼鞭，奔向前去，背後緊跟著朱氏母女和飛飛兒。好一個秦家媽，鋼鞭起處，早將領頭兩個打翻地上。漢子們發一聲喊，圍住了四人奮呼大戰。內中跳出兩位好漢，各提朴刀，一個敵住秦家媽，一個敵住飛飛兒，另一個撲奔紅英而來。紅英忙抽了劍，把來人的刀架住。朱母忙端整了佛珠，把手一揚，喝聲：「著」！只聽有六七個人，一齊叫聲啊呀，打倒地上。戰紅英和戰飛飛兒的兩個好漢也跌倒了，戰秦家媽的一個大漢慌了手腳，被秦家媽一鋼鞭也倒在地上。朱母問紅英道：「佛珠得勝嗎？」紅英道：「打翻了七八個。」朱母道：「妳們放膽衝出去。」秦家媽叫一聲，上前領路。眾官兵給佛珠打怕了，紛紛地四散奔走，眼睜睜地看四人闖出村去。眾官兵約齊了燈籠火把，長蛇也似的一陣，發聲大喊，追了上去！秦家媽、紅英兒、飛飛兒六隻腳奔走如飛，卻哪裡追得上！但見幾條黑影，晃晃地在前飛將去，眨眨眼已不見去向。可笑府裡派下來的幾員將領，真是酒囊飯袋，帶了一百多兵，連得三四個女強盜都拿不住，卻被強盜打翻了八九個。當時你看了我，我看了你，嘆口氣叫聲苦，乖乖地背了八九個負傷人，回城去了。

　　秦家媽等四人一齊撲奔楊柳村去。飛飛兒是熟路，手提寶劍，當先領路，紅英母女第二，秦家媽最後，直行了一個多更次，方始到達楊柳村。進了楊柳林，已見呂芳家的大門。看看天時，已是後半夜了。朱母道：「紅英，妳放我下來。」紅英把娘放下了，朱母道：「輕聲些，人家正

當好睡，我們索性在門口坐到天亮，等他開出門來，方可進去，這時休要去驚動人家。」眾人說聲「是」，各在柳林下盤膝坐地，閉目養神。飛飛兒坐了一息，忽地尋思道：「啊喲！蛾姐兒住在這裡，已有十多天了，這一對孤男怨女，難不成會正正經經地，這呂芳又生得這等英雄，蛾姐兒怎能不歡喜他？說不定他二人早已做了交頸鴛鴦，連個小寶寶也種在蛾姐兒的肚子裡了。我且悄悄地去看她一看。」好個飛飛兒，便輕輕地放下了包裹，輕輕地把口劍放在包裹上面，一扭柳腰，向林中一鑽。七穿八穿，穿到呂家牆頭，一縱身颼一聲跳了上去，立在牆上一看，恰是書房的後進，隱隱地聽得房內有人說話。飛飛兒只一腳，跨上了屋頂，撲倒身爬進了幾步，工夫真好，真個聲息全無，神鬼難知。她揭起磚塊瓦片，便由下面露出一線燈光。飛飛兒把兩隻眼湊在瓦空裡，向下一看，果真書房的後半間，一隻大炕床上睡著兩個人，正是呂芳和鬧蛾兒。

第十二章
姐姐多情遭毒手　弟弟立志誅仇人

　　飛飛兒提足了神，仔細看去，只見蛾姐兒睡在外床，呂芳睡在裡床，蛾姐兒玉臂勾住了呂芳的頭頸，微微地閉了兩目，把個丁香舌尖兒，伸在呂芳的嘴裡，那呂芳拚命地吮鬧蛾兒的舌尖兒。看得飛飛兒咬緊了牙，心癢難熬。好一息，只見鬧蛾兒把舌尖收入嘴內，又見呂芳把身體一側，抱住了鬧蛾兒，把個嘴兒拚命價吻鬧蛾兒的香腮兒，口中輕輕地喚著：「好妹妹！親妹妹！」鬧蛾兒秋波微啟，把玉手勾住了呂芳，口中也喚著：「好哥哥！親哥哥！」直看得飛飛兒三魂出竅，六魄飛空，只剩了一個魄兒，在身內剝剝價跳個不住。好一息，兩人講起話來，只見呂芳道：「妹妹，俺比了妳所說的梁國器如何？」鬧蛾兒道：「梁國器我不曾見過，料想他怎及得你來？」呂芳道：「為什麼呢？」蛾姐道：「第一，這個人沒有義氣，我玉燕妹妹為了他捨死忘生，救他出險，他一轉背，便愛上了小雲娃，天下有這等忘恩負義的男子，哪及你義膽包天，救人救澈。第二，這梁國器，據說跨了一匹馬，帶了一口劍，打扮得鮮衣華服，像是一個俠少。誰知他銀樣鑞槍頭，與秦家媽交手，好似小鬼跌金剛，一交手便落荒逃命。這等人還想到太原去找仇人，真是笑話奇談！他哪及得你威武絕倫，力敵萬夫。」呂芳道：「第三呢？」鬧蛾兒道：「第三沒有了。這等男子，我其實看不慣。飛飛兒和小雲娃兩人，失魂落魄地為他顛倒，妳搶我奪，真覺可笑。」呂芳道：「妹妹！這個姻緣，真個是天作主，絲毫勉強不來。那一天在殺虎嶺，要是妳逃了去，換個飛飛兒被俺拿住，這一次飛飛兒起解，俺也是要去救的，救了來她一準也做了我的老婆。老天偏偏教俺拿住了妳，放走了飛飛兒，可見妳我的夫妻，真是天作主了。」鬧蛾兒道：「好人，我正要和你相商一事。這飛飛兒，天天相思一個如意郎君，你既然歡喜她，你怎不也把他娶了來？

我們兩姐妹來服侍你一個好嗎？」呂芳哈哈笑道：「俺說了一句玩的話，妳便吃起醋來了嗎？」鬧蛾兒道：「阿彌陀佛，罪過，罪過，我們要好姐妹，吃什麼醋？」呂芳道：「妳話雖說得是，只是一夫二妻，十九沒有好結果。俺有了妳，怎可再娶別人，顯得俺沒有義氣。妳的妹妹便是俺的妹妹，俺有兩個師弟，都是一等人才，俺將來做一個媒人，把飛飛兒和妳還有一個姓朱的妹妹分嫁了俺兩個師弟，豈不是好？」鬧蛾兒大喜道：「你休要忘了！我這個玉燕妹妹，再不與她作媒，她便要生相思病了。」

屋頂上的飛飛兒聽到這裡，不由「呸」了一口，如飛地跳下了屋頂，竄入林中，仍回原處坐了下來，心中十分感激鬧蛾兒。呂芳愛鬧蛾兒，愛到了千萬分，恆河沙數萬，筆者真不能形容於萬一。他平日夜裡最機靈，休說有人上屋，便是一隻小鼠兒走動，他也會從夢裡驚醒過來，這一夜全部精神費在鬧蛾兒身上，情話綿綿，欲仙欲死，他哪管屋頂上有人揭了瓦兒，偷看好戲？冷不防屋頂上有人嬌聲嬌氣地呸了一口，不由忽地一驚，失聲道：「不好，屋上有賊。」說時，忙把鬧蛾兒一推，霍地跳下了床，向壁上去摘寶劍。鬧蛾兒更加機靈，早已穿上外衣，下了床，拿起了燈。兩夫妻走出了書房，跑到客堂，走入天井，抬頭看屋上，都是靜靜的，沒半個人影兒，呂芳道：「明明地有個人，想是落在外面，俺們追出去。」說時開了大門，早見兩個女子撲了進來，呂芳不覺吃了一驚。鬧蛾兒眼快，叫聲：「啊喲！」不禁兩朵紅雲，由夾耳根飛上了粉臉。紅英道：「蛾姐兒，天還沒有亮，怎地起來了？」鬧蛾兒道：「好妹妹，妳們怎的夜裡到來？我們正在睡中，忽聽得屋頂……」飛飛兒忙把鬧蛾兒尖手一捏，鬧蛾兒接著道：「忽聽得屋頂一隻四隻腳的野貓兒發貓瘋，所以爬起來查查看。」飛飛兒白了鬧蛾兒一眼，回頭即去扶了朱母，拖了秦家媽媽，走了進來。紅英回出大門時，看天已經亮了，忙把飛飛兒的寶劍包裹，一齊拿進屋內。

　　呂芳見了許多人，好生歡喜，忙叫起了林中兒，燒臉水，煮早飯。鬧蛾兒招呼了朱母、秦家媽一聲，把各人的兵器包裹，接了進去，安在內室，開了大門，請兩位老人家坐了道：「兩位伯母，難得到此。」朱母道：「蛾姐！我真記掛妳。那一天飛飛兒來報信，說妳出了事，就要解往京城去，急得我甚麼似的，我便叫紅兒同了飛飛兒來救妳。天幸呂先生拔刀相助，把妳救了出來，又把妳安住在他的府上，這呂先生真是一位豪傑。可惜我是一個瞎子，看不見呂先生是一個怎樣的相貌，否則，我又要老脾氣發作，做一個媒人耍子，成就你們一段好事。」飛飛兒聽了噗哧一笑，把紅英拖進了後書房，吃吃地向紅英告訴在屋頂上看見的事，說得紅英臉泛桃花，心頭怪癢。秦家媽在朱家臨逃時，驀地見了飛飛兒，心頭正在奇怪，這時聽了朱母一席話，不由問朱母道：「姐姐！妳說什麼？鬧蛾兒出事，玉燕和紅英去救她？我真個如在夢中！」朱母便將怎樣怎樣地，告訴了秦家媽，秦家媽方始恍然大悟道：「怪不得，她在外面闖了禍，不敢回家見我，只躲在妳的家中。」呂芳叫林中兒扯開了客堂裡的大桌子，端出了菜飯，請客人吃飯，卻是不見了飛飛兒、紅英兩人。鬧蛾兒躡手躡腳，捱進書房。曉得她兩人在後房說話，她便悄沒聲地挨近板壁，側著耳朵，聽兩人說什麼。只聽得紅英道：「妳可聽說他兩個師弟的情況？」飛飛兒道：「這卻不曾提起，他只說把妳我兩個妹妹，分嫁他兩個師弟。」鬧蛾兒聽到這裡，又聽得她兩人吃吃地笑個不住，不由飄身進去，嚇得飛飛兒和紅英兩人急忙收住笑容，呆看著蛾姐兒。

　　蛾姐兒把個手指在臉兒劃了幾下，撇一撇櫻唇道：「想老公連得想到吃吃地笑個不住，虧妳們兩隻面皮，怎的生得這等厚？」飛飛兒笑道：「我們沒處去叫親哥哥、好哥哥和一個愛人。勾頸舔舌沒奈何，吃吃價笑幾聲解個悶兒。」羞得鬧蛾兒低垂粉頸，只把兩眼亂白，飛飛兒和紅英二人拍掌大笑。鬧蛾兒罵道：「短命鬼！半夜三更，做賊骨頭，跳在人家的

屋頂上面聽隔壁戲。天下有妳這等輕骨頭的姑娘兒！待我告訴呂先生，叫他休作媒人，讓妳一輩子生相思病，生到腳直。」飛飛兒急了，忙道：「好姐姐！休要告訴呂先生吧，修子修孫，多福多壽，做做好事，阿彌陀佛。」引得紅英、鬧蛾兒二人哈哈大笑。

鬧蛾兒兩手拖了兩人，行到客堂，分座吃飯。吃罷了飯，鬧蛾兒問朱母道：「伯母和秦家媽怎的也到這裡來了？」朱母便把李德山報信，秦家媽來家，官兵包圍，我們衝殺出來，投奔這裡，暫避幾天，詳詳細細地告訴了一遍。鬧蛾兒看著呂芳道：「這位伯母，便是紅英妹妹的母親。這位秦家媽，便是飛飛兒的母親。為了我的事，害她們被官兵追捕，沒奈何逃到這裡來，想在這裡住幾天，避避風頭兒，再作道理。」呂芳道：「原來恁地。兩位伯母休要見外，只管住在舍下，休怕官兵到這裡來。」秦家媽朱母一齊謝了，鬧蛾兒便去打掃了一間房間，鋪了幾隻床，讓她們母女四人做臥室。當夜飛飛兒便把呂芳和鬧蛾兒二人結成夫妻的事，告訴了母親。秦家媽和朱母二人點頭嘖嘖稱讚，自也十分地代二人歡喜。

有一天林中兒正立在門口，忽見包定六遠遠地走將來。林中兒忙進去報知呂芳，呂芳急叫鬧蛾兒領了各人退入內室，自己出了大門，把包定六迎到書房裡。包定六坐定了道：「兄弟，我真晦他娘的鳥氣。」呂芳道：「什麼鳥氣？」包定六道：「辛辛苦苦地把個胭脂盜拿到手裡，縣太爺多麼歡喜，說我辦事能幹，倘把胭脂盜平平安安地解到京城裡，上面還有大批賞金下來。那曉得剛出了東門幾十里路，便出了岔兒。」呂芳道：「出了什麼岔兒呢？」包定六道：「在黑柳林裡出來兩個胭脂盜，老譚接著一個，兩下交起手來。只戰到十合上面，便看那盜本領雖好，氣力還差。老譚心中十分歡喜，以為這一次差使做著了，到京城去，添上一個澆頭，面上多少光彩。」呂芳道：「這老譚卻是人老心不老，恁地貪心不足。戰到結果，想是給他拿住了？」包定六道：「給他拿住，那還有什麼

話可說？只是老譚戰到深處，便施出看家本領，幾手花刀，殺得那個胭脂盜，沒命飛逃……」呂芳笑道：「好個老譚，端的好本領，不愧『花刀』兩字！以後怎麼樣呢？」包定六道：「這老譚見胭脂盜飛逃，他就在後面緊追，追了百幾十步路，他媽的！」呂芳道：「兄長，怎的你罵起人來了？」包定六道：「他媽的，冷不防在柳林裡跳出一個絕子絕孫喪盡天良的賊紅鬍子，挺了一口寶刀，攔住老譚便鬥。鬥到百合上下，這老譚又拿出了他的看家本領，一路花刀施展出來……」呂芳道：「啊呀！這個紅鬍子該死了，結果一定吃老譚一刀殺在地下是不是？」包定六道；「呸！吃老譚一刀殺在地下，我還有什麼話可說？可恨這紅鬍子，真厲害，他竟拔開了花刀，反把老譚一刀背打翻在地，害得老譚也慌了手腳，棄了囚車逃回家去。這一件到了手的功勞，跌翻在這絕子絕孫的手裡，你看可恨不可恨？」呂芳道：「你認得這個絕子絕孫的紅鬍子嗎？」包定六道：「我怎麼認得他？他不是胭脂盜的同黨，卻是一個一生一世沒有見過女人的色鬼，否則干他什麼鳥事，搗我老包的蛋。真悔他娘的鳥氣，青天白日，會碰著這麼個攝鳥。」

　　呂芳道：「這是天有眼地做主，你卻怪誰來？」包定六道：「怎麼說？」呂芳道：「你那天來請俺時，你怎樣地對俺說的？」包定六道：「我怎樣說的？」呂芳道：「蒙你記得我這表弟，到了這般大的年齡，還不曾娶一個妻子，挑俺到殺虎嶺去，搶一個老婆，你說過嗎？」包定六道：「我說過的。」呂芳道：「你說過的，那就好了。俺那日搶到一個老婆，你為什麼不向俺打半聲招呼，就把俺老婆送進城裡去？兄長！你言而無信，怎對得起你的舅父？」包定六道：「啊呀！這等說起來，那個紅鬍子，怕是你假扮的吧？怪道這等了得！」呂芳道：「豈敢，豈敢！但願俺絕子絕孫，你舅父也好斷了香火。」包定六作個揖道：「賢弟休怪為兄，確實我不知是你。」呂芳哈哈大笑道：「誰會怪你！蛾姐！快出來見見妳家伯伯。」

鬧蛾兒聽得喚聲，出來見了包定六，福了一福，叫了一聲「伯伯」。包定六到了這時，卻也十分歡喜道：「賢弟婦，妳真個做了我的表弟婦，端的可喜。只是妳幾個姐妹們，不知是否已經逃往他鄉去了？」鬧蛾兒道：「卻是怎的？」包定六道：「為了妳的事，惹得縣太爺大怒，把馮九叫了來，迫了他供出妳的同黨，太爺把馮九留住了，親自上府裡去。知府聞後大怒，派了幾百官軍，團團地圍住了各村子，捉拿胭脂盜。誰知胭脂盜一個拿不住，官軍卻被打傷了八九個。現在縣太爺預備再上府裡去，再派大軍挨戶搜剿，賢弟婦住在這裡，恐怕有點不方便。賢弟！最好教她暫時離去，避避風頭。」呂芳點頭稱是，包定六即起身告別去了。

呂芳同鬧蛾兒走進內室，見了朱秦母女道：「二位伯母，俺們在這裡住不得了。」紅英搶著道：「為什麼？」呂芳便把包定六的話對她們說了，眾人大驚。呂芳道：「休要害怕，俺有兩個師弟，住在山東，他們家業甚好，人又生得十分有義氣，俺們全夥兒投奔了去。到了那裡，待俺做一個媒人，把飛飛兒和紅英二妹，嫁給了他倆。俺們三兄弟，妳們三姐妹，連兩位伯母，住在一起，從此安分守己，做一個快快活活的老百姓，卻不是好！不知兩位伯母和兩位妹妹意下如何？」各人聽了大喜，齊道：「好好，準是合夥兒往山東去。」呂芳便收拾收拾，僱了幾乘車子，同了各人，帶了林中兒，投奔山東去了。

且說常州知府毛如龍，是山西太原人，他有一個叔伯兄弟毛羽高，住在他的衙門裡。這毛羽高原是武舉出身，一身武藝，十分出色，毛如龍仗他沿路做個保鏢，到了常州，就留在任上。這毛羽高平生好色，在太原城內，專事尋花問柳，強占民女，太原城內有哪個不曉得他是個採花的太歲？他自到了常州，舊性不改，仗了知府的勢，更是變本加厲，無惡不為，甚至半夜三更跳入人家閨房，去強姦民女。他有財有勢，又有一身武藝，常州人尤其文弱成風，不比北方人來得強悍多力，只得由

著他橫行不法。梁國器有個姐姐，比國器長了四歲，名字喚做梁玉蓮，生得閉月羞花，婀娜多姿。梁國器遠在館裡讀書，家中只有母女二人。一天梁母在上房念佛，玉蓮在天井裡坐著刺繡，低了頭一針一針地繡一朵牡丹花兒。繡到黃昏，猛聽得門外幾棵大樹上的喜鵲飛上飛下的聒噪，接著又聽得弓弦響，呼呼的兩三聲，便見一隻喜鵲兒，尾上帶了一枝箭，撲進天井中來，兩隻翅膀兒忔刮刮的抖，口中不息地唧唧地叫。玉蓮見了，忙丟了針兒，立起來把那隻鵲兒拿在手裡，那枝箭兀自插在身上，流出鮮紅的血。玉蓮連說「可憐可憐」，隨手拔去了箭，替鵲兒撫摩了幾下。拿一根麻線，吊住了喜鵲的翅膀兒，將線頭縛在繡棚桌腳裡，把鵲兒放在繡棚下面，然後坐在椅上，拿起針兒，刺繡那花。誰知那隻鵲兒在棚下一息不停地刮翅兒，把玉蓮一隻繡鞋刮得灰塵飛滿。這玉蓮心在刺繡，由牠聒噪，一根絲線完了，她便要換一根絲線，猛抬頭，見有一個男子立在棚旁。玉蓮吃了一驚，忙道：「你是誰？跑到人家的屋裡來，也不叫一聲兒？」那人道：「好姑娘！我是來拿一隻鵲兒的，這鵲兒是我在樹上射下來的。」玉蓮聽了，果見他拿了一副弓箭，反背了手，藏在後面。玉蓮道：「一隻鵲兒稀罕什麼，你拿去好了。」說時，拿起小剪刀，將麻線剪斷了，解開了翅膀上的線兒，把手一放，哪知鵲兒撲了撲翼兒，叫了一聲，衝天飛去。嚇得玉蓮花容失色，生怕那人見責，忙道：「怎好，怎好？」誰知那人見了玉蓮，一團和氣，連說：「沒事沒事，一隻鵲兒，值得什麼，由牠飛去好了。姑娘！妳貴姓呀？」玉蓮道：「我家姓梁。」那人道：「妳家只有妳一個人嗎？」玉蓮道：「不！還有我的母親和弟弟。」那人道：「人呢？」玉蓮道：「母親在樓上念佛，弟弟讀書去了。」那人聽了，立住了腳團團地看房子道：「好一所房子，約莫有七八間吧，姑娘妳住在哪一間？」玉蓮道：「我住在樓上西廂房，我母親住在東廂房，弟弟住在下面書房裡。你問我怎的？」那人道：「我

為了房子大，所以問一聲，沒有什麼！」說著，頓了頓頭出門去了。玉蓮暗想，這人卻好，把他的喜鵲兒放了去，他毫不見怪，甚是難得。

這玉蓮芳齡二十，母親黃氏十分疼愛，捨不得放出去，因此尚未配人。這一夜玉蓮吃了晚飯，坐了一息，拿了燈走上樓去，服侍過了母親睡在床上，她一人回轉西廂房，剔亮了燈放在床邊的房桌上面，拿一本《西廂記》，把身斜靠在床上，墊高了枕頭，側著頭近著燈，看那小生張君瑞在西廂房中會那個小姐崔鶯鶯。讀到「待月西廂下，迎風戶半開；隔牆花影動，疑是玉人來」四句詩時，她把書放了，想了想，立起身來，輕移蓮步姍姍地走到窗口，看看月兒，微微地嘆口氣。忽聽得房內，有個人輕輕地說道：「小姐！妳休要嘆氣，小生進房多時了。」玉蓮吃了一驚，回頭看時，只見燈光下，立著一個俊生，衣冠楚楚，品貌風流，仔細一看，卻原來就是日間來取喜鵲的那人。玉蓮叫聲：「啊呀！你！」那俊生忙用手一擺道：「小姐！休要高聲，倘教令堂伯母聽見了，叫小生何以為人？小生不是別人，便是本府知府太爺的兄弟毛羽高，年方二十三歲，已經中了舉人，文能寫得文章，武能擒得猛虎，真是文武全才，名揚四海。今天日間小生與小姐由喜鵲兒為媒，得能相會於貴府天井之中，真是三生有幸。小生仰慕芳姿，不揣冒昧，偷進繡房，學一個跳粉牆的張生，還望小姐不棄。小姐也學一個待月西廂下的鶯鶯兒，則小生幼讀詩書，深明禮義，絕不始亂終棄，效那薄十幸所為。咭咭咭，小生這廂有禮了。」

這玉蓮看昏了彈詞，平生最歡喜是自稱小生的人，卻是出了娘胎，也不曾碰見過。今夜見這男子，橫一個小生，豎一個小生，說得玉蓮早已軟了半邊，尋思道：「原來小生是這個樣兒的，我且休要錯過機會，問問他的仔細。」當下玉蓮微紅了臉輕輕地道：「你為什麼自稱小生？」毛羽高道：「小姐！小生也者，出身宦家，飽讀經書，年方弱冠，才貌

過人，風流瀟灑，顧影自憐，惜玉憐香，不同凡俗，深情蜜意，迥異儕夫，拾功名如探囊，登虎榜必書生，此自稱小生者之可貴也。如小生本身已是舉人，再進一步，便是進士狀元，一舉成名，小姐便是一品夫人。」玉蓮當時著了魔一般，毛羽高說一句，玉蓮心裡歡喜一分。當夜與毛羽高海誓山盟，結了鴛鴦。兩人如膠似漆，一時哪裡分拆得開，玉蓮索性把毛羽高留在房內，一連十多日，不放出去。可是毛羽高這個賊，已經玩厭了，只說怕知府找上門來，要辭別回府去，玉蓮再也留不住。毛羽高臨走時，取下一隻玉兔兒，作為紀念，玉蓮也取出一隻金釵，作為表記。毛羽高還說回轉衙門，即與知府說知，挽人來說親，玉蓮千叮萬囑，無限柔情，把個情人在半夜過後放出後門。

這毛羽高是一個採花的祖宗，他曉得江南的大家閨秀，最愛的是這一功。他揣摩透了，到處窺玉偷香，真是百發百中，可憐玉蓮恰好也上了這個當。這毛羽高回轉府去，毛如龍道：「賢弟你這十幾天哪裡去了？」毛羽高道：「弟往南京遊玩方回。」毛如龍道：「好教你歡喜，無錫夏太師小姐的親事成功了。明天過大禮，下半年結親。你此後休要出去玩耍，給夏家得知了，不好聽。」毛羽高連聲稱是。

梁玉蓮自結識了這個姓毛的小生，心裡兀自暗暗地歡喜，常從睡夢中，笑了醒來。她曉得不多幾天，將有知府衙門派人前來說親，她便天天打扮得花枝招展，一天到晚，興沖沖地高興。梁母好生奇怪，卻是為何這小妮子，變了一個樣兒了，看她這等歡容滿面，不知得著了什麼寶貝？誰知一天一天的過去，這毛羽高竟是絕足不來，所約的喜訊，更是石沉大海，消息杳然，急得玉蓮搓手頓足，暗暗叫苦。梁母忽地見玉蓮又換了一個人，終日里長吁短嘆，蛾眉緊鎖，沒精打采，茶飯不思，又嚇得梁母心事重重，不知女兒究竟為了什麼一息兒歡喜欲狂，一息兒憂悶欲死。梁母再三問玉蓮，這玉蓮咬緊牙關，只道：「沒事沒事。」弄得梁母真如丈二和尚，摸不著頭腦了。

　　光陰一天一天過去，這玉蓮的相思病，一天一天地重了起來，累得一個人，比黃花還瘦，渾身沒有氣力，有時咯咯地吐幾口鮮血，急得梁母和國器走投無路。忙請大夫診治，都說是不治之症，沒有一個不搖頭。梁母沒法，只有滾滾淚下：玉蓮的病倘如不好，我這條老命也不要了。那一天是冬至的前幾天，玉蓮睡在床上，擁了兩條絲綿被，兀自喊冷。猛聽得外面人聲喧鬧，接著一片喜樂聲，遠遠地吹打著，漸漸地吹過來，經過了梁家大門。玉蓮睜著兩眼，聽那喜樂，忽問道：「是誰家結親？」她弟弟答道：「姐姐！說起此親來頭大，是知府的兄弟喚作毛羽高武舉人，與無錫夏太師的小姐，在衙門裡結婚。」一言未了，只見玉蓮大叫一聲，望後便倒。嚇得梁母、國器手足無措，忙把玉蓮救了轉來。梁母哭道：「玉蓮妳怎的，妳怎的？」玉蓮看看娘，看看兄弟，不由得「哇」一聲，哭了起來。梁國器急道：「姐姐有什麼事？妳只管說出來，休要這樣，真教人難過了。」玉蓮嘆口氣道：「母親！兄弟！我被人家騙了去了。」梁母道：「是誰騙了妳的？」玉蓮道：「便是這個姓毛的畜生！」梁母和國器一齊吃了一驚道：「這姓毛的連魂兒也不曾進來，他怎會騙妳呢？」玉蓮便把詳細的經過講了出來。梁國器頓腳叫道：「完了！完了！這畜生仗了知府的勢，在常州橫行不法，有誰不知？姐姐妳怎的會上了他的當？」玉蓮哭道：「弟弟！你休要怪我。我一天到晚悶在家裡，怎曉得外面的事？我為了他，病到這個樣兒，我這病已危在旦夕，待死了以後，求求賢弟，替我報仇，我做鬼如有靈性，誓來助你一臂。好兄弟，你休要忘了，我在九泉之下，終也感激你的！」梁國器聽了，不覺放聲大哭，梁母和玉蓮更是哭得像淚人兒一般。這樣地過得三天，可憐玉蓮果然瞑目長逝了！梁母、國器大哭一場，把個玉蓮身後，料理得十分豐厚。

　　母子二人痛恨毛羽高，誓為玉蓮報仇，但那毛羽高武藝高強權勢通天，一時難以下手。梁國器便投拜武師，練習武藝，苦苦學了三年。這

毛羽高早已同了毛如龍回轉山西太原去了。梁母痛惜女兒，便囑國器北上，為玉蓮報仇。當日梁國器辭了母親，徑往太原，路經平陽，不料遇見胭脂盜，卻與小雲娃締結良緣。隨後同了李翠娃小雲娃奔赴太原，豈知毛羽高又中了武進士，在太原做了一個將軍，作威作福，誰敢動他一根汗毛。梁國器血海深仇，志在必報，便在太原城內，挨候毛羽高出行時，同小雲娃母女前去行刺。在太原直候了兩個多月，方候得毛羽高帶領一般副將兵勇出城圍獵。梁國器等三人身懷利器，緊跟前去。見前面帶路的是一百多兵勇，四員副將騎在馬上，手執利刃，身負強弓，最後一匹高頭白馬上的大將，便是毛羽高。出了城，過了吊橋，小雲娃早端整了二枝鏢兒，分左右手拿著。梁國器等跟過了吊橋，約又行了十幾步路，即對小雲娃努努嘴兒。小雲娃揚右手，一枝金鏢早已飛入毛羽高背中，毛羽高大叫一聲死於馬下。前面一員副將回過頭來，小雲娃第二枝金鏢又飛將去，咻一聲中在副將喉間，落馬便死。三員副將，大喝一聲，各舉兵刃，拉回馬來要捕三人。李翠娃、小雲娃、梁國器提兵器迎住大門。誰知在步下力鬥馬上，吃力非常；加上一百多兵勇大聲呼喊，又團團地把三人圍住了。三人拚命迎戰，只是殺不出去。

正在十分危急，忽聽得弓弦聲響，從外面接連地飛入幾枝利箭，三員副將排頭也似地應弦落地，一百多兵勇大聲呼喊，盡皆逃入城去。小雲娃眼快，早見哥哥李德山同了嫂嫂趙氏飛奔而來，不禁驚喜交集，忙叫道：「哥哥嫂嫂若遲來一步，我們休矣！」當下母子兄妹會敘了，齊奔城外而去。行了七八十里，離得太原城遠了，方敢住腳，在一個鎮上借了客寓。翠娃道：「你二人怎的也來了？」李德山道：「我住在天保村，只是記念母親和妹妹，卻是怕惹禍，不敢出來。誰知鬧蛾兒在殺虎嶺劫鏢銀，被官軍拿去了。縣太爺大怒，親往府裡去借兵，要來掃蕩各村。我聽這個信兒，便往朱家去看妳，誰知你們已來太原。我一面關照朱母速

作逃計，一面同了妻子，直來太原。誰知行近城邊，忽見殺氣沖天，仔細一望，見是母親被圍，即叫妻子把鐵臂弓搭上箭，連珠地射將去，卻喜救出了你們，真是連做夢也想不到的。」趙氏道：「婆婆！這一位可是梁先生嗎？」翠娃道：「正是妳的姑夫，我已把小雲娃配給他了。」梁國器走上一步，施個禮叫了聲「舅兄」、「舅嫂」，李德山夫妻到了這時，也覺歡喜了。當時翠娃道：「我們預備到哪裡去安身呢？」李德山道：「在山西省恐怕立不住了，只有奔到外省去。」梁國器道：「舅兄休急，弟家在江南常州，舍間雖非富有，卻也有百十畝田，每年收租，盡足度日。舅兄舅嫂和岳母賢妻，不如都投常州去，住在舍下，從此做個正當行業，安安分分地作為良民，豈不是魂夢都安，卻不是好？」李德山大喜，急忙扶了娘，帶了妻子，和妹夫妹子離了客寓，一路投往江南常州去了。

全書完

悼顧明道兄

我和顧兄明道相識，已有二十年了吧！志趣相同，性情相得，不啻骨肉弟兄，一旦聽到了他的噩耗，那傷痛自不待言，挑燈寫此，墨與淚並，拉拉雜雜，不成文理，也就顧不得了。

明道，吳門人，名景程，別署正誼齋主，又署石破天驚室主，更號虎頭書生。他是振聲中學的高才生，國文，英文，成績斐然，所以畢業後，便留在該校擔任講席。該校是教會所立，所以他就受了洗禮，為基督教徒。

他八歲失怙，由太夫人撫育成人，體質很弱，求學時，脛膝間生了一個疽，及創平而足廢，從此不良於行。每出必乞靈於拄拐，據醫生診斷為骨癆。不良於行，身體方面缺少運動，以致日益屍羸，加之年來生活過苦，營養不足，又復環境惡劣，心緒不佳，這也是促他死亡的唯一原因。

我和他認識，是范君博介紹的，這時他在吳門振聲中學擔任教務，因不良於行，往返不便，所以他住在校中，我們就到校中去訪他。他喜歡做武俠和哀情小說，就和我們倆大談其小說經驗，並批評各家的作品，足足談了兩小時，始行告別。從此每有餘暇，必訪他談談，他任《小說新報》特約撰述，我也時常貢拙於新報，既屬同文，交誼益形密切，嗣後時常和他在同一刊物上撰稿，不是他介紹我，便是我拉攏他，聲氣相通，二十年如一日，在這末世，友道能如此，總算很難得的了。

明道最初的作品，刊登在許嘯天所輯的《眉語》雜誌上，該雜誌多載女作家的文字，他就化名梅倩女史，撰著短篇小說。有一位讀者，是登徒子之流，寫信追求他，繾綣纏綿，大有甘佝眼波之意。明道接到了

信，大笑之下，用梅倩具名答覆他。那個登徒子欣喜欲狂，寄給他一幀照片，請他交換芳影，並約他會晤某園。明道到這時，才用真姓名自行揭破。這一段趣史，明道時常講給人聽的。

明道的武俠小說，可和向愷然、趙煥亭鼎足而三，他的武俠小說叢談，有那麼一段的自述：「余喜作武俠而兼冒險體，以壯國人之氣，曾在《偵探世界》中作〈祕密之國〉、〈海盜之王〉、〈海島鏖兵記〉諸篇，皆寫我國同胞冒險海洋之事，與外人堅拒，為祖國爭光者；余又著有〈金龍山下〉一篇，可萬餘言，則完全為理想之武俠小說也，刊入《聯益之友》旬刊中；又曾寫《黃袍國王》長篇說部，記敘鄭昭王暹羅之事，曾刊《大上海報》，後該報停版，余亦中止，他日擬出單行本以饗讀者矣；又新著《龍山爭王記》，則方刊於《湖心週刊》中，該刊為西湖小說研究社出版者也，曩年餘為《新聞報‧快活林》撰《荒江女俠》初續集，尚得讀者歡迎，今由三星書局出單行本，三集亦在付梓中矣，又為《小日報》撰《海上英雄》初續集，則以鄭成功起義海上之事為經，以海島英雄為緯，以上兩種皆由友聯公司攝製影片，又嘗作《草莽奇人傳》，則以臺灣之割讓與庚子之亂為背景也。」

他於民國二十一年七月，曾把自己的作品列成一表，附刊在《茉莉花》的後面，如今把它抄在下面：

	書名	冊數	出版年月	重版次數	出版之書局
哀情小說類	啼鵑錄	一冊	民國十一年十月	七版	湖州五洲書局
	啼鵑續錄	一冊	民國十六年十二月	五版	湖州五洲書局
	美人碧血記	四冊	民國十八年一月	再版	上海海左書局
	紅蠶織恨記	二冊	民國十八年十月	再版	湖州五洲書局
	芳草天涯	二冊	民國十八年十一月	三版	上海益新書社
	哀鵝記	四冊	民國十九年三月	再版	上海益新書社

言情小說類	芳菲錄	一冊	民國十九年四月	再版	上海李鴻記書社
	蝶魂花影	六冊	民國十九年十月	再版	上海國華書局
短篇小說類	情波 （即明道叢刊）	四冊	民國十年一月	九版	上海國華書局
	小說新鈴	一冊	民國十八年三月	再版	上海三益書社
	茉莉花	一冊	民國二十一年八月	再版	上海益新書社
遊記類	西湖探勝記	一冊	民國十八年十月	七版	上海大東書局
武俠小說類	俠骨恩仇記	二冊	民國十五年五月	五版	上海大東書局
	怪俠	二冊	民國十七年八月	再版	上海益新書社
	荒江女俠初集	二冊	民國十七年二月	再版	上海三星書局
	荒江女俠續集	二冊	民國二十年八月	三版	上海三星書局
	海上英雄初集	二冊	民國二十年四月	再版	上海益新書社
	草莽奇人傳	四冊	民國二十年五月		上海南星書店
將出版之小說	荒江女俠三集	排印中			
	海上英雄續集	排印中			
	啼鵑新錄	排印中			
	草莽奇人傳續集	排印中			
	國難家仇	撰述中			
	黃袍國王	撰述中			
	龍山爭王記	撰述中			

　　據我聽知：除以上所列者外，尚有《奈何天》二冊，三十一年十月出版，《花萼恨》一冊，三十年九月出版，《紅妝俠影》一冊，三十二年一月出版，《念奴嬌》一冊，三十一年十一月出版，《江上流鶯》一冊，三十二年二月出版，又《惜分飛》、《磨劍錄》、《蓮門紅淚》、《劍底鶯聲》、《柳

暗花明》、《章臺柳》、《血雨瓊葩》等等。

　　《荒江女俠》直出至六集才結束：一二三四集，在吳門草成，五六集避難到上海來做，這時期他寄居在八仙橋某戚家；我常到那兒去探訪他，他總是埋頭寫著女俠稿，那《紅妝俠影》便是刊載《小說月報》上的《俠女喋血記》，《念奴嬌》似乎登載在海報上的，《江上流鶯》稿成，我曾為他寫一小序，有云：「江山搖落，風雨雞鳴，我儕丁斯亂世，應變無方，干祿乏術，臣朔飢欲死，乃不得不乞靈於不律，紅繭繅愁，綠蕉寫恨，藉以博稿資而活妻孥，社友顧子明道固與子相憐同病者也。」明道讀了，亦為之感喟百端，不能自已，《奈何天》、《惜分飛》曾搬上銀幕，明道自己也去看過，說大醇小疵，尚稱意旨。

　　他結婚很遲，因為他最初認為足疾未癒，不能成家室，所以問醫訪藥，一意於足，便把婚事延擱了下來，可是他的太夫人抱孫心切，結果娶了現今的田氏夫人，記得我們吃他的喜酒，索喜果，鬧新房，種種印象，尚在目前，詎料他已長逝於世，人天永隔了，他有一子，乳名杏官，讀書很聰慧，二女，最小的女兒，還是今春誕生，可憐他的夫人，產後多病，明道病中，侍奉湯藥，照顧不到稚女，十四那天，不知怎樣跌了一跤，頭撞在石階上，撞損了嫩弱的腦殼，氣息奄奄，延至明道大殮的一天就夭殤了。

　　范煙橋兄自桐花裡移家吳門，就和眠雲、君博、明道、紀于、守拙、菊高、賡虁及我組織星社，我們九人為星社最初的基本社友，每星期集合一次，明道的書室，明窗淨几，位置著爐香茗碗，壁畫瓶花，雅潔之氣，令人心目爽適，我們時常到他那兒去集合，後來社友越聚越多，我們的興致也越發的遄飛飆舉。每次雅集，明道必很高興地前來參加，他不能飲酒，可是常想出些玩意兒來助我們的酒興。

　　我在民國二十年左右，為飢寒所迫，奔走海上，和明道會晤的機會

較少，但魚雁往來，月輒一二次。我返吳門，必去訪他一傾積愫，他偶到上海，雖不良於行，也必僱車來訪，以圖良覿。軍興以來，吳門在風聲鶴唳中，不能安居，這時他住在胥門內，便把一切什物封局的封局，寄存的寄存，偕著太夫人和妻孥一同來申，住八仙橋某戚家。原是暫時性質，不料沒有多天，得到一個消息，蘇寓附近，飛機墜彈，把垣壁震坍，既沒有限欄，一切什物，被人竊掠盡淨；寄存的東西，也都付諸兵燹浩劫之中，明道懊喪得很，尤其嗟惜那些文物書籍，為之不歡者累月。這麼一來，知道軍事在短時期不能結束，即返蘇已一無所有，不如另行打算，賃屋同孚路，度著寫稿教讀的生活，在寓所中設著明道國學補習館，招朱大可、朱其石賢昆仲和我去分任教務，可是不久房屋被二房東頂替與人，不得已移居威海衛路三四七弄六號，其時我和閒鷗、眠雲主持國華中學，該中學分兩部，第二部即在威海衛路，和明道所居望衡對宇，明道因把他的國學補習館設在國華中學，後來國華校址翻造，我等也就停辦，明道又復把補習館遷設寓中，桃李門牆，雖然稱盛，但他精神頗感不濟，時常失眠，肌體瘦削，直至去冬，患著咳嗽，潮熱不退，由范補程醫生為他照 X 光，才知肺部有一洞，醫生斷為肺病已很嚴重，囑他節勞休養，他為生活關係，依舊教書寫稿，掙扎不已，小青、獨鶴、瘦鵑、煙橋、吟秋、碧波、鴻初、健行，冷月諸子和我，婉言勸阻他，才把國學館解散，長篇小說，如《新聞報》的《明月天涯》、本刊的《處女心》、《小說月報》的《小桃紅》等完全中止，生活及醫藥費由同文分攤，並向外界募捐，錢芥塵、周瘦鵑在大眾《紫羅蘭》上為他呼籲，平襟亞、丁知止、張珍侯、黃轉陶都斥資慨助，本刊編輯同人和讀者也盡了些綿力，並由臧伯庸醫師義務診治，但是肺病到了第三期，總沒有起色，情形一天不如一天，而他的臥室，限於地步，既不透氣，光線又差，獨鶴為他向新聞報館請求，由館方擔任了醫藥及住院費，送入

悼顧明道兄

新聞路膠州路口的中國紅十字會醫院，實在病症患得太深，仍無效驗。明道感覺到住院費用太大，對於報館方面過意不去，一方面又因母妻來照顧，距家太遠，也不便利，所以住滿了月，仍回到家中療養。胃納不佳，只進些流質食物，並請方嘉漠醫師打葡萄糖鈣針藥，苟延殘喘，直至五月十四日下午申時竟溘然長逝，壽命只四十有八，吾輩忝屬同文，瞧了明道的喪亡，不覺諷誦著曹子桓既傷逝者，行自念也兩語，為之同聲一哭。

明道生前曾和我合輯《羅星集》，拙作《茶熟香溫錄》由他代為輯集，謀付剞劂，在文字上交誼上都是關係很深的，我時常去訪談，他總勸我保重身體，弗太操勞，去年我有腎臟病的徵象，他很關懷，每見必詢問我的狀況和飲食，後來他自己病倒了，我去訪他越發勤了，最初他尚能每天起身坐一二小時，和我談談生活情形或文壇動靜，嗣後病日惡化，便終日奄臥床榻，開著一隻光度很低弱的檯燈，仍喜和我拉雜談天，他說總希望有一天病勢稍佳，把此番朋友幫助的盛誼義舉，用小說體寫成一篇，刊布雜誌上，藉申謝悃，我總勸他這些不必縈繫於懷，但願靜心調養，以朝早占勿藥。在他死的上一個星期，我去訪他，他說病沒有希望了，肺癆菌已竄入了腸胃，所以這幾天雖不進食，卻腹瀉頻頻，體益疲乏，加之睡的日子過久，全身都作劇痛，尤其臀部皮都擦破，每一轉側，痛徹骨髓，以後天氣熱了，那潰破處何能與簟席相親，即不病死，也將痛死，與其如此，還是早些解決得好，說得我眼淚幾乎奪眶而出，好不容易忍住了，他又說一生薄福，卻修到了朋友的幫助，這也差足自慰。臨行，他囑杏官取一本單行本小說《江南花雨》贈給我，說這是最新出版的，也是生平從事寫小說的最後一本，原來這書是春明書店特約他寫的，沒有寫完，他就因病輟筆，末後數回，他在病榻口述，由他的弟子記錄出來的，書中的主角程景，便是他夫子自道，好比

《斷鴻零雁記》的主人，就是曼殊上人，讀了使人迴腸蕩氣，同情之淚，漬透字裡行間！他又託我說，有《胭脂盜》長篇若干回，在施濟群處，可向濟群處索回，家中尚有續稿若干回，合攏來所缺已不多，不妨置在兄處，如能設法補撰數回，做一個結束，便能出版了。我一口允承他，臨別，沒有別說，只道，深願吉人天相，病勢轉機，請勿顧慮太多，以靜養珍攝為宜，豈知即此一別，以後竟沒有再見期了。

他臨死的前一天，忽地想到幾位朋友和他最關切而最近不見面的，便囑人打電話請他們來，做最後的一面，獨鶴、小青、吟秋、煙橋諸兄，都為他灑淚。

十四日那天，我們在八仙橋青年會賀孫籌成哲嗣雲翔燕爾之喜，物以類聚，我們幾位熟友，如吟秋、獨鶴、小青、鴻初、冷月、碧波、慎盒，都集坐一隅，正在討論明道身後問題，果不多時，一個電話，報來噩耗，原來明道已脫離人世而去，身後問題的嚴重，我們更不得不繼續討論，討論的結果，殯斂假較熟的大眾殯儀館，開銷可以節省些，一切喪儀，由明道妹倩劉定枚主辦，我們十餘位同文具名：向文藝界及平日愛讀明道小說的熱心諸君子募捐，由新聞報服務股代為收款，俾孤兒寡婦，得以生存，那麼明道在天之靈，也可告慰哩。

十六日那天，狂風驟雨，明道在大眾殯儀館大斂，那延平路一帶，地形低窪，積潦沒脛，但弔唁的客人，卻不為積潦風雨所阻，我到那兒，獨鶴、瘦鵑、吟秋、小青、碧波伉儷、冷月、鴻列、煙橋、芝函、慕琴、其石，定枚都已先到，致送賻儀最多的，為郭企青君一萬元，其他千數百數不等，甚至電影女明星也來唁弔，我因尚有校課，匆匆即行，離館數百步，尚聞聲聲哭泣，淒斷人腸，我的兩行熱淚，不禁潸然而下。

唉！人生到此，天道寧論。

原載 1944 年 6 月 1 日《永安月刊》第 61 期

俠女喋血記·胭脂盜：
權貴橫征暴斂，盜匪劫富濟貧，顧明道筆下的俠骨柔腸之情

作　　者：顧明道

發 行 人：黃振庭

出 版 者：崧燁文化事業有限公司

發 行 者：崧燁文化事業有限公司

E-mail：sonbookservice@gmail.com

粉 絲 頁：https://www.facebook.com/
　　　　　sonbookss/

網　　址：https://sonbook.net/

地　　址：台北市中正區重慶南路一段六十一號八
　　　　　樓 815 室

Rm. 815, 8F., No.61, Sec. 1, Chongqing S. Rd.,
Zhongzheng Dist., Taipei City 100, Taiwan

電　　話：(02)2370-3310

傳　　真：(02)2388-1990

印　　刷：京峯數位服務有限公司

律師顧問：廣華律師事務所 張珮琦律師

-版權聲明

本書版權為北嶽文藝所有授權崧博出版事業有限
公司獨家發行電子書及繁體書繁體字版。若有其
他相關權利及授權需求請與本公司連繫。

未經書面許可，不得複製、發行。

定　　價：320 元

發行日期：2023 年 11 月第一版

◎本書以 POD 印製

Design Assets from Freepik.com

國家圖書館出版品預行編目資料

俠女喋血記·胭脂盜：權貴橫征暴
斂，盜匪劫富濟貧，顧明道筆下的
俠骨柔腸之情 / 顧明道 著 . -- 第一
版 . -- 臺北市：崧燁文化事業有限
公司

2023.11

面；　公分

POD 版

ISBN 978-626-357-791-6(平裝)

857.9　　112017307

電子書購買

臉書

爽讀 APP